ROBERTO COLOMBARI

LA CHIAMAVANO REGINA

ROMANZO STORICO

A Bruno, un viaggio
lungo la storia bolognese
spero piacevole
con stima
Roberto Colombari

Pendragon

Roberto Colombari
La chiamavano Regina
Romanzo storico

---

progetto grafico: Studio G&I

Via Albiroli, 10 – 40126 Bologna
www.pendragon.it

INDICE

Introduzione p. 11
La pietra 31
L'alleanza 39
Bona Omnia 49
La selva 67
I gladiatori 85
Le quattro croci 96
A peste a fame a bello libera nos domine 105
Il Settespade 122
L'attentato 136
Dio lo vuole 149
La Fossalta 156
La morte nera 177
Conclusione 191

Note alla lettura 218

Del guasto de Bologna se comença
como perdé la força e la potença
e lo gram senno cum la provedença
ch'aver solea:
ché per lo mondo era chiamada rayna,
fontana de le altre e medexina.
(*Serventese dei Lambertazzi e Geremei*)

IV secolo a.C.	La pietra		Auleste Kaikna	
283 a.C.	L'alleanza		Aneroesto Kaikna	
175 a.C.	Bona Omnia		Velies Kaikna	Veltuno Kaikna
9	La selva		Albio Urso Cainas	
191-192	I gladiatori		Urso Cainas	Albio Cainas
448	Le quattro croci		Giusto Urso Cainas	
526-556	A peste a fame a bello libera nos domine			Albino Cainas Albio Cainas Ulfila
707-729	Il Settespade			Albino Cainas
983	L'attentato	Adalberto Conte	Martino D'Orso della Caina	
1099	Dio lo vuole			
1249-1272	La Fossalta	Maghinardo da Panico	Alberto Caccianemici Caccianemico - Venetico	Drago della Caina Bencivenne
XIV secolo	La morte nera	Fiamma da Panico	Deodato Caccianemici	Bencivenne della Caina

Marco Lucero

Marco Lucero

Publio Lucero

Primo G. Lucero | Terzio G. Lucero = Pedio M. Valente

Publio Pedio Valente

Antonio Giulio Lucero | Ottavio Massimo Valente

Probo Massimo Valente

Flavio Antonio Lucero

Edarico - Flavia Lucia "Favilla" - Pietro Forficula - Nerio Lucero

Cainao

Marzio Antonio Lucero Forficula

Caio Nerio Lucero Forficula | Pietro Grasso Lucero Forficula

Lamberto Forficula Settespade | Amadorre Grasso Lucero Clarissimo

Trigo Settespade

Bonifacio - Guido

Gerardo Lambertazzi | Saraceno Settespade | Amadorre Grasso dei Clarissimi

frate Modesto | Branca Settespade | Ermo Clarissimi

Introduzione

Bologna, 1506

Non comincerò queste mie righe invocando il nome di Domeneddio o raccomandando alla Sua grazia la mia penna e la mia memoria e nemmeno dedicherò una sola parola a qualche potente perché la difenda insieme alle sue compagne dietro i cannoni e le spesse mura di un palazzo. Allo stesso modo, dimentico della lezione di Orazio o di Ovidio, non sprecherò spazio augurandomi un buon principio o affidando a massime superbe il compito di dare un pregio a ciò che vorrò dire. Ascolti chi vuole e se ne otterrà un qualche insegnamento buon per lui, io non ho interesse nei frutti che potranno maturare da questo mio fiore.

Comincerò quindi maledicendo il mio signore e se qualcuno avrà abbastanza tempo e noia a sufficienza (ché tempo e noia sono oggi le mie muse) per proseguire in questo lungo dialogo, prima della parola fine converrà essere la maledizione un giusto inizio e non il desiderio bizzarro di non conformarsi alla maniera del nostro tempo. E allora lasciatemi bestemmiare il nome del mio signore, lasciatemi pregare il Vermecane affinché lo divori pezzo per pezzo. Che le Gorgoni dell'Isola di Ghiaccio raccolgano su di lui il loro odio, che su di lui piombino tutte le saette mai generate dalla rabbia del cielo e, mentre i demoni e gli spettri delle bolge più ignobili ubbidiranno al mio anatema, abbandonatevi a queste nere parole e fatele scendere al fondo del vostro cuore.

Così, soffocato almeno per un poco il furore, confesserò come finalmente possa dolermi solo con me stesso del mio destino: io sono da condannare se ho legato la mia vita e la mia fortuna a quella di Giovanni dei Bentivoglio.

Infatti, avrei potuto interrogare il Grande Libro e vincolare un genio del settimo girone alla verità sul mio futuro, oppure divinare come gli antichi nelle viscere di qualche bestia immonda. Studiare i cieli e le stelle e leggerne i messaggi o guardare i cerchi creati da pietre venate di bianco mentre affondano in una pozza. Esaminare le buche scavate dalle talpe, le spire di una vipera in caccia di preda, gli ultimi sussulti e il ghigno sul viso degli impiccati, e tutte queste cose mi avrebbero dato una medesima risposta. Oppure avrei potuto ascoltare la voce neutra e veritiera della storia e ancora avrei trovato, segnata a chiare lettere, la mia disgrazia. Ché per nascondere l'umile origine di beccaio la famiglia del mio signore aveva inventato la propria discendenza legandola a quella di un re figlio di imperatori. Raccontano infatti come il meschino, prigioniero da tempo nella città di Bologna, si fosse invaghito di una dama e sconoscendo lingua e cortesia, le ripetesse: "Ben ti voglio, Lucia, ben ti voglio..." e da quei nobili lombi e da quel turpe commercio dissero scendesse la loro stirpe, il loro nome e l'immagine della sega nello stemma. Il re naturalmente morì in catene e tutta la sua schiatta finì miseramente, chi appeso a una corda, chi rinchiuso in una torre a consumarsi nella fame insieme al tristo conte Ugolino. Solo la sventura fu l'eredità lasciata da Enzo di Sardegna alla sua stirpe e a quella stirpe gli stolti Bentivoglio vollero legare il proprio nome perché s'allontanasse la memoria di carni marce vendute come fresche.

Ma è pericoloso scherzare con la Fortuna, infatti solo Lei alla fine ride dei nostri miseri giochi.

Se non mi credete guardate allora agli avi più illustri del Bentivoglio. A quel Giovanni, il primo a dirsi principe dell'antica Bononia, fatto in pezzi talmente minuti dai suoi stessi sudditi da dover essere portato alla tomba di famiglia in un mastello per il vino, ad Antongaleazzo, suo figlio, decapitato, mentre

Annibale, padre del mio signore, venne scannato per la via. Infine guardate Sante, morto nel suo letto ma gonfio dei veleni mischiati al pane dalla sua dolce moglie Ginevra Sforza con la complicità dell'amante Giovanni, il mio signore che, ancora calda la carcassa, ne prese il posto di marito e di padrone sulla città.

Nonostante tutto questo, vi confido ancora come io, Zeffirano, accettai la proposta di Giovanni Bentivoglio ed entrai al suo servizio e mi sarebbe di consolazione poter dire che Giovanni mi trovò nel fondo più buio di una segreta del Santo Uffizio, cosicché il mio errore avrebbe almeno lo scudo della necessità, ma questo sarebbe confondere il passato con il presente.

Furono invece la luce calda dell'oro e quella accecante del potere a confermare la mia scelta.

Quando per la prima volta vidi il Bentivoglio in qualche modo ne fui impressionato.

Fu in occasione dei festeggiamenti tenuti nella città di Bologna per una delle tante paci che con la solidità di un velo di broccato adornano la guerra. Lavoravo allora per un altro gentiluomo, la cui pochezza mi impedisce di eternarne il nome, e, una notte, mentre messeri e cavalieri s'affannavano nel rituale di esagerare il loro eroismo in battaglia, io mi dedicai a intrattenere le dame. Giovane ai loro occhi, seppur antico nel computo umano del correre del tempo, mi rivelai compiacendomi della loro letizia e del loro sbigottimento nello svelare gli amori più segreti e i più riposti desideri. Ginevra raccontò al marito delle mie capacità e il Bentivoglio volle conoscermi.

Mi trovai di fronte a un uomo di giusta statura, col corpo modellato dall'uso della spada, il viso lungo e spigoloso incorniciato da lunghi capelli color dell'oro e sovrastato da un forte naso più schiacciato che nobile e romano (allora commisi il mio errore, volendo leggere solo l'ambizione sprigionata da quei suoi occhi bianchi).

Ebbi modo di valutare il suo ingegno e la sua memoria prodigiosa e li giudicai un contrappeso insufficiente alla sua ignoranza nelle arti. Così gli raccontai dei titoli autorevoli e arcani che mi ero meritato in un'eternità di studi nelle università più celebrate, dalle terre dei mori fino alle coste più prossime all'Eden. Senza dubbio quel colloquio turbò profondamente Giovanni Bentivoglio, ma quando, due giorni dopo, curai, accarezzandone semplicemente il lungo collo con le dita, Castore, il suo cavallo prediletto, il signore di Bologna implorò i miei servigi.

Così, quando si spensero i lumi della festa e con essa evaporarono finalmente orge e Carnevale, certo esagerati per il pugno di carcasse che gli scontri avevano lasciato sui campi di battaglia, comunicai al mio vecchio "padrone" l'intenzione di rimanere a Bologna: non osò protestare, ma, sfiorando il mio sguardo, compostamente, espresse la sua pena.

Entrai così al servizio di Giovanni e mi furono assegnate due belle stanze, con una deliziosa vista su strada San Donato, nella *domus magna* della famiglia Bentivoglio. Certo, nulla di paragonabile alla reggia del Prete Gianni o alla città dalle mura d'oro che serve da abituro al Grande Cane del Catai, ma probabilmente la più ricca e maestosa fra le dimore atte a ospitare i signorotti italiani.

Come ogni cosa, anche questo sfarzo ha una sua causa e un suo significato e naturalmente ve lo rivelerò. Non crediate tuttavia mi diverta a sproloquiare di meccanismi di governo come un qualsiasi buon tomo delle leggi. Davvero preferirei insegnarvi l'arte di discorrere del clima con i tuoni e le saette, ma non posso sperare in una platea composta interamente da filosofi o da politici sottili e non voglio che le mie parole diano vita, in uno solo fra chi mi ascolta, a una creatura deforme, senza una testa a consentirgli di comprendere lo svolgersi degli avvenimenti. E quanto ricorderò sulle questioni di Bologna, se anche non è il cuore della mia storia, è certamente la sua pesante cornice.

Principi come gli Sforza, gli Este o i Gonzaga governano la terra sulla base di antichi diritti o per concessione di un qualche sovrano e nessuno sogna di contestare la legittimità del loro dominio su Milano, Ferrara o Mantova. Bologna fa invece parte del patrimonio di San Pietro, ovvero di quell'insieme di terre, diverse e fra loro estranee (dalle prospere ed eleganti città del ducato alle impervie e inospitali montagne degli Abruzzi), che sono feudo della Chiesa. Un'eresia lungamente rincorsa dai chierici e su cui perse il sonno il terzo papa a celarsi sotto il nome di Innocenzo, finché un bel giorno un sacro romano imperatore mai incoronato tale, decise di rinunciare ai diritti sulle terre di Romagna donandoli alla Chiesa, e Bologna divenne quindi un grasso e saporito boccone nelle fauci di Roma. Non serve disquisire sulla validità di un lascito di un re senza corona, basti ricordare il detto "ciò che i preti prendono tardi sanno rendere" e ricordare come, quando elessi la città a mia patria, essa fosse guidata congiuntamente, ma con rara concordia, da un campione della Chiesa, il governatore, e da alcuni rappresentanti del Comune, il reggimento, il cui potere doveva però essere ribadito letteralmente a ogni morte di papa (evento certo meno raro della neve d'agosto nel correre di una generazione). L'unico organo influente in quel cosiddetto reggimento è il Senato, costituito da ventuno cittadini, detti riformatori, che ereditano la carica dal proprio padre, insieme ai forzieri e alle stoviglie. Giovanni Bentivoglio era capo a vita di tale collegio e il suo voto pesava il doppio di quello degli altri membri, ma non va dimenticato come le deliberazioni del Senato dovessero essere approvate anche dal governatore.

Così Giovanni poteva ben dirsi primo cittadino di Bologna, ma certo non ne era il legittimo e riconosciuto signore.

Ecco allora quel palazzo regale e imponente di cui dicevo ad affermare nella pietra, nei colori degli affreschi e dei marmi il suo potere, offuscando quell'autorità mai sancita da alcuna bolla o decreto. Qualcosa di reale e concreto da imprimere nelle menti degli ambasciatori o dei nunzi e in quelle semplici dei villani in visita dal contado.

A questo proposito voglio svelarvi quale fu il mio primo apporto alle fortune di Giovanni Bentivoglio. Mentre ancora cercavo di aggiustare le mie capacità all'ufficio occupato, il Senato di Bologna decise di fondere una nuova bombarda da fuoco, ormai, infatti, seguendo l'insegnamento del condottiero Bartolomeo Colleoni, l'artiglieria era diventata il necessario decoro non solo degli assedi, ma anche, nelle sue più minute rappresentanze, delle battaglie campali. Consigliai allora al mio signore di porre a rilievo sulla bronzina quattro stemmi: da un lato quello del papa e del suo governatore, dall'altro quello del Comune di Bologna e la sega rossa in campo oro dei Bentivoglio.

Se il significato di questo atto vi pare poca cosa non rammaricatevi, avete pur sempre lo stesso acume politico dei consiglieri che circondavano in quel tempo Giovanni. Comunque, quando il cannone grosso usciva di città per sconquassare con le sue palle di pietra solide fortificazioni e vigorose membra, chi agl'occhi per vedere univa il dono d'avere sulle spalle un cranio capace d'ospitare un pensiero privato, capiva che se papa e governatore rappresentavano la Chiesa, i Bentivoglio erano una sola cosa con il Comune.

Il potere del simbolo o, se preferite, i simboli del potere.

Nei miei primi anni a Bologna, cercai di mettere in pratica un'indubbia quanto dimenticata verità, ovvero come la maggioranza degli uomini abbia una sola bocca ma due orecchie. Rimasi quindi in quell'ombra dove si annodano gli intrighi della corte, accostandomi a chi poteva essermi di beneficio, fosse l'ultimo dei servi o un familiare del mio signore, inseguendo la sua confidenza o la sua prematura eclissi. Questa evenienza non va infatti sempre condannata come abominio, perché anche l'essere più sciocco e spregevole in vita, quando finalmente apre gli occhi alle fiamme dell'inferno, è ricordato da chi continua a calpestare l'aiuola terrestre come il più splendido giglio del giardino.

All'epoca di cui ragiono, il primo consigliere di Giovanni era tale Francesco Cola d'Ascoli, vecchio al punto d'avere festeggiato la terza generazione di Bentivoglio da confondere con le sue deboli chiacchiere. Diventarne amico non fu difficile, bastò nutrirne l'orgoglio con l'atteggiamento del discepolo ammirato. Così, con l'amicizia per alleato e la sua veneranda età per scudo, fu molto facile cancellare le ultime pagine del suo Libro del Destino, alleggerendo il molesto sussurrare all'orecchio di Giovanni.

Mi fu invece impossibile, devo confessarlo, acquistare la fiducia di Ginevra, la moglie del mio signore, a cui dovevo in fondo l'accoglienza in quella casa, tanto dolce e calda con la famiglia quanto gelida e ombrosa con tutto quanto non sia stato battezzato Sforza o Bentivoglio. Nata per dominare i cuori per la bellezza delle sue forme, non solo si era unita a Giovanni per amore, cosa tanto rara quanto funesta, ma per di più questi, credete le mie parole, la stimava e accettava il suo consiglio. Ginevra, d'altra parte, stretta alla sua torre e una sola cosa con il suo palazzo, dedicava tutta la sua presunzione e la sua tenacia alle fortune del marito. Ogni azione, per quanto cruda o atroce, trovava scusa e benedizione se intralciava il passo a chi riteneva nemico della famiglia in quella suprema missione di conservare e tramandare il prestigio e il potere della casata e in tutto questo rimase sempre e comunque una donna, preda di fantasie, superstizioni e impeti estrosi, delizia e dannazione di chi l'avvicinava, e mai fu capace di purgare dalla diffidenza e dal sospetto il mio insinuarmi nel cuore di Giovanni.

Più fortuna ebbi, almeno in parte, con i figli del mio signore. Naturalmente mi riferisco a quelli con un qualche peso a palazzo, ovvero i figli maschi e legittimi: quattro sui trentatré che ebbi agio di contare, fra onesti e naturali, negli anni del mio servizio.

Annibale è il maggiore e quindi erede dei titoli e dei beni della famiglia. Il mio e il suo avvento nella storia dei Bentivoglio furono quasi contemporanei e lo vidi crescere come una fedele riproduzione del suo tempo: un uomo d'arme con braccia e spalle ampie almeno quanto l'insufficienza del suo senno. Le sue valentìe erano strette al campo di battaglia e alla danza, fossero le figure da eseguire in un ballo di corte o quelle, meno rigide ma altrettanto intime, dell'alcova. Però non fu mai così sventato da ignorare le profezie di Zeffirano, il Tre Volte Grande.

Il secondo fra i maschi di Giovanni è invece Antongaleazzo. Non era ancora riuscito a completare il suo undicesimo anno di vita quando venne creato protonotario dal papa: a un solo passo dalla tiara vescovile. L'ardore paterno gli procurò, senza il fastidio di meritarle, una laurea in Legge e ricche commende da un buon numero di conventi, mentre lui, senza bisogno di alcun aiuto, si evitò le seccature della fede e della religione. Anche su queste fondamenta mi riuscì sgradevole cercare le confidenze di un prete e, se fra noi ci fu stima, certo si espresse in una rassicurante distanza.

Ermete, il quarto, è la stella più scintillante per bellezza e armonia esteriore nella licenziosa costellazione che costituisce la prole di Giovanni. Ha la chioma bionda e gli occhi turchini tipici dei Bentivoglio, l'incarnato chiaro e quasi luminoso ed è una belva feroce. Un giovane sanguinario, dai costumi selvaggi e scellerati, una mostruosa creatura di Ginevra Sforza con la spietata intransigenza di chi è insofferente d'ogni freno, fosse pure quello del personale interesse.

Il mio capolavoro fu quindi il terzo dei figlioli maschi, Alessandro. Anche lui allattato con la polvere da sparo, aveva ereditato (da quale avo proprio non so dire) una curiosità per le cose del mondo che ben presto lo portò ad avvicinarmi. La bocca piena di miele con cui confettavo ogni parola, lo curai con la premura del giardiniere per le rose invernali fiorite al calore di stufa, lo sedussi con il fascino degli antichi bardi, l'avvolsi con le promesse arcane dei maghi di Leonessa e un giorno, ma è più giusto dire una notte, lo legai a me definitivamente.

Ne siate incuriositi o meno voglio raccontarvi come accadde.

Fu quando si festeggiavano le nozze di suo fratello Annibale con Lucrezia, figlia naturale del duca di Ferrara (generi e nuore sono infatti un'altra strofa nella canzone che celebra la nobiltà dei Bentivoglio a un'altezza intermedia fra i gentiluomini bolognesi e i principi maestosi sovrani di terre: il mio signore dava infatti i suoi figli naturali ai primi, mentre i rampolli legittimi convolavano a nozze con quelli naturali dello Sforza, dell'Este o del Gonzaga). Durante le sette ore di banchetto alla vigilia della cerimonia, Alessandro, fra una portata e l'altra, vide, sospirò, si innamorò perdutamente d'una Malatesta, prole del signore di Rimini. Commosso, decisi di aiutarlo e mi ritirai mentre agli scalchi in livrea dorata ordinavo di servire pavoni croccanti e ben abbrustoliti (sebbene presentati nel loro aspetto più vivace, con tanto di ruota e decorati degli stemmi dei commensali), fagiani e tortore che, promosse al rango di antichi draghi, lanciavano fiamme dal becco: un incanto semplice come quanto mi apprestavo a fare. Tornai alle tavole quando veniva offerto agli invitati un grande castello merlato, mirabilmente confezionato, con un migliaio di coniglietti bianchi chiusi nelle segrete. L'allegra confusione provocata dalla fuga dei candidi prigionieri, non appena fu aperta una breccia nelle spesse mura di zucchero e marzapane, fu precisamente quella attesa (è talmente facile predire le emozioni umane da essere un passatempo spesso deludente). Mi avvicinai quindi ad Alessandro intimandogli di dichiararsi: pochi mesi dopo si festeggiava un altro matrimonio.

A questo punto i più arguti avranno capito quale fu in principio la mia missione: misi il genio e la magia al servizio del più rutilante esplicitarsi della diplomazia. Nessuno può negare rientrino negli articoli di questa disciplina, oltre alle più prosaiche ambascerie e convenzioni, anche i ricevimenti, i palii e le giostre. Eventi che consentono, a chi ne ha capacità, di strabiliare autorevoli forestieri persuadendoli della ricchezza e della potenza di uno stato e modificandone, se necessario, la personale disposizione nei confronti dello stesso.

L'orgoglio mi impedisce di sottacere almeno due straordinari episodi dovuti unicamente al mio talento e realizzati sotto la mia esclusiva guida.

Al primo, anche se successivo in ordine di tempo, ho già dovuto accennare, si tratta infatti del matrimonio di Annibale con Lucrezia d'Este. Il fasto straordinario e le meravigliose idee propri dell'evento consentirono a Giovanni Bentivoglio di accrescere a dismisura la sua gloria e rinomea fra tutti i signori che governano le regioni d'Italia, perché tutti furono invitati (dai potenti principi di Milano ai nobilotti tiranni di una terra appena sufficiente a servirgli un giorno da fossa) e tutti sbalordirono. Ne è prova sufficiente ricordarvi i sette archi di trionfo raffiguranti le virtù cardinali sotto cui passò, all'ingresso in città, il corteo nuziale. Li eressi in una notte (e in una notti li spianai) e unanimemente fu creduto fossero costruiti in una splendida imitazione del marmo. Ora posso confessare il mio intimo piacere nel saperli davvero edificati nel marmo più prezioso da demoni convocati con ogni cura e precauzione: Marcochias, gran marchese delle gerarchie infernali, si era occupato della volta a rappresentazione della Forza, il maresciallo Satanachia aveva preferito quella dedicata alla Temperanza...

Davvero delizioso il senso di potere trasmesso dall'essere il solo depositario di una verità, anche quando è mutilato della gratificazione donata dal manifestarlo.

L'altro avvenimento da rievocare è invece la giostra che organizzai poco dopo il mio arrivo a Bologna, per fugare, dal pallido libro custode della memoria degli uomini, un analogo evento preparato qualche tempo prima dal Magnifico Lorenzo di Firenze. Naturalmente riuscii nello scopo, modellando il più bel torneo in cui mai si batterono dei cavalieri. Ma non cerco lodi per la raffinatezza dei corredi o la ricchezza delle bardature, queste sono cose alla portata di chiunque possieda qualche ducato e un minimo di gusto, quanto voglio mostrarvi è altro. Infatti una contesa non ha frutto alcuno se il personaggio da celebrare ne esce sconfitto, quindi ricompresi meravigliosamente nel mio signore tutte le qualità dei migliori guerrieri (l'abilità di Ezzelino unita alla forza di Goliath) e non solo: vaticinai l'esatto istante in cui doveva lanciare l'attacco contro lo stendardo nemico. Gli ingiunsi soltanto di permettere a un cavaliere della sua squadra di impossessarsi dell'insegna, affinché non sorgesse il sospetto di forze sovrumane alleate al Bentivoglio. Così fu un Lambertini a impadronirsi del vessillo e la compagnia biancovestita di Giovanni (io prescrissi il bianco, divoratore della natura e delle qualità di tutti gli altri colori) lo difese strenuamente. La vittoria e la gloria arrisero quindi al mio signore, il capo cinto d'alloro e l'animo traboccante letizia, ordinò di diffondere ovunque la cronaca della giostra ed essa fu la prima opera che in questa città meritò l'onore della fresca e curiosa invenzione della stampa.

> Ne la predicta Città di tanta fama
> di casa Bentivogli un Gentil Uomo,
> Messer Giovanni il secolo lo chiama,
> d'ogni virtù fu l'excelente pomo
> per rinverdir di sua casa la rama:
> ordinò lui, io vi dirò el como,
> un'alta e triumphante e magna festa,
> con l'arme in dosso e con l'elmetto in testa.

Scontato il debito di ricordare qualcuno dei primigeni meriti di Zeffirano presso la corte, finalmente, prima di immergermi nella cronaca, racconterò come la mia posizione mutò sensibilmente quando salvai per ben due volte la vita a Giovanni Bentivoglio (maledetto sia il baleno in cui tale risoluzione sbocciò nella mia anima!).

Una delle figlie di Giovanni, Francesca, era andata in sposa a Galeotto Manfredi e, come dono di nozze, i cannoni del Bentivoglio elessero il genero tiranno di Faenza, spogliando di titolo e dignità il suo fratello maggiore. Francesca è certo una femmina avvenente, ma, se le donne della famiglia Giulia, discendenti da Venere grazie ad antiche comunioni, univano la grazia delle forme alla magica virtù di donare la felicità ai loro uomini, così la bellezza nei Bentivoglio, come un marchio, pare accompagnarsi alla stupidità e alla più arbitraria cattiveria. Galeotto forse amava sua moglie (movente certo insufficiente per un matrimonio), certamente frequentava altre donne. Francesca, invece di ammaestrarsi al ricordo dei tanti frutti illeciti seminati dai nobili lombi del padre e maturati nel lusso della *domus magna*, brandì un pugnale e uccise il marito al suo rincasare da un'ultima prodezza virile. L'omicidio infiammò il popolo, dimentico, nella sua ineluttabile tenebra, di come il suo padrone avesse vissuto e governato onorando il nome che portava, e Francesca fu costretta a rifugiarsi nel castello. Giovanni corse in aiuto della figlia portandosi dietro le milizie del condottiero Giovanpietro Bergamini, suo amico fraterno. La spedizione di soccorso venne organizzata con tale fretta da non darmi il tempo di fare oroscopi al mio signore, potei solo raccontargli del sogno in cui l'avevo visto guidare, lancia in resta, una carica temeraria contro non so quale pericoloso nemico. Nella mia visione, d'un tratto, s'era levato un vento grave seppure fresco, vaporoso e, in qualche modo, soave. Nulla di violento o minaccioso, ma quella brezza aveva sollevato Giovanni al di sopra e al di fuori della mischia imminente. Si librava nell'aria, sereno: come i musici durante un banchetto, i rumori della battaglia erano solo il sottofondo della sua pace. Finalmente l'immagine si allargò e allora inorridii scorgendo i guerrieri di Bologna orrendamente macellati. Non serviva certo Artemidoro di Daldi per interpretare il sogno, quindi consigliai prudenza e rivelai che, qualunque cosa accadesse, l'aria, il vento, il cielo sarebbero stati la salvezza.

In un primo tempo l'impresa di Faenza sembrò piccola cosa, facile e di rapida conclusione: Giovanni Bentivoglio placò la piazza convincendola a dichiarare principe Astorre, figlio di Francesca e Galeotto. Poi qualcosa esplose, innescato forse dai ducati fiorentini (preferire il passaggio di mano di qualche libbra d'oro rispetto a quello di una fiorente città non è politica che richieda commentari). Il popolaccio prese quindi fuoco di bel nuovo e assaltò il palazzo. Bergamini fu trucidato senza nemmeno avere il tempo di chiedersi cosa succedesse, mentre Giovanni si salvò solo perché, memore dell'oracolo, si trovava vicino a una finestra: quando vide arrivare i villani indemoniati, si gettò nel vuoto. Come nel mio sogno, pur lanciandosi da un'altezza considerevole, puro spirito, si librò nell'aria e scese dolcemente scampando il massacro.

Per la cronaca ad Astorre venne poi confermato un luminoso ancorché (lo vedrete) breve futuro di tiranno di Faenza, mentre Giovanni rientrava a Bologna (accompagnato dalla micidiale Francesca) e con calore mi dimostrò la sua gratitudine.

L'altra occasione in cui conservai al mio signore vita e beni è certo più nota: fu quando svelai una terribile congiura ordita ai suoi danni dalla nobile famiglia bolognese dei Malvezzi (ancora una volta ecco il nome esprimere la sostanza).

Prima di riferire l'avvenimento è importante notare come, nei lunghi anni che già avevo trascorso al servizio del Bentivoglio, la gemma della sua fortuna aveva brillato sempre più preziosa. Alleato con i principi più illustri grazie a trattati militari e matrimoniali, comandante delle truppe mercenarie del duca di Milano, era naturalmente il riconosciuto sovrano di Bologna, malgrado mai fossero stati preparati la cartapecora e i sigilli di un atto solenne. Anche nei documenti ufficiali veniva ormai definito *dominus* e tale era la sua influenza che il legato del papa se n'era tornato a Roma, conscio di come il titolo della sua dignità ben esprimesse anche il suo effettivo potere.

Il complotto si rivelò proprio mentre festeggiavo i venti anni di ufficio, una stagione certo breve nella mia percezione, ma sufficientemente lunga, nei canoni delle umane relazioni e nella mia maestria nei precetti delle arti, per consentirmi di aver filato una trama intricata di comuni rapporti e clientele con i mortali e di vincoli e incanti con i geni immortali. Da tempo Lucifuge Rofoclare, Maestro di Iniquità, mi aveva mostrato i suoi raggiri, dunque già conoscevo la gelosia che rodeva i Malvezzi (s'infiamma loro il viso al solo parlare di Giovanni), la rabbia che li divorava (strabuzzano gli occhi all'incontrarlo per strada), il malanimo che li agitava (friggono le membra avvertendone l'odore), nel trovare innalzata al rango più alto una schiatta che ritenevano inferiore alla loro per purezza di sangue e quarti di nobiltà.

Davvero una strana questione, non già per la nobiltà, ché questa è patria di gente fiera e generosa, ma per la purezza del sangue. Come va misurata tale qualità e dove cercarla in una terra antica che tante volte ha mutato padrone? Fra i toschi fondatori della lontana Felsina o fra i barbari che abitarono Bona? È più limpida l'eredità della tradizione romana o quella intrepida di longobardi e franchi?

Inutile dissertazione.

Sciocca o capitale la causa (decidete a vostro comodo benedetti dalla mia indifferenza), non lascia spazio a dubbi la natura della cospirazione: si voleva estinguere la genia dei Bentivoglio, pronti a offrire la signoria sui bolognesi a un tiranno straniero. Un tale veleno sprizzavano gli umori di questi gentiluomini da preferire il dominio di un qualsiasi tracotante signorotto di Cilicciavole o Viminiccio e il torpido trasformarsi in bestie da armento, fiacche e addomesticate, piuttosto di lasciare la signoria a un'anima che ricordava meno antenati della loro.

Ma Zeffirano il Trismegisto scoprì il loro intrigo.

Le mie malie funzionarono egregiamente, rendendo sventati e malaccorti i congiurati, astute e lungimiranti le mie pedine. Una notte, tale Ghinolfo Bianchi (che ricompensai a cose fatte facendolo nominare capitano delle guardie di palazzo), si presentò a Giovanni Bentivoglio informandolo come un amico gli avesse chiesto in prestito spada e corazza, necessarie, a suo dire, per un'importante impresa organizzata dai Malvezzi. Il mio signore non si capacitava: nella lunga, difficile strada che aveva portato il suo lignaggio all'attuale dignità, i Malvezzi erano sempre stati preziosi alleati contro famiglie rivali ormai dimenticate dalla storia. Sorpreso ma anche compiaciuto dalla sua ingenuità, lo spronai ad agire. Venne subito trascinato alla sua presenza Giovanni Malvezzi, ispiratore della rivoluzione, e mi fu affidato.

No, non ebbi bisogno di minacce o di tortura, i poveri mezzi di chi ha come solo strumento la paura e la sua pochezza: nella sala del Senato, davanti all'intero consiglio, lo guardai negli occhi e, benevolmente, domandai. Avvicinandosi appena al mio sguardo, Giovanni (Malvezzi) rivelò tutti i nomi e tutte le intenzioni, maledisse il tiranno Bentivoglio smascherando, nelle catene indissolubili della mia suggestione, il nero del suo cuore. Invitò a movente del suo agire i diritti dell'Impero e della Chiesa e dell'eredità e della parentela e delle vecchie libertà comunali, la rivolta contro le violenze subite, il nome della giustizia, gli averi di Pietro carpiti da un villano, la pace nel mondo: una resa dei conti universale.

Conati e illusioni, mene inscrutabili avvolte in menzogne oscure e complicate. Si riempiva la bocca della libertà dei Bruto o degli Armodio senza capire come la tirannia di cui accusava il mio signore sia solo il morso necessario senza il quale la libertà stessa ci corromperebbe tutti, cambiandosi in arbitrio e licenza. La vera dittatura è essere dominati da chi tempera ogni cosa secondo il suo capriccio, è la paura di tutto, paura degli impulsi mutevoli e dei ghiribizzi del principe, dei suoi sospetti, dei suoi umori, delle accuse dei favoriti, delle delazioni. La libertà invece è la quieta obbedienza alla norma, è la sicurezza dei soggetti difesi dai forti bastioni di leggi imparziali e, certo, chi è gonfio di sé e accecato dal suo demone non la merita.

Il mio signore chiese al Senato cosa dovesse fare dei traditori. Il Senato come un bravo servo capace di compiacere il padrone indovinandone i desideri, gli rispose semplicemente "uomo morto non fa guerra" e anch'io confermai tale opinione, dopo aver letto nelle più intime pieghe della natura di Giovanni

Malvezzi. Questi fu il primo a rendere la misera anima a chi l'aveva guadagnata e con lui cominciò la carneficina. Chi, abbandonando ogni cosa, riuscì a fuggire, e furono pochi, si trovò ovunque perseguitato dagli alleati di Bologna e, come si disse allora, vagarono per le terre più desolate e spopolate "ove nespole aveano in loco di confetti".

Il tradimento dei Malvezzi e il massacro che ne fu ombra segnarono profondamente lo spirito del Bentivoglio e, piano piano, ne mutarono carattere e atteggiamento. Giovanni, come un vero politico, non aveva mai distorto o violentato le circostanze, piuttosto le modellava e le piegava con un tocco lieve, muovendole delicatamente a suo favore. Ora si convinse invece come l'indulgenza somigliasse alla maschera dell'impotenza, capì che il debole ha sempre torto mentre i vincitori, in qualunque modo vincano, mai riportano vergogna.

Lentamente il mio signore impietrì la sua indole, incrudelendo con supplizi e torture, esaltando quella tirannia nel suo dominio evocata dai Malvezzi.

Lentamente, consumato dalla vita, raggiunse la spiaggia dell'estremo egotismo e si ridusse a essere solo se stesso, dimentico della pietà che accentuava la sua dedizione all'interesse dello stato.

Come seminata dal sangue dei Malvezzi, a fianco della *domus magna* dei Bentivoglio crebbe una torre e Giovanni, vestendo la sua paura d'arroganza, la volle alta, lussuosamente arredata e fece porre sulla vetta gli stemmi in smalto e oro delle principali famiglie con cui era imparentato. Ordinò fosse divinato il momento esatto in cui cominciare i lavori e il punto preciso in cui scavare le fondamenta. Lui stesso diede il primo colpo di zappa e, sortilegio già antico quando sulle corse dei carri si scommettevano aurei e sesterzi, agli angoli della fossa vennero murati quattro vasi di terracotta pieni di medaglie d'oro e d'argento con impressa l'arma dei Bentivoglio e sopra di essi vennero sistemate lamine di piombo, il metallo legato a Saturno, con lunghe dediche benauguranti. Di sua mano Giovanni pose la prima pietra.

Annibale mise la seconda, Antongaleazzo la terza, Alessandro la quarta, mentre della quinta si incaricò Ermete e così, ammaestrati da chissà quale gabbadeo, legarono indissolubilmente la fortuna di tutta la stirpe a quella rocca.

Perché questo è una torre. Un luogo dalla cui altezza sia possibile accorgersi al più presto dell'arrivo dei propri nemici e nella cui larghezza ci si possa rinserrare per difendersi da essi.

Ma prima del rifugio serve la minaccia.

Quando in una città scorgete le mura merlate e le bertesche di un castello, non crediate sia un monumento eretto per lustrare od offendere il vostro sguardo e il vostro gusto e fermatevi un attimo a riflettere, perché quella fortezza è la testimonianza di una terribile metamorfosi: la sua costruzione segna il momento in cui chi governa ha anteposto al consenso dei cittadini la volontà di controllarli e intimorirli, è il marchio del potere preoccupato soltanto di garantire se stesso. E ammassando gli incantesimi più banalmente efficaci Giovanni Bentivoglio vincolò la propria famiglia a quella tangibile dichiarazione del suo timore, a quel simbolo concreto del suo mutamento e del deviare della sua autorità.

Allora non me ne curai, la posizione raggiunta mi aveva reso intoccabile come un'idea, inattaccabile come la conoscenza. Ero il più fidato consigliere del principe di Bologna, il suo guardiano, l'ombra del calar del sole, più ampia e contorta di chi la proietta. Nulla veniva fatto prima di implorare il parere, l'ispirazione e l'approvazione di Zeffirano, settimo figlio di un settimo figlio.

Cosa desiderare ancora?

Tutto si era spiegato lungo una strada costruita senza fretta e, raggiunto il traguardo, soddisfatto, superbo, dimenticai la prudenza.

Nemmeno quando toccai per la prima volta quella maledetta pietra un fantasma della secolare saggezza mi sfiorò l'anima, nemmeno un'avvizzita larva di senno decise di visitarmi. Presi quella amara e bizzarra prolessi della mia disgrazia con curiosità, sordo agli ammonimenti che gridavano monarchi e vassalli di ogni dominio naturale o arcano o infernale.

Tutto cominciò sotto il sembiante innocuo di un placido tramonto. Si parlava alla *domus jocundatis* di Giovanni Bentivoglio ed erano già stati serviti dolcetti alla mandorla e confetti innaffiati da vino dolce e ben caldo. Io stesso avevo perfezionato la coppa del mio signore aggiungendo cuore di melograno in finissima polvere e un pizzico di mandragola, semplici ingredienti che dispensano la giovinezza delle membra e delle facoltà senza mutare i sapori delle vivande a cui vengono congiunti, a differenza degli intrugli confezionati con creste di rospo o di pavone.

Nicolò Rangone, partecipe insieme a parecchi altri favoriti dell'incerto privilegio d'aver sposato una delle tante figlie di Giovanni, discuteva vivacemente con Annibale se fosse più importante per un cavaliere la Fortuna oppure la Sapienza. Il mio signore spalleggiava il genero contro il figlio sostenendo la Sapienza, ma, in tutta onestà, erano ugualmente valide e sterili le argomentazioni di entrambe le fazioni.

Con una Sapienza tale da interpretare e commuovere la Fortuna, rifiutai di pronunciarmi sulla questione e bevvi tranquillamente il mio vino, arricchito di spezie particolari di cui avevo ordinato l'importazione, crogiolandomi nell'udire la vana schermaglia fra orecchie più pronte ad ascoltare la propria bocca che il ragionamento altrui. Purtroppo, ben presto, l'argomento, mischiandosi ai vapori del vino, cominciò a infastidirmi, m'annoiavano quelle voci sempre più spente e allora, malauguratamente, per dirimere la contesa proposi una giostra che vedesse schierati l'uno contro l'altro i cavalieri di Fortuna e quelli di Sapienza.

Così, il giorno in cui si commemora il vescovo Petronio, due carri, ciascuno seguito da sessanta campioni, sfilarono verso la piazza. Sul primo, attorno a una donna vaga e sapientemente abbigliata, quattro figure, con vesti lunghe quasi quanto le barbe, impersonavano Platone, Quinto Fabio, Marco Catone e

Scipione Nasica, l'assassino di Tiberio Gracco, mentre sull'altro una grande palla dorata preceduta da una vela gonfiata dal vento (quale immaginifica allegoria del caso!) era circondata dagli illustri condottieri Metello, Cesare, Augusto e Adriano.

Zeffirano non si sarebbe certo accontentato delle maschere e quel giorno, nella piazza principale, si sarebbe potuto ascoltare la vittima di un supposto tirannicidio discutere con un presunto tirannicida sull'esatta definizione di giustizia e sugli obblighi, i meriti e le ricompense spettanti a chi ha passato la propria vita alla ricerca del bene per lo stato. Ma, l'ho detto, ero satollo, e lasciai tutto nelle mani di uno dei tanti giullari di Giovanni che, schierate le squadre l'una di fronte all'altra, cominciò a declamare:

> Dimmi, Fortuna, e tu dimmi, Sapienza,
> Di voi, chi è più possente in questo mondo?
> Bramo saperlo quivi, alla presenza...

...e sicuramente le orecchie dei bolognesi, straziate dai miseri versi, non potranno mai perdonare la mia apatia.

> Tempo non è da far fra voi questione,
> Per me resto dubbioso, come soglio.
> Qua veggo il conte Nicolò Rangone
> Che mostrerà per te, Sapienza, orgoglio,
> Sendo tuo capitan saldo in arcione.
> Per te, Fortuna, veggio il Bentivoglio
> Annibal giovanetto et tanti armati:
> Or qui si provi i savi e fortunati.

Questa pietosa rima dette finalmente il via alla sfida: i cavalieri armati di mazza e di spada, come vogliono le evolute regole del gioco, si maltrattarono brutalmente l'un con l'altro per la conquista dello stendardo e alla fine la fortuna arrise alla Fortuna.

Come vincitore della tenzone Annibale Bentivoglio si aggiudicò 24 braccia di broccato d'oro foderato di seta verde e azzurra, con le quali, per quanto ne so, fece imbastire la livrea dei suoi levrieri, ma ottenne anche altro ed è proprio questa porzione imprevista del palio ad averci costretto alla rievocazione della giostra.

Infatti, nonostante il mio signore sostenesse la Sapienza e sebbene essa avesse riposto in me ogni sua più minuscola sfumatura, io non concessi il mio favore a nessuna delle parti, anche se, in fondo, lasciando tutto nelle mani del fato in qualche modo mi schierai. Comunque, quando Giovanni donò un oggetto al suo primogenito dicendolo suo di diritto perché si diceva fosse un portafortuna, Annibale, certo della propria buona sorte o forse di chi doveva ringraziare per essa, diede a me l'amuleto.

E così, mentre il popolo in festa inneggiava ai Bentivoglio, gridando ora "Sega!", ora "Fortuna!", io per la prima volta guardai una piccola pietra luminosa.

La pietra

Felsina, IV secolo a.C.

Auleste fu interrotto, ma non alzò gli occhi su chi lo circondava: dimenticare un minimo particolare poteva non solo rendere tutto inutile, ma rivelarsi anche estremamente pericoloso, quindi, ancora una volta, confrontò le parole con quanto era successo quel giorno...

Aveva raccontato come l'angoscia avesse sorpreso il suo risveglio quando ancora il sole non poteva confortarlo con la sua carezza. Non ricordava cosa avesse sognato, ma il dolore e l'ansia l'avevano costretto a uscire. Forse erano state le tante case abbandonate insieme al silenzio inquietante dei rari incontri a far riemergere le immagini dell'incubo o forse erano state le steli di pietra della necropoli lungo la via per Spina, dove l'avevano portato i suoi passi. Comunque fosse, rivide le tombe depredate e la spada azzurra di Vel Kaikna impugnata da un guerriero dalla folta barba chiara e dal ghigno oscuro. Sentì nuovamente i lamenti e le urla degli avi che si consumavano nell'Ade e, come nel sogno, sentì le orecchie ferite da quelle accuse sanguinargli sul collo. La pace inviolata del cimitero non riuscì a placarlo e lo spinse invece ad affrettare il cammino verso il fiume Apa-Sac. Qui si era inginocchiato fino a toccare le acque con la fronte e aveva cominciato a pregare.

Pregò gli dèi Superiori e gli Involuti, i Dodici dèi Consenti, ministri di Tinia, pregò i Penati, i Mani, i Nove dèi Folgoratori, i Lari, ma soprattutto pregò Apa-Sac, il Padre Sacro che un tempo abitava il fiume. A tutti rivolse la sua supplica sperando fosse mandato un segno, implorando perché le parole finalmente tornassero a essere ascoltate.

Possibile che gli dèi avessero distolto lo sguardo allontanandosi tanto da non vedere le case abbandonate e ridotte a sepolcri? Possibile fossero così distanti da non sentire il silenzio delle preghiere, l'assenza dei sacrifici e delle lodi e dei canti ai loro nomi nei templi deserti di Felsina? Contemplassero una volta ancora quel luogo un tempo amato e protetto e guardassero le statuette sacre confondersi ormai con la polvere sui ceppi votivi e si domandassero allora quando fosse stata traghettata da Charun l'anima che devotamente le aveva dedicate. Si chiedessero perché non c'era più rumore nelle fonderie, perché gli opliti non si esercitavano più negli schieramenti e all'uso della lancia. Perché non si scorgevano carovane venire da Oriente a scambiare vino, olio e unguenti con carne e bronzo e per quale motivo i mercanti venuti dall'aquilone con ambra e minerali ora erano padroni della terra. Quale inganno aveva distolto gli dèi quando quei mercanti tornarono non per commerciare ma per conquistare, annegando nel suo stesso sangue l'esercito di Felsina? Mai ambra fu pagata a così caro prezzo, ché nemmeno le cose avevano più lo stesso nome: Felsina non era più, ora c'era Bona, un suono barbaro che significa solo città, interrogando sulla forza di chi chiama se stesso semplicemente uomo.

Auleste chinò nuovamente lo spirito al cospetto di chi aveva invocato e chiese agli dèi o ai servi dei loro servi, se solo a loro erano giunte le sue parole, se fosse davvero venuto il momento per i rasenni di abbandonare quella terra ai piedi dei monti, nutrita dal sudore e dalle ossa dei loro padri.

In quel momento vide il lampo di luce...

E qui il suo racconto era stato interrotto dai sacerdoti, e aveva dovuto spiegare come la folgore sembrasse provenire dai cieli sopra le terre di Adria e di Spina, ma non poteva esserne certo, anche se aveva subito alzato la testa a quella ferita nel primo chiarore dell'alba. E solo allora, alzando lo sguardo al prodigio, come se quella luce gli fosse penetrata negli occhi rendendoli più acuti e sensibili ai desideri degli dèi, aveva visto la pietra dagli strani riflessi che mutavano continuamente, come non si accontentasse di riverberare la luce ma elargisse i bagliori divorati nei millenni.

Quella pietra ora, lui, Auleste Kaikna, l'aveva portata ai sacerdoti, agli aruspici e agli interpreti delle folgori di Tinia perché svelassero il segno.

Uscito dal tempio Auleste, la mano appoggiata sulla spalla della sua unica figlia, si voltò a osservarlo. I rasenni consideravano il divino unico artefice del mondo, della vita e di ogni passo degli uomini, senza lasciare loro nemmeno la responsabilità delle proprie orme, ma agli dèi dedicavano luoghi destinati a non durare, templi di legno pronti a sfaldarsi sotto le piogge del tempo, mentre per i propri cadaveri costruivano rifugi in pietra. Ma, alla base di ogni tempio, veniva posto un mattone su cui poi tutto si edificava. In un punto si concentravano e ripartivano le forze.

Sulla pietra poggiava il Sacro.

Il dialogo degli aruspici

Macstarna si alzò dallo scranno e prese lentamente a camminare. Tarcna, Matunas e Velcana dal passo incerto avevano assistito insieme a lui al racconto di Auleste e, quando si concluse, rimasero a lungo in silenzio, senza guardarsi, lasciando alle parole una caduta dolce, al pari della piuma. Poi Macstarna volle ripercorrere tutte le frasi. Fissarle nella memoria. Ricordare, ricordare e ancora ricordare.

In piedi, immobile, il palmo di una mano rivolto verso il pavimento del tempio, l'altra chiusa con l'indice e il medio a formare una lancia accostata alla fronte, ripeté ogni frammento, imitandone il tono e replicandone le pause. Gli altri ascoltavano in silenzio, accogliendo le immagini evocate.

Un fiume dove tutto scorre, dove tutto passa. Acqua. Apa-Sac, Padre Antico e Sacro, un padre che aveva abbandonato i suoi figli per correre verso il mare. Poi una pietra fissa, Penthna, immobile, levigata e luminosa. Terra. Qualcosa destinato a rimanere, a preservarsi... a rinascere. E infine la Folgore, fuoco celeste. Il volere degli dèi e di coloro che stanno dietro agli dèi stessi... nella terra, il fuoco.

C'erano i segni. L'oscurità si apriva alla luce.

«Finalmente, quanto abbiamo atteso, nel cielo, nel volo degli uccelli, nelle viscere degli animali, nel lampo dei fulmini, ci si rivela», era Tarcna a parlare, il più giovane dei quattro «non un semplice segno, ma qualcosa di più... la spinta che rimette in moto il carro a lungo affondato nel fango promettendo un nuovo inizio. La nostra terra, e noi con lei, ha sopportato corruzione, impoverimento e morte. Il vento che tutto muove sembrava aver abbandonato le vele del nostro cammino, ma non è così, non è così... Il fulmine ci offre nuova vita».

«Tu vedi solo la tua certezza», Velcana non era in piedi e non aveva alzato lo sguardo. Stanco e vecchio proseguì dal suo scranno con voce tenue «e la tua certezza non ci è di alcun aiuto. Mai possiamo permetterci di confondere i nostri desideri con le parole degli dèi. I nostri desideri ci appaiono chiari poiché siamo convinti di sapere ciò che per noi è bene e ciò che per noi è male. La buona salute, la buona sorte, il conforto di moglie e figli, se non addirittura la ricchezza, la gloria e il comando cadono tutti nella rete dei nostri desideri. E questo appare bene *a noi*, ma non è detto sia bene *per noi*. *Sval*, sono vivo, vuol dire cammino verso *lupu*, la morte. Siamo vivi per compiere l'opera della tomba. Certo, vivere per morire è inutile, ma il segreto dorme proprio in ciò che è inutile perché, al contrario, ciò che è utile è quanto desideriamo. E questo porta ad agire per interesse proprio, ma noi sappiamo come l'unico interesse sia quello degli dèi. In essi troviamo quanto ci spetta e il nostro unico, vero bene. Ricorda Tarcna, ora e sempre:

metti nel tuo cuore la Disciplina. Non perderti in speranze, ma leggi solo quello che è scritto».

«Hai ragione Velcana», disse Matunas, mentre con il dorso della mano si accarezzava la barba e con gli occhi, piccoli e veloci, afferrava gli altri. «Non ci è dato sbagliare e sbagliamo solo al di fuori del solco tracciato dall'aratro del dio. Non solo. È vero, forse lasceremo dietro di noi solo tombe e sepolcri da saccheggiare, ma esistono morti diverse e con esse rinascite. Anche un popolo può morire, ma può anche rinascere altrove. Tu hai ragione Velcana, ma non posso dimenticare Tarcna e le sue parole. Gli uomini, gli alberi, le piante, i costumi, si trasformano; il cielo cambia, il sole si alza, culmina, si corica; la luna cresce, risplende nel suo pieno fulgore e decresce; il mare sale, resta immobile, discende; il vento soffia in direzioni diverse o cade; il fuoco s'illumina o si spegne; il fiume si abbassa o si gonfia; ma le pietre, le rocce, sembrano non cambiare mai. Diventiamo allora come pietra, come roccia, mangiamo il loro spirito, partecipiamo della loro natura e del loro potere: si dura tanto tempo quanto loro, non si muore più».

Tarcna annuì, aveva trovato un alleato. Velcana mostrò invece la sua attenzione alzando lo sguardo e questo permise a Matunas di concludere: «Gli dèi vogliono qualcosa da noi, lo vogliono sempre. Resta solo da capire cosa».

«E allora come troveremo una risposta Matunas? Dobbiamo aspettare altri segni? Interrogare gli uccelli e le viscere? Oppure divorare pietre nella promessa di assorbirne lo spirito? Aiutaci, ti prego, tu che meglio sai mediare fra noi». Macstarna, in piedi, con le spalle rivolte ai suoi compagni, lasciava trapelare l'incertezza e quanto questa lo tormentasse. Era il più nobile, la sua stirpe la più antica, eppure non riusciva a vedere come gli altri, soprattutto non riusciva a vedere quanto Matunas. Se Velcana era un vecchio i cui talenti erano appassiti, Tarcna al contrario era troppo giovane, rimanevano lui e Matunas, dotato di doni desiderati invano da Macstarna.

«Non abbiamo bisogno di altro se non della notte. Gli dèi depositeranno la risposta nell'urna dei nostri sogni».

Il sogno

Dalla terra nera e scura escono due piccoli serpenti. Si rincorrono fra i rovi e i sassi, come stessero giocando.

Crescono, rossi e robusti, vicino al fiume e le loro squame umide scivolano fra le rocce e ancora non si trovano.

Poi fra l'erba, finalmente, si uniscono in un amplesso e si alzano intrecciandosi verso il cielo.

Si fronteggiano per un istante, denti velenosi, sibilare ostile, poi le teste scattano, le bocche si aprono. Si divorano, si inghiottono.

Fusi l'uno nell'altro, cambiano forma e colore, ed ecco la pianta destinata a essere albero.

Il responso

«Tarconte, l'eroe figlio di Tirreno, stava arando il suo campo quando dai solchi uscì improvvisamente Tagete, il fanciullo con il viso di vecchio, e gli insegnò quel canto meraviglioso che racchiude la scienza della vita e dei mondi, il governo e i riti, la dottrina del fato, l'avvenire delle anime, il significato dei lampi, dei tuoni, del volo degli uccelli e del fremito delle viscere. Tarconte allora attraversò i monti per diffondere la Disciplina finché vide stendersi ai suoi piedi come serva devota questa pianura immensa, e scoprì i boschi che la colmavano e i fiumi che la attraversavano rincorrendosi nel loro continuo discorrere e decise di fermarsi per riposare. Si rivolse allora agli dèi chiedendo in dono la terra, perché fra queste colline voleva fosse scavata la sua tomba. Tarconte giurò la devozione della sua gente, templi magnifici e sacrifici per dimostrare la sua promessa e le armi e il sangue necessari a proteggerla. Il mondo era giovane e i Lari ancora trovavano piacere nella compagnia degli uomini, così uno spirito, colpito dal fervore della preghiera, si fermò a guardare e ad ascoltare Tarconte e, sedotto dal suo aspetto e dalle sue parole, decise di portarle a Tinia. Raccolse l'orazione in un telo di lino e la consegnò al padre degli dèi e il padre degli dèi si commosse al calore della voce di Tarconte e una lacrima bianca scese dal suo occhio destro mentre dal sinistro ne cadeva una rossa. Tinia raccolse quelle gocce preziose e le impastò con le parole della preghiera: prese la fede e la devozione promesse, l'abilità degli artigiani che avrebbero costruito e il coraggio dei guerrieri che avrebbero difeso, l'incanto dei bambini che sarebbero nati con la speranza degli uomini che si sarebbero addormentati. Tutto questo mischiò il padre degli dèi alle sue lacrime e ne fece una pietra che offriva luce invece di imitarla e la diede allo spirito che aveva racchiuso la preghiera nel fazzoletto di lino perché tornasse sulla riva del fiume e la consegnasse a Tarconte in segno dell'amicizia degli dèi e ordinò al Lare di rimanere presso quel fiume ad ascoltare le invocazioni dei rasenni, accompagnandole con il canto delle acque. E questi obbedì mostrandosi a Tarconte nell'aspetto di un vecchio con in pugno l'obolo di Charun e offrendogli la pietra insieme alla benedizione degli dèi. Nonostante l'aspetto gracile e impotente assunto dallo spirito, Tarconte si inginocchiò davanti a lui chiamandolo Apa-Sac, Padre Santo, e lo ringraziò baciandogli la tunica lisa e sporca di fango. Ma quando si rialzò, il vecchio si era trasformato in un guerriero dall'alto elmo crestato le cui armi erano dello stesso colore dell'acqua e nell'acqua l'immagine si sciolse. Allora Tarconte battezzò quel fiume con il nome riconosciuto nel vecchio dalla sua anima e su quelle rive tracciò il solco della sua città e la chiamò Felsina, la "Città di Marzo". Poi, quando la vide prosperare, con una solenne cerimonia ritornò la pietra agli dèi, restituendola alle acque dell'Apa-Sac in una cassetta intagliata nel legno di quercia, circondata dai gioielli più preziosi. E così chiuse il cerchio.

Felsina crebbe e il suo nome viaggiò oltre i mari e superò persino i monti innalzati dagli dèi perché la custodissero, ma la sua fama e la sua ricchezza giunsero fino a un popolo capace di sfidarne le altezze. Vennero in pochi prima, carichi di ambra, per vedere se c'era verità nei racconti, poi vennero in schiere, armati e sanguinari.

Gli dèi oggi guardano a loro, e a loro va dunque donata la pietra forgiata da Tinia all'alba del nostro tempo, la pietra data da Apa-Sac in pegno a Tarconte, nostro padre, la pietra che tu, Auleste della stirpe Kaikna, hai ricevuto sulla riva del fiume. Il Padre Sacro l'ha riportata perché noi la donassimo ai nuovi padroni, carichi prima dell'umiltà delle lusinghe, poi della forza delle armi. E non dispiacerti se costoro si chiamano boi e dicono Bona la nostra città, la vita ci insegna come ogni cosa abbia due nomi, un nome per le labbra e il nome per l'anima e anche tu sai quale ascoltano gli dèi. Continua allora a invocare la Città di Marzo ma guarda i nuovi padroni non come conquistatori ma come tuoi fratelli, poiché questo è il volere di Tinia».

L'alleanza

Lago Vadimone, 283 a.C.

Le sue armi erano la sua gente. La corazza brunita, plasmata con l'abilità e la maniera accumulate nei secoli dagli artigiani etruschi, disegnava muscoli prossimi a venire, mentre la lunga spada di ferro, forgiata lentamente, lamina dopo lamina, dal fabbro della tribù, era incisa con le rune benedette dal druido. Il suo nome era la sua gente. La madre di suo padre era etrusca e da lei aveva ereditato il nome Kaikna. Il padre di suo padre era invece un celta della tribù dei boi e da lui aveva avuto il nome Aneroesto e la corona dorata di *thane*.

Attorno a lui c'era la sua gente. Infatti boi ed etruschi marciavano uniti verso la città di Roma per annullarne definitivamente la minaccia. Presto avrebbero visto le insegne dell'esercito nemico, dicevano fosse valoroso, formato da guerrieri disciplinati e crudeli, ma chi poteva vincere la sua gente?

Non era passato molto tempo da quando i soldati di Roma si erano spinti fino al territorio dei senoni, affacciato sul mare di Adria, portando morte e distruzione e vendendo come schiavi chi non ritenevano abbastanza degno delle loro armi per essere ucciso. Non si poteva attendere che i predatori rivolgessero sulla terra dei boi la loro pesante attenzione. Per questo era stato stretto il patto, e ormai Roma distava uno, forse due giorni di cammino e una sola battaglia la separava dalla sua condanna e quando fosse finalmente rovinata sotto il carico della sua ambizione ci sarebbe stata gloria e bottino per tutti, ma soprattutto per lui, Aneroesto Kaikna: i segni erano chiari. Avrebbe ucciso molti nemici e sarebbe ritornato a casa alzato sugli scudi come gli eroi delle canzoni, perché era lui a portare la pietra magica che il dio Tinia aveva donato al popolo per testimoniare la sua benevolenza, la pietra sacra che le genti di Felsina avevano dato al padre di suo padre per suggellare l'amicizia fra le due nazioni.

Marco Lucero non era orgoglioso di essere un legionario, era semplicemente un suo diritto. Nemmeno provava rancore per la distrazione dei suoi avi che avevano dimenticato di tramandare i loro nomi, così per sangue non poteva dirsi patrizio, figlio di padri. Ma, si chiamassero Fabio, Cornelio o Scipione i suoi antenati erano nati e morti nella città di Roma e lui era un cittadino romano. E, qualunque fosse stato il loro nome, i suoi avi avevano vissuto e operato nella città di Roma lasciandogli denaro e attività sufficienti per acquistare le armi che portava. Quindi Marco Lucero per cittadinanza e per censo aveva il diritto di essere reclutato e così era stato.

Se anche non era orgoglioso di essere un legionario, aveva certo fatto molta strada con e nella legione. Aveva affrontato i sanniti, gli etruschi, i senoni ed erano sempre state le sue gambe a portarlo sul campo di battaglia. Nella legione si era guadagnato l'onore di battersi fra i *triarii*, i veterani nella terza fila dello schieramento. E se il diritto di combattere poteva essere un'eredità degli avi, tutto il resto l'aveva ottenuto il suo valore.

Aneroesto vagava per il campo. La parte occupata dagli etruschi sembrava abitata da spettri rispetto al colore e al rumore di quella popolata dai guerrieri boi. In realtà però non c'era molta differenza: bastava avvicinarsi un poco di più ai primi per sentire gli stessi racconti che da ben più lontano si potevano ascoltare in un'altra lingua. Gli etruschi non bevevano birra, forse divoravano meno cibo, ma la vigilia della battaglia non era molto diversa per gli uni come per gli altri.

Si chiese se si sarebbe potuto credere lo stesso per i romani accampati poco lontano.

Lui, generato da due popoli, sapeva da tempo come non ci fossero grandi differenze. La famiglia del padre di suo padre viveva a nord di Bona e pregava Cernunno di donare un buon raccolto, mentre la famiglia della madre di suo padre si ostinava a vivere a Felsina, la Città di Marzo, e coltivava i campi ai piedi delle colline pregando Veltune di rendere fertile la terra. Da bambino Aneroesto aveva scrutato attentamente la campagna a sud e a nord della città cercando i segni della lotta colossale fra gli dèi, indagando il profumo della terra e il colore dei suoi frutti, ma non aveva mai trovato le chiare impronte di una vittoria: quando un raccolto era ricco lo era anche l'altro, quando su un campo si avvertiva la carestia, l'altro, come un'eco, ne confermava la minaccia. In un primo tempo si era convinto che, imitando la loro gente, Cernunno e Veltune si fossero alleati, poi cominciò a pensare fossero una sola cosa: i romani non chiamavano forse i boi galli, racchiudendo in quella parola altri popoli come i senoni, gli insubri o i cenomani? Gli etruschi non si definivano forse rasenni mentre altri li chiamavano tirreni o tusci? Non aveva mai espresso il suo dubbio a un druido o a un sacerdote di Veltune, ma si era persuaso non ci fossero differenze importanti. Per questo Aneroesto Kaikna veniva accettato da entrambi i popoli.

Per questo Aneroesto Kaikna temeva i romani.

Marco Lucero era un veterano e non avrebbe fatto turni di guardia. Aveva già consumato il rancio e, quando l'avesse desiderato, si sarebbe sdraiato nella tenda a dormire senza preoccuparsi del nemico accampato poche miglia più a nord. Sul suo sonno vigilavano dei *quirites*, guerrieri discendenti da Romolo, e le fortificazioni del campo avrebbero permesso a tutti i legionari di armarsi prima che un solo uomo ostile potesse varcare il terrapieno e la palizzata che lo proteggevano. Quindi, seduto fuori della tenda, Marco Lucero esaminava le sue armi. Controllare le piastre e i lacci della corazza o il doppio filo e la punta del gladio erano attività che la sua esperienza gli consentiva di svolgere senza riflettere e la sua mente poteva ospitare e inseguire altri pensieri.

Il giorno dopo, se gli auspici fossero stati fausti, avrebbero affrontato il nemico. A Marco Lucero non interessava chi fosse: lui, uno dei pochi superstiti della disfatta subita dall'esercito romano vicino ad Aretium a opera dei galli chiamati senoni, non avrebbe permesso un'altra sconfitta. Poco importava se la vendetta di Roma aveva devastato la terra dei senoni e cancellato il nome di quel popolo. Marco aveva partecipato anche a quella campagna di massacro e di saccheggio, placando le immagini impresse a fuoco nella sua mente di una smorfia di dolore, di un'ultima ferita, dei volti di compagni ormai dilaniati dai morsi dei corvi, delle insegne di Roma gettate nel fango o impugnate dai barbari, ma nulla poteva essere cancellato dalla memoria della legione. Per questo non ci sarebbero state altre sconfitte per Roma finché Marco Lucero avesse combattuto nel suo esercito. Perché se pure il loro comandante, Cornelio Dolabella, avesse interpretato come favorevoli gli auspici, la benedizione divina non era una garanzia sufficiente nella battaglia. Per la vittoria era necessario il coraggio dei legionari, ché se il loro valore o la loro codardia avessero onorato o screditato il nome di Roma non sarebbe stato ricordato il singolo eroe o vigliacco ma solo l'insegna della legione.

Aneroesto guardava la disposizione dei soldati di Roma: era uno strano schieramento con i reparti più avanzati distanziati fra loro e, poco più indietro, nello spazio che li divideva, trovavano posto altri guerrieri, forse i meno affidabili, dato che dietro a questi c'era una terza linea meno profonda ma compatta, quasi a impedire la fuga di chi li precedeva. Non fu particolarmente impressionato, forse a causa delle pertiche di legno sovrastate da manciate di fieno innalzate come insegne.

I celti cominciarono a battere le armi sugli scudi e a lanciare sfide e urla di scherno, il fragore era assordante e spaventoso e sarebbe proseguito fino a che un guerriero, uno qualsiasi, non avesse alzato le armi al cielo lanciandosi con un ultimo grido contro il nemico. I suoi compagni allora l'avrebbero seguito.

Dalla sua posizione non riusciva a vedere gli alleati, ma sapeva come combattessero in una linea irta di lance e l'aver creduto fosse lo stesso schieramento dei romani ora lo stupì.

Sciolse la spada legata al fianco, poi, con la stessa mano che reggeva lo scudo, strinse la pietra. La sentì calda e qualcosa passò fra lui e il dono degli dèi e Aneroesto, gridando il suo coraggio, corse verso la battaglia.

Marco Lucero si appoggiava all'asta della grossa lancia, era abituato al peso dell'elmo e della corazza, così come conosceva la tattica della legione. Davanti a tutti, i soldati più giovani e inesperti, gli *hastati*, avrebbero sopportato il primo urto dei nemici. Dietro di loro, negli spazi regolari a separare i manipoli, erano schierati i *principes* pronti in qualsiasi momento a soccorrere i compagni, permettendo loro, se fosse stato necessario, di riprendere forza e riformare i ranghi. Marco apparteneva invece ai *triarii*, i veterani disposti alle spalle degli altri in una solida linea di falange: il suono del corno e le insegne avrebbero loro ordinato quando e se entrare in battaglia. Infatti, solo se il nemico avesse sfondato lo straordinario schieramento a *quincunce* degli *hastati* e dei *principes* la sua certezza di vittoria si sarebbe sgretolata contro il muro dei *triarii*.

Quella mattina, quando l'alba era ancora una promessa di cui appena si intuivano i segni, il console Dolabella aveva interrogato gli dèi, non sulla sorte della battaglia, quello era il compito della legione, ma piuttosto per sapere se benedicevano quel giorno e quel luogo per il combattimento. Avuti auspici favorevoli (a Marco non era mai accaduto d'essere testimone del contrario, nemmeno ad Arretium, ma lui non era un aruspice), Cornelio Dolabella aveva evocato gli dèi del nemico, invitandoli a passare dalla parte di Roma in cambio di templi maestosi e di bottino. Poi fu scagliata sul campo di battaglia la lancia di corniolo sacra a Bellona, dea della guerra.

Quando finalmente spuntò il sole, mancava solo il nemico perché il rito potesse concludersi e anche quest'ultimo non si fece attendere. Da una lato la linea ordinata degli etruschi che combattevano con la stessa tattica usata dalla legione quando ne facevano parte i suoi avi, comunque si chiamassero, dall'altro l'ammasso confuso e chiassoso dei guerrieri galli.

Aneroesto fu presto raggiunto e superato da altri guerrieri di maggior vigore, d'altra parte non aveva ancora compiuto il suo diciassettesimo anno di vita, ma non si preoccupò: ci sarebbe stato sangue a sufficienza. L'impeto ardente della carica si spense quando, giunti forse a trenta passi dallo schieramento dei legionari, un nugolo di giavellotti s'abbatté sulla prima fila degli assalitori. Molti dei guerrieri che lo precedevano crollarono a terra contorcendosi, altri, barcollando, provarono a proseguire la corsa con l'asta conficcata nel corpo. Era nuovamente davanti a tutti, di fronte i soldati romani non erano più il nemico, ma volti, armi, corazze. L'urto sembrava imminente quando un altro sciame di lance piombò sui boi. I guerrieri più vicini rovinarono per la violenza del colpo, non avrebbe saputo dire se si sarebbero mai rialzati, ma Aneroesto, il portatore della pietra, dalla pietra era stato difeso: l'asta indirizzata contro di lui aveva perso forza, come trattenuta da una mano divina, ed era caduta ai suoi piedi, senza nemmeno scalfire la terra. Con esaltazione e furore crescenti, senza rallentare la corsa, caricò un romano, sbattendo violentemente il suo scudo contro quello del nemico. Non fu la forza dell'urto a sbilanciare il legionario, che l'aspettava con il gladio proteso, Aneroesto ne era certo, furono i suoi occhi a sconcertarlo, fu la luce della pietra a fargli fare un passo indietro, ma fu il fendente della sua spada a squarciargli il collo. Il soldato scivolò a terra senza un grido ma la sua posizione fu subito presa da un compagno, pronto ad affrontare la furia, mentre intorno a loro i duelli si moltiplicavano. Aneroesto tempestò di colpi il nuovo rivale che, riparandosi dietro l'ampio scudo di legno, sperava in un istante di respiro in quell'uragano. Non ebbe mai quell'occasione. Sbarazzatosi di un avversario, un guerriero celta si spinse avanti affondando la lama nel fianco indifeso del romano.

Aneroesto trovò aperta la strada.

Marco migliorò la presa sulla lancia. Lo scontro era già cominciato, sentiva i gemiti delle lame mentre penetravano nel legno e nella carne. Un suono di corno e un agitarsi di pertiche annunciò ai manipoli dei *principes* che dovevano entrare in azione, la prima linea aveva quindi retto l'attacco dei nemici, senza riuscire però a sfondarne la formazione. Davanti a lui, i suoi compagni si battevano contro i galli e non poté evitarsi un sorriso. Era addestrato troppo bene per non dominare l'impulso di lanciarsi in battaglia, non si sarebbe mai mosso senza un ordine, ma nemmeno l'addestramento della legione poteva impedirgli di accarezzare la vendetta.

Chissà per quante volte Aneroesto aveva alzato il braccio abbassandolo con forza per guadagnare una nuvola di schegge o prepotenti schizzi di sangue e di ossa e, mentre questi scivolavano via, accompagnati da tutto quanto sostiene una vita, ecco il suo braccio sollevarsi ancora e ricadere. Aveva visto le armi dei suoi compagni spezzarsi contro le armature romane o rimanere prigioniere della violenza di un colpo bloccato dallo scudo del nemico. Ma la sua spada brillava scarlatta e, grondando carne a brandelli, fendeva cuoio e legno, corpi e metallo mentre il braccio, monotono, si levava per poi precipitare.

Non sapeva quanti nemici avesse ucciso o di chi fosse la forza sprigionata dal suo corpo, da dove venisse l'abilità di distruggere guerrieri meglio addestrati ed esperti, ma i romani sembravano indietreggiare davanti a lui...

D'improvviso, cominciò a soffiare un vento gelido creando vortici impetuosi di polvere. A Marco Lucero sembrò spirasse direttamente dalle grotte dell'Ade.

Un suono di corno. Le insegne dei manipoli dei veterani si mossero in un cerchio completo prima di rimanere inclinate in avanti.

Marco strinse la lancia puntandola verso la battaglia mentre quanto rimaneva degli *hastati* e dei *principes* cercava riparo dietro le linee serrate dei *triarii*.

Dopo un goffo tentativo di affondo, il legionario voltò le spalle ad Aneroesto e, gettando a terra un relitto di scudo, cominciò a scappare. Gli fu addosso con un balzo spingendogli la spada nella schiena. Senza badare al nemico che cadeva (quel giorno ognuno dei suoi colpi era micidiale) rapidamente si guardò attorno, dovunque i romani fuggivano al debole riparo di turbini di polvere sollevati da un vento freddo levatosi improvvisamente... Ecco finalmente un segno della guerra divina: il dio Taranis, gelido come la morte, era venuto ad assistere alla vittoria del suo popolo, mentre il dio dei romani cercava di nascondere dietro un velo di sabbia la sua vergogna.

Aneroesto strinse la pietra, così come aveva fatto al principio di quella straordinaria giornata, ancora la sentì calda e allora si scagliò verso il nemico vinto per proseguire il massacro. Un corno lanciò il suo oscuro richiamo.

La falange dei *triarii* avanzò come si trattasse di un solo mostruoso organismo, all'unisono le grosse lance piazzarono la loro minaccia ad altezza d'uomo mentre aumentava il ritmo dei passi. I mulinelli di polvere non permettevano ancora di distinguere bene.

Aneroesto si bloccò, incantato da una selva di punte balenate dal nulla.

Marco Lucero teneva fisso lo sguardo su un giovane guerriero fermo a pochi passi da lui con l'incredulità dipinta sul volto.
Affondò l'arma con tutta la forza delle sue braccia sfondando una corazza decorata di sangue. Quando la lama fu inghiottita dal corpo del nemico la ritrasse con un movimento rapido e, imprimendo una forte spinta verso l'alto, lo sventrò.

Aneroesto non provava nessun dolore. Era difficile credere che quelle sparse attorno a lui fossero davvero le sue interiora e che la terra su cui riposava fosse resa morbida dal suo sangue. Nemmeno si sentiva ingannato dalle profezie e dagli auspici di gloria: se qualcuno fra la sua gente fosse sopravvissuto alla battaglia certo il suo corpo sarebbe ritornato issato sugli scudi, e questa era la sola promessa per un guerriero della valorosa tribù dei boi. La corona d'oro, ma soprattutto la pietra magica di Tinia sarebbero andate a chi di diritto avesse ereditato il potere sugli uomini e la benedizione della terra antica che abbracciava la Città di Marzo. Volle toccare un'ultima volta l'omaggio degli dèi per scoprire se era caldo come la furia del combattimento o se invece era freddo come il suo futuro.

La carica dei *triarii* stordì un nemico già certo della vittoria e quando *principes* e *hastati*, riorganizzatisi, si ributtarono nella lotta la battaglia divenne sterminio. I legionari inseguirono, abbattendoli senza alcuna pietà, gli avversari in rotta, poi i corni suonarono l'adunata. Il console Dolabella ordinò di affidare al fiume Tevere, che correva poco lontano dal campo di battaglia, il compito di portare a Roma la notizia del trionfo e subito l'acqua divenne rossa del sangue nemico.
Marco Lucero ritornò sui suoi passi, cercava quel giovane guerriero che aveva ucciso per primo in quel giorno di vittoria. Non guardava i mucchi di cadaveri, né si chiedeva quanti di essi avessero impresso il marchio della sua lancia, e, mentre ai legionari feriti venivano portate le prime cure, lo trovò, spalle a terra,

con la mano destra a sfiorare uno strano gioiello. Era proprio quella pietra ad averlo turbato, costringendolo a cercarla prima ancora di pulire le armi dalla fatica di quella giornata. Prima ancora di soccorrere i compagni.

Con un gesto brusco la strappò dalla cintura del guerriero morto e sorrise, Marco Lucero aveva riscosso la sua parte del bottino.

Bona Omnia

Bononia, 175 a.C.

Marco Lucero era soddisfatto.

Se avesse potuto pesare la sua scelta sulla bilancia imparziale della Fortuna, il piatto del cuore, dove viene custodito quanto è favorevole a chi è sottoposto a tale giudizio, più che abbassarsi, sarebbe sprofondato rispetto a quello destro, povero vassoio con un solo, piccolo, sassolino.

Quando l'alternativa gli si era presentata, circa quindici anni prima, decidere era stato difficile: da una lato rimanere a Roma, cittadino a tutti gli effetti, sia pure più della Suburra che del Quirinale, dall'altro trasferirsi nella colonia di Bononia, al centro della Gallia Cisalpina, ai confini del mondo civilizzato.

Oggi la sua valutazione era serena: abbandonare l'Urbe era stata la scelta giusta.

Infatti, ricreando nella sua mente l'immagine della bilancia, a sinistra poteva appoggiare i settanta iugeri, assegnatigli dal Senato per i suoi molteplici meriti, oltre all'altra terra che finalmente avrebbe acquistato, e quindi la sua nuova dignità di proprietario, lui, plebeo romano. Però, accostando al piatto la felice sorte di quei primi anni nella colonia, questo a fatica ne sopporta il peso.

Settanta iugeri sono un'enormità, corrispondono a settanta giornate di aratura, e anche i coloni con il solo valore della propria povertà (nemmeno plebei, ma proletari) avevano ottenuto molta terra, circa cinquanta iugeri. Impossibile lavorarli da soli. Così si era dovuto ricorrere agli abitanti del luogo per far fruttare il dono del Senato romano. Ma mentre gli altri possidenti avevano dovuto trattare e vincere diffidenza e ostilità, Lucero aveva subito legato con una famiglia fra le più importanti e rispettate di quella gente che, con orgoglio, ancora si definiva rasenni. I Kaikna, questo il loro nome, rappresentavano un ritratto straordinario di quella regione in equilibrio fra una secolare cultura vicina alla tradizione romana e un più recente costume introdotto dagli invasori barbari: Marco Lucero non sapeva se considerarli un clan o riconoscerli invece come *gens*. In realtà, i Kaikna non erano semplicemente il frutto dell'unione di una nobile casata dei rasenni con un'altrettanto nobile stirpe celtica, ma incarnavano un patto, la promessa che aveva consentito alle due razze di coesistere e crescere. Poi, per un curioso scherzo della natura, o, più probabilmente, per un preciso disegno divino, il sangue etrusco e quello gallico, dopo essersi amalgamati per qualche generazione, si erano nuovamente e completamente divisi nei due fratelli che oggi rappresentavano il vertice della famiglia. Velies Kaikna, il più anziano, era aggrappato alla radice etrusca e parlava di Bononia come della rifondata Città di Marzo, mentre il più giovane, Veltuno, ricordava solo i canti dei bardi. Marco aveva cercato di stabilire con entrambi dei buoni rapporti, ma presto si era dovuto ricredere e aveva allontanato Veltuno dalle sue terre, negandogli l'accoglienza della sua casa e del suo nome, perché, a differenza del fratello, il più giovane dei Kaikna vedeva in Lucero solo l'invasore romano e non il portatore della pietra. L'amicizia con Velies Kaikna era infatti dovuta (anche l'evidenza era difficile da credere) a quella pietra strappata dal padre del padre di suo padre, e così via fino a un avo con il suo stesso nome, a un cadavere su uno dei tanti campi di battaglia che la legione gli aveva permesso di conoscere. Niente di più preciso di un "campo di battaglia" e un "cadavere" a celebrare quel fatto rivelatosi il cardine della sua fortuna.

Marco sorrise a quella conveniente superstizione, e mentre

chiedeva perdono ai numi dei rasenni per la sua insolenza, la sua fantasia già lo riportava a immaginarsi un dio indaffarato con i meravigliosi strumenti della divina giustizia.

Ecco allora, dipinto con sovrumana malizia del bianco più schietto perché il minimo difetto ne risultasse esaltato, il piatto destro della bilancia, carico della sua colpa solitaria: aver perduto la cittadinanza romana. Bononia era stata fondata come colonia di diritto latino e quindi Marco aveva dovuto assumerne il titolo di cittadino, perdendo parte delle sue prerogative di romano. Sebbene oggi la bilancia di Fortuna pesasse come un piccolo ciottolo quanto quindici anni prima sembrava un macigno, quel lieve inconveniente emanava lo stesso una sottile ma fastidiosa inquietudine, proprio come la pietra così cara alla famiglia dei Kaikna diffondeva luce. E Marco, molto più dell'immaginaria bilancia della dea, sapeva riconoscere in quell'ansia il timore di aver mancato nei confronti del padre e del padre di suo padre, ancora una volta fino a quell'avo, anche lui Marco, che aveva trascorso il suo tempo vagabondando con gladio e giavellotto, mettendo il suo orgoglio e quello della città di Roma prima dei suoi doveri nei confronti della famiglia e della progenie. Quell'avo schiattato per il troppo passeggiare sui sandali chiodati della legione, senza poter vantare altro titolo che quel Lucero, somigliante nel suono al nome di una delle tre tribù sui cui si fonda la grandezza di Roma.

I magistrati

«Accetterà?» chiese ancora una volta Talido e ancora una volta domandò più a se stesso che ai suoi compagni. Erano ormai arrivati alla casa di Marco Lucero quando un evento del tutto imprevisto lo fece trasalire.

«Credo di sì» rispose infatti Ennio Sillano, uno dei due magistrati superiori della colonia di Bononia, fermandosi e facendo correre sugli altri uno sguardo che, finalmente, ordinava di colmare la retorica delle risposte inattese in un ultimo abboccamento prima di affrontare il lupo nella sua tana.

«Io ne sono certo» era Tebro Pisone a esprimere tanta sicurezza «in verità la sua superbia non gli permetterà di rifiutare».

«Anch'io confido nel suo orgoglio, ma nel frattempo mi chiedo davvero dove il verace Pisone verifichi le sue verità» intervenne caustico Mario, l'altro magistrato superiore in carica quell'anno «quando la vera verità, i fatti, ci dicono soltanto come Marco Lucero abbia sempre rifiutato ogni carica o dignità».

«Dice di aver già ottenuto tutti gli onori concessi a un'intera vita quando serviva nella legione» spiegò Talido.

«Ascoltami bene, Talido Sabino» Tebro riversò l'umiliazione delle parole di Mario Celio sul magistrato minore, suo collega «Marco Lucero nella sua vita non ha mai sostenuto carichi più pesanti di una grassa *sportula* da cliente, altro che spada e scudo da legionario!».

«Eppure il Senato gli ha assegnato i settanta iugeri dei cavalieri e dei veterani e non i cinquanta stabiliti per gli altri coloni...».

«Settanta agli eroici veterani e settanta agli audaci ruffiani!» Tebro Pisone proseguì lo sfogo «Lucero può vantare un solo retaggio certo: una continua e perfetta linea di discendenza dotata di lingue lunghe e vellutate, sempre disponibili a carezzare gli orifizi più nascosti dei padri della *gens* Cornelia... Ecco riconosciuta la sua grande virtù!».

Fra i quattro magistrati della città di Bononia si creò quel silenzio carico di parole in cui ognuno soppesa, valuta e calcola.

«Accetterà?» chiese Talido Sabino.

La proposta dei magistrati

«Come saprai, Marco Lucero» era Ennio Sillano in qualità di magistrato superiore più anziano a condurre il negoziato «la nostra giovane città è stata recentemente afflitta da fatti mostruosi e criminali...».

«Sarebbe strano non lo sapesse...» intervenne Tebro, con un tono di voce più alto di quanto avrebbe voluto.

«Il primo di questi eventi funesti» riprese Ennio, una sola nota appena più acuta a esprimere l'importunità dell'interruzione, «lo ricorderai, fu il barbaro assassinio di Quinto Lucillo e del suo unico figlio maschio, il legionario Lucio, orrendamente massacrati a colpi di pietra sulla loro terra...».

«Se l'ottimo Marco non serbasse memoria del "funesto evento", può soccorrerlo ripensare alla vasta proprietà di Quinto Lucillo, posta proprio al confine con la sua» disse Tebro Pisone, e avrebbe voluto aggiungere come Marco il Lenone avesse sbavato sulla terra di Lucillo affinché si congiungesse alla sua, corteggiandola con truci minacce e sordide lusinghe, invece proseguì: «Bisognerebbe però parlarne al passato, ottimo Marco, perché, ormai, il fondo del povero Quinto ti appartiene» tacque, soddisfatto di essere riuscito a togliere qualsiasi sfumatura ostile dalla sua pungente precisazione.

«Dopo una serrata trattativa con cui hai prevalso sull'altrettanto ottimo Pisone» intervenne Mario, dileguando ogni compiacimento.

Ennio riprese la parola, questa volta il suo fastidio era più evidente: «Certi, ora, della rinnovata memoria, lasciatemi rievocare come pochi giorni dopo venne trovato morto Leone Arpino ed Elio Verano dopo di lui... In questi tempi arrischiati, dove ancora i barbari, rintanati nei boschi a loro sacri e nelle inaccessibili montagne, minacciano le nostre fertili terre e dove ancora e soprattutto la nostra giovane comunità non ha raggiunto equilibrio e armonia, ma piuttosto è ancora dominata dall'imprudenza e dal fuoco del fresco convivere di uomini provenienti in prevalenza dai duri ranghi dell'esercito, uomini atti a prendere più che a domandare...».

La pazienza di Marco Lucero era severamente messa alla

prova dall'atteggiarsi a retore di Ennio Sillano proveniente, lo sapeva per certo, non già dai duri ranghi della legione, ma dalle fameliche schiere dei pedagoghi. Fino a ieri aveva insegnato l'abc all'unica proprietà dei più miserevoli proletari romani (la loro prole appunto) compensato accidentalmente a rape e radicchi e oggi, ripulito e rivestito, si figurava tribuno...

«...nessuno comunque ebbe l'intuizione di collegare fra loro gli orridi eventi. Oh, certo si indagò su di essi, ma non furono ricercati nessi e connivenze. Infine, ieri mattina, è stato trovato un altro cadavere: Quadrio Triario, ucciso nella sua stessa casa e ora, ottimo Marco, il timore di una sola spietata mano colpevole di tutti gli omicidi non è più sospetto ma evidenza...».

«Ti chiediamo quindi di occuparti tu, stimato cittadino, delle necessarie indagini...», probabilmente anche Mario Celio si era stancato della prolissità di Ennio.

«Inoltre, la tua decantata militanza fra quei duri ranghi così ben descritti da Ennio Sillano, vedrà la tua autorità gradita e riconosciuta anche dai più severi fra i veterani ospitati nella nostra città», questi, per chi non l'abbia riconosciuto, era Tebro Pisone.

«Naturalmente» riprese Ennio «per tutto il tempo della tua difficile inchiesta, avrai dignità e diritto di magistrato».

«Naturalmente risponderai solo a noi dei tuoi progressi» sottolineò Tebro.

«Naturalmente sarai adeguatamente compensato» intervenne finalmente Talido.

«Naturalmente come pubblico funzionario impegnato in una missione difficile e pericolosa avrai una scorta personale di dieci legionari» rincarò Mario.

«Naturalmente speriamo che tutto questo ti distragga per brevissimo tempo» concluse Tebro.

«Ha accettato!» disse Talido Sabino appena superata la soglia della casa di Marco Lucero.

Ancora una volta nessuno gli rispose: i suoi compagni stavano ripercorrendo, con diversa soddisfazione, le fasi del colloquio.

«Era proprio necessario offrirgli il drappello di legionari? Adesso si crederà un console con il suo bel corteggio di fasci littori... Se li porterà persino alla latrina affinché anche quel minuscolo carico non lo aggravi troppo».

«Abbiamo bisogno di lui, Pisone» rispose Mario gravemente «e lo sai bene. Tutti noi lo sappiamo, altrimenti ci saremmo occupati direttamente di questi delitti. Ma c'è il rischio di pestare piedi troppo sensibili e, capitemi bene, adeguatamente calzati. Abbiamo bisogno di qualcuno che si esponga personalmente, utile se scopre il colpevole, ma altrettanto utile se non scopre nulla. Sarà allora come uno degli argei, i fantocci gettati ogni anno nel Tevere a espiazione dei peccati commessi inconsapevolmente. Ma se invece troverà l'assassino, o soltanto qualcuno da accusare e condannare, attirerà su di sé l'odio e la faida di chi avrà incolpato, o calunniato, e l'ostilità dei familiari e degli amici e degli amici degli amici. Perché, lo sapete come lo so io, l'assassino non solo è fra di noi, ma potrebbe essere uno di noi... Marco Lucero doveva accettare e Marco Lucero non è stupido, ma è un romano. Anche se umile di natali e di poca gloria, è gonfio come noi di orgoglio e di onore. Ha lasciato il suo passato nell'ombra e nel silenzio, facendo scivolare qua e là qualche parola, e mentre Talido crede sia un grande eroe di chissà quali e quante guerre e di altrettanto grande modestia e discrezione, tu, Pisone, e forse sei nel giusto, ritieni sia solo un ruffiano della peggiore specie, impedito nell'affrontare la dignità di una carica pubblica e di una pubblica elezione dal torbido dei suoi trascorsi. E, all'improvviso, ecco la pubblica dignità servitagli su un vassoio d'argento e, anche se l'argento è solo una sottile copertura, è penoso rifiutarlo. Ma, per rispondere alla tua domanda, caro Pisone, un incarico...».

«...Un incarico, Pisone» interruppe Ennio Sillano «o meglio una carica o un ufficio, per quanto importante, vitale e di valore, non è tale se non consente di mostrare al mondo la condizione acquisita... È vero, si racconta di uno che, dopo aver ricoperto le più alte funzioni, abbia dismesso toga e corazza ritornando a rivoltare la terra del suo orto. Uno ne ricorda la storia, uno solo, però credetemi, questa non è la storia, ma solo un'utile storiella con cui rimproveriamo chi ci fa torto senza che mai essa serva da maestra alle nostre azioni».

«L'esibizione deve davvero stare a cuore a Marco Lucero: ha accettato senza schermirsi nemmeno una volta, come l'uso e la buona educazione avrebbero richiesto» ricordò Talido.

«Meglio così, ha evitato a Ennio Sillano di offrirgli un'intera centuria a sua scorta, perché potesse credersi Scipione!».

Inciso

«Finalmente si sono decisi».

«Come se avessero scelta».

«In ogni caso non avrebbero potuto scegliere meglio».

«È vero se si concorda sull'obiettivo. Basta conformarsi a uno stesso significato di parole come vero e verosimile, reale e ragionevole. Far luce e rischiarare...».

«Termini che si somigliano...».

«...E lontani mille leghe».

I cinque delitti

Le difficoltà e le sfide dei tempi in cui vivevano erano una realtà così tangibile e quotidiana da rendere l'appello di Ennio Sillano banale e inutile, quasi volgare. Al centro di un importante nodo stradale, Bononia era circondata da un territorio vasto e fertile e si poteva certo prevedere un grande futuro per la città. Ma era ancora solo un presagio: le 3000 famiglie scelte per la fondazione della colonia garantivano almeno 3000 soldati, una mezza legione a pieni ranghi, e dalla nascita dell'insediamento, quei soldati, erano sempre stati in allarme.

L'invasione cartaginese aveva solo rallentato l'inesorabile occupazione romana della Gallia Cisalpina. Sconfitto Annibale a Zama, la campagna di conquista era ripresa immediatamente: il primo scontro con i galli era avvenuto nello stesso anno in cui era stata sancita la pace con Cartagine. Allora i boi, manovrati da Amilcare, uno dei migliori ufficiali di Annibale, e alleati con le tribù degli insubri e dei cenomani avevano annientato un reparto di legionari e distrutto la colonia romana di Placentia. Ma Roma aveva reagito con forza e intelligenza, sconfiggendo prima gli insubri, poi i boi, mentre i cenomani tradivano i loro fratelli trasformandosi sul campo di battaglia nell'infido nemico che colpisce alla schiena. La vittoria sui boi fu tale da consentire a Cornelio Scipione Nasica, cugino dell'Africano, di vantarsi di avere trasformato una fiera tribù di guerrieri in una docile società di vecchi e di fanciulli e Bononia fu la prima concreta celebrazione del trionfo. Purtroppo tribù altrettanto pericolose, come gli apuani e gli ingauni dell'etnia ligure, non erano ancora state del tutto sottomesse e le loro cruente scorrerie accendevano d'improvviso il territorio della colonia.

Tuttavia i delitti rievocati dai magistrati non si potevano certo imputare alle incursioni dei liguri, anche se sarebbe piaciuto a tutti (eccettuati forse i più stretti familiari delle vittime o solo quelli tra loro a cui non era spettato nulla in eredità) il poter accusare un bizzarro predone più interessato al sangue che al bottino.

Quinto Lucillo era stato trovato sulla sua terra, il viso sfigurato a colpi di pietra. A meno di due passi di distanza il cadavere del figlio, con la nuca orribilmente fracassata e con ancora indosso la corazza. Un qualsiasi razziatore, di stirpe ligure o latina, non avrebbe certo ignorato le armi di Lucio. Le indagini avevano subito stabilito come gli omicidi dovessero essere avvenuti dopo il tramonto, quando i numerosi contadini impiegati nel fondo di Lucillo erano già rincasati. Infatti, interrogandoli, si apprese come Quinto si fosse attardato sui campi in compagnia di Lucio, forse in attesa di qualcuno o forse, su questo fatto le testimonianze erano numerose e concordi, per proseguire quella violenta discussione iniziata nel pomeriggio. Difficile immaginare un complotto o una complicità tale da coinvolgere l'intera schiera dei dipendenti di Lucillo, più facile invece presumere che il misfatto fosse avvenuto alle prime ombre della sera o con il buio della notte. L'ora precisa era un particolare irrilevante: entrambi i cadaveri ancora impugnavano una pietra insanguinata e da entrambi sprigionava un forte odore di vino.

Ennio Sillano, il magistrato incaricato dell'indagine, con l'autorevole avallo dei suoi colleghi, stabilì che Quinto e Lucio si erano trattenuti sui campi per risolvere, fuori dalle sacre mura domestiche, il loro dissidio, qualunque esso fosse. Per riconciliarsi erano ricorsi al vino, ma, tale decisione, si era rivelata una fatale sentenza: quanto doveva addolcire, il vino, aveva invece esasperato (Ennio andava particolarmente fiero delle apprezzabili considerazioni di carattere morale concesse da questa intuizione) e un ebbro Quinto Lucillo aveva aggredito alle spalle il più vigoroso Lucio (ecco spiegato il colpo alla nuca), non riuscendo però ad abbatterlo e il figlio, prima di stramazzare, si era accanito sul padre massacrandolo. A questa ricostruzione Mario Celio ne oppose una forse più verosimile, obiettando come sarebbe stato molto più semplice da parte di Lucio, colpito all'improvviso, ricorrere alla spada piuttosto che, stordito e sanguinante, mettersi alla ricerca di una pietra acuminata per rispondere ad armi pari all'attacco subito, mentre il gladio era stato ritrovato regolarmente riposto nel suo fodero. Ma era stato un puro esercizio dialettico: anche per Mario infatti la soluzione indicata da Ennio Sillano era abbastanza adeguata (o perfettamente opportuna) da rassicurare sull'immenso senso dell'onore di Lucio.

Le conclusioni non vennero turbate nemmeno quando fu trovato morto Leone Arpino, un proprietario impegnatosi di recente nel disboscamento di una macchia di querce secolari posta al limite del suo podere e trovato appeso proprio a una di queste.

Poi era toccato a Elio Verano, le cui terre non solo confinavano con quelle di Leone, ma a dividerle era proprio il piccolo bosco in cui quest'ultimo era stato ritrovato cadavere. Quando il suo corpo venne rinvenuto fra le querce nessuno poté però confermare se anche lui avesse progettato di abbatterle.

Infine Quadrio Triario, un veterano della legione, come confermava quel nome assunto con grande orgoglio e scarso rispetto per gli avi. Su Quadrio, persona discreta, forse un po' scostante, circolavano molte storie. La più diffusa e accreditata lo voleva di origini barbare, addirittura un capo della tribù dei cenomani. Anzi, si diceva fosse stato uno dei principali artefici di quel tradimento (esecrabile o eccellente, a seconda del punto di vista, ma obiettivamente esemplare) che aveva spalancato a Roma il territorio dei boi. La sua biografia proseguiva risolvendosi, come quelle degli altri coloni, con l'assegnazione di molta terra da parte del Senato e nessuno aveva avuto il tempo, la voglia o l'interesse di scoprire se Quadrio Triario avesse effettivamente goduto delle due qualità necessarie per partecipare alle fortune della guerra: censo e cittadinanza. In fondo, fosse vera o falsa, l'avventura del nobile barbaro inchinatosi al destino di Roma era bella da raccontarsi e quindi veniva raccontata. Diversi particolari sembravano poi sostenerla, primo fra tutti quel nome, Triario, afferrato come scudo contro chissà quale impronunciabile intreccio di consonanti e, finalmente, e ciò ci riporta all'inizio del pettegolezzo, Quadrio era una persona riservata, forse per superbia, sempre circondata da un manipolo di uomini incaricati di tenere a distanza seccatori e seccature. Però, quando ne venne scoperto il cadavere, della sua guardia del corpo non c'era traccia e nemmeno si trovarono i segni della lotta immane da questa ingaggiata con quella definitiva seccatura ben rappresentata da un assassino risoluto: nulla sembrava fuori posto in quella casa, se non il suo padrone, ma ciò corrisponde fatalmente a quel minimo di disordine inseparabile compagno di un brutale omicidio.

Vicino alla testa orrendamente fracassata, naufragato in una vasta pozza di vino più schietto che annacquato, un boccale solitario non aveva suggerito nemmeno a Ennio Sillano una nuova e sobria predica sulla morigeratezza. Era infatti estremamente improbabile che, per quanto ubriaco e deciso a farla finita, Quadrio Triario fosse riuscito da solo a ridursi a quel modo.

Le modalità e le vittime dei delitti erano fra loro troppo simili e troppo vicine.

Mario Celio fece il nome di Marco Lucero.

Il verosimile (e il vero)

L'attenzione dei quattro magistrati era assoluta. Assorbivano le parole di Marco Lucero con l'evidente speranza di specchiare in esse almeno un riflesso delle proprie aspirazioni armoniosamente disposte l'una al preciso opposto dell'altra. Se c'era chi desiderava soltanto una soluzione accettabile per quella sanguinosa vicenda, c'era chi sperava nella debolezza di tale soluzione. Chi confidava di approfittare del proprio coinvolgimento nella risoluzione del caso e chi, con uguale egoismo, pregava perché l'evidenza dei fatti non mettesse in luce le sue mancanze.

Assegnare un nome a ogni aspettativa non è un'impresa difficile come quella compiuta da Lucero, capace di soddisfare e deludere tutti allo stesso modo.

«Già prima del nostro incontro, avevo attentamente considerato le possibili relazioni fra le vittime degli omicidi e quando vi mostraste certi del collegamento, mai, nemmeno per un attimo, potei dubitare della vostra sicurezza e anzi, lo confesso, me ne rallegrai. Presto però, e forse prima ancora (ma anche subito potrebbe significare un ritardo) capii l'inutilità di quel modo di ragionare. La nostra città è giovane, ospita persone la cui comune appartenenza è talmente recente da non essere nemmeno percepita e quindi, per poter scoprire eventuali e, badate bene, non certi legami fra i cinque martiri, avrei dovuto lasciare la città imbarcandomi in una inchiesta immane sul loro passato, cercando magari un nemico comune e fidando che la malizia degli dèi, portandolo in questa città, avesse voluto beffarsi di tutte le regole del buon senso avverando la suprema coincidenza. Tutto è permesso agli dèi, ma per noi invece è impossibile realizzare la concretezza dei fatti seguendo l'inconsistenza del caso. Avrei potuto rinunciare, restituendovi l'indagine, fini magistrati, e abbandonando la mia reputazione alla vostra stima, ma già avevo ribaltato l'evidenza, partendo non dalla vittima ma dal nemico immaginario e fabbricando, frammento dopo frammento, un'immagine utile a spiegare uno dei modi possibili e uno dei motivi plausibili. D'altra parte sapete già come gli dèi siano stati benevoli con me e non potevo certo seguire la strada della loro malizia. Meglio di molti altri ho trovato e costruito la mia casa in questa nuova città, legandomi con amicizia ai suoi più antichi abitanti, e ciò, non posso negarlo, mi è stato di grande aiuto anche in questo affare.

Così, tracciata la via, trovati i compagni di viaggio, cominciai a comporre i primi fatti e inorridii. Invero, anche se nulla ormai potrete imputarmi, elessi una verità pesante sulla mia coscienza. In questa terra, è noto a tutti, mi sono stretto alla famiglia dei Kaikna con un'amicizia tale per cui quando parlo o rifletto della mia gente di riflesso la abbraccio in essa. Ma con uno, uno solo di questa casa non ebbi mai pace, come mai ci fu fra la nostra madre Roma e i barbari della Gallia Cisalpina. Seminava odio e discordia sulla mia terra tanto da costringermi a cacciarlo, e persino Velies, patriarca dei Kaikna, lo rinnegò, nonostante fosse Veltuno, suo fratello. Certo non fu piacevole, ma dolersene ora è altrettanto sbagliato. Sapevo che Veltuno Kaikna dopo essere stato allontanato, aveva lavorato per qualche tempo nel fondo di Quinto Lucillo, dove aveva continuato però a coltivare il loglio e la zizzania venendo presto costretto a un nuovo esilio».

Marco Lucero si divertiva con le parole, e, usando un termine al posto di un altro, si permise aperti accenni al vero, stuzzicando le menti più pronte a chiedersi se si possa davvero imporre una figura all'artefice del disegno.

«Ci sono diverse persone disposte a giurare come Veltuno, avvicinato da Leone Arpino, sapesse del suo progetto di allargare il podere abbattendo il bosco di querce e almeno un paio di questi testimoni, certo più istruiti, possono confermare quanto quegli alberi siano sacri ai druidi e quindi come la bonifica immaginata da Arpino e da Verano fosse solo una corruzione per un iniziato ai precetti di quei sacerdoti. Infine Quadrio Triario, il nobile principe, il traditore della propria gente mutatosi da guerriero in contadino, da condottiero a servo. E se anche queste voci non fossero vere chi può garantire non ci credesse ciecamente Veltuno Kaikna? Ed ecco come, cucendo insieme questi fatti, scovai un *chi*, per quanto sembri penoso accusare il fratello di colui che è per me un fratello, e un *perché*. Il rancore già rivelato da Veltuno nei miei confronti, alimentato dall'onesto, ma spesso grondante orgoglio di Quinto Lucillo, gonfiato dalla dura servitù patita dalla sua gente su quella terra, esasperato dalla continua mostra delle armi vittoriose di Lucio, lo sostenne nel primo omicidio, l'unico, badate, che l'improvvisazione portò a mascherare. Perché poi, imboccata quella strada, si poteva solo proseguire, premeditare e colpire chi poteva essere ritenuto responsabile di torti perversi e ignobili al suo giudizio: Leone ed Elio colpevoli di sacrilegio e lo scellerato Quadrio rinnegato e spergiuro. Dopo l'ultimo omicidio, Veltuno fuggì dalla città e riparò in un villaggio di pietra e argilla dimenticato sulle colline dalle armi romane. Appena scoprii il suo rifugio vi feci subito cercare: la mia missione era trovare una soluzione e non celebrarmi con essa, ma, proprio quel giorno l'alta responsabilità del vostro ufficio vi aveva resi irreperibili... Per fortuna trovai Talido Sabino...».

Il giorno prima

Proprio quando Marco Lucero cominciava a temere che l'ozio senza requie dei magistrati non li avrebbe mai portati fuori da Bononia, venne finalmente informato di come in città fosse rimasto solo Talido Sabino. Immediatamente mandò quattro legionari a sollecitare i magistrati affinché lo raggiungessero al più presto e naturalmente arrivò l'unico utile.

Scortato dal magistrato minore, dai dieci legionari e da Velies Kaikna si avviò quindi verso le colline spiegando a Talido il modo in cui aveva svelato l'assassino e il suo nascondiglio e, sconvolto, tormentato, intimorito dalla rivelazione, aveva mostrato il massimo disinteresse per qualsiasi ricompensa, fosse anche il semplice riconoscimento dei meriti della scoperta.

Si erano già inoltrati nei boschi sulle alture quando si unì al gruppo una mezza dozzina di uomini armati. «Sono contadini delle mie terre» spiegò Marco «sorvegliavano il villaggio». In realtà i nuovi arrivati sembravano più guerrieri che fattori e se la dignità di Talido non gli avesse impedito di rivolgere loro più di uno sguardo altezzoso o se fosse riuscito a distrarsi un momento dal continuo rimuginare i possibili benefici alla portata dell'artefice dell'arresto, avrebbe forse potuto riconoscere la dissolta guardia personale di Quadrio Triario.

Arrivati in prossimità del villaggio fu però Marco, e non il futuro eroe Talido, a disporre le truppe in modo da circondare le capanne, impedendo a chiunque la fuga, e a istruirle sui pericoli dell'operazione. Temeva non ci sarebbe stata resistenza e sperava nelle scintille provocate dall'attrito fra la superflua e magari eccessiva durezza dei soldati e il fiero e stupido coraggio di Veltuno. Purtroppo andò diversamente.

I legionari non furono certo cordiali e peggio si comportarono i ben istruiti uomini di Marco, ma Veltuno, circondato dalle armi dei suoi nemici e dagli sguardi terrorizzati della sua gente, si arrese a questi ultimi e senza combattere ascoltò le accuse dalla voce eccitata di Talido Sabino. Vinto, in silenzio. Ma chiunque poteva leggere in tutto il suo corpo e anche oltre a questo, nell'aura furiosa che sprigionava, il suo desiderio di uccidere quell'uomo protetto da servi altrui e disposto a recitare la lezione a cui era stato ammaestrato. Gli vennero legate le mani e il manipolo ripartì. Davanti, come se davvero fossero gli alfieri della sua carica provvisoria, Marco fece marciare i legionari, dietro lui e il magistrato minore, poi Velies e il prigioniero con i sei "contadini" a chiudere la fila.

Bisognava incitare la Fortuna assopita e la spinta, letteralmente, era pronta.

A un tratto infatti Veltuno, le mani improvvisamente libere dai lacci e armate di un coltellaccio, con uno strano ruggito si precipitò sopra Talido Sabino. Nella concitazione però doveva aver coordinato male i movimenti perché non riuscì a colpire il magistrato con la lama acuminata ma solo con lo slancio e il peso del suo corpo. Talido cadde ugualmente a terra e il suo non fu un ruggire confuso, piuttosto un latrato di puro terrore protratto ben oltre il necessario. Sei spade, pronte, trapassarono la schiena di Veltuno. Si mossero rapide e simultanee in una manovra difficile perfino da immaginare arrivando ad aprire larghi squarci sul suo petto.

Solo una fra le daghe agli ordini di Marco Lucero era rimasta nel fodero: quella della famiglia Kaikna. Dopo aver tagliato le corde che impedivano al prigioniero di riscattarsi (e al verosimile di rivelarsi) la lama era stata velocemente riposta. Altrettanto velocemente l'elsa di un coltello si era chiusa nella mano di Veltuno, mentre Velies spingeva verso la morte il fratello e il suo rifiuto del nuovo retaggio della pietra.

Conclusione

Con la morte dell'assassino, fermato subito prima dell'ultimo misfatto, Marco Lucero concluse il racconto e lasciò indugiare la sua provocazione sui quattro magistrati. Le parole erano state amare per tutti, ma soltanto uno di loro, nella comune disillusione, raccolse davvero la sfida.

Ennio Sillano era deluso dalla semplicità della soluzione, il colpevole era quindi un barbaro e, dall'alto della sua posizione, ne avrebbe potuto usare uno qualsiasi (come forse aveva fatto Lucero) senza preoccuparsi troppo delle conseguenze. Sospirò, chiedendosi se qualcuno avrebbe ricordato la sua ridicola ricostruzione della morte di Quinto Lucillo e del figlio Lucio.

Talido Sabino era avvilito. Le parole di Lucero non avevano lasciato molto spazio alla sua partecipazione al drammatico arresto e mai si erano avvicinate a quei riconoscimenti così abilmente anticipati quando avevano lasciato la città. Inoltre, proprio mentre arrivava alla casa di Lucero, il suo passaggio per strada era stato salutato da tremebondi guaiti. La sua gola, sleale, registrò il franare della speranza emettendo un nuovo, acuto gemito.

Tebro Pisone era demoralizzato dal successo ottenuto dal suo nemico. E se davvero fosse stato l'oscuro passato a tenere Lucero lontano dalle cariche pubbliche, la brillante attualità della sua impresa difficilmente gli avrebbe vietato lo scranno di magistrato. Abbassò lo sguardo in una perfetta interpretazione del suo incerto avvenire.

Mario Celio era invece semplicemente disincantato e anche un po' spaventato dal crudele gioco di Marco Lucero. Chissà se qualcuno fra i suoi colleghi magistrati avesse penetrato insieme a lui il verosimile costruito "un frammento dopo l'altro" da Lucero. Mario aveva già seppellito quel bagliore di verità con la stessa montagna di terra che ora ricopriva il cadavere straziato di Veltuno e rispose con un sorriso a Marco Lucero, accettando con un sorriso l'inevitabile primato del più importante proprietario della colonia, rispettato, quasi adorato, dagli antichi padroni della sua stessa terra.

Fu il primo, nuovo, facile sorriso di una lunga e riverente catena.

La selva

Bononia, 9

Se gli veniva chiesta l'età, Pedio Massimiano Valente arrotondava ormai a settantacinque, ma ancora pensava a se stesso come Terzio Lucero, *miles*.

Era nato con quel nome, il terzo figlio di Publio Lucero, notabile del municipio di Bononia, e con quel nome si era arruolato, molto tempo prima, più di quanto fosse lecito chiedere, o facile contare, ma soprattutto più di quanto gli piacesse ricordare, anche se, quel tempo, lo ripercorreva tutto con piacere.

A sedici anni era fuggito a Ravenna per entrare nell'esercito. Temeva la visita di leva (*legione* non significa forse "chiamata dei prescelti"?), ma passò con facilità la prova fisica (era in ottima salute e superava abbondantemente i 5 piedi e mezzo di altezza) e quella intellettuale (parlava latino naturalmente). Però all'ultimo esame, quello giuridico, mentì sulla sua età e sul censo della sua famiglia, fu sincero solo sul suo stato di uomo libero e di cittadino romano.

Forse il reclutatore intuì le menzogne dalle vesti e dalle belle armi del giovane, ma lo ammise ugualmente nella XIII legione, pronta a sostenere con le armi la sfida di Caio Giulio Cesare al Senato di Roma. Cesare oggi è per tutti un nume, ma per Pedio Valente, o meglio per Terzio Lucero, lo era sempre stato e non già per sottile preveggenza, ma piuttosto per l'irruenza e il valore del suo carattere. E così Terzio combatté a Farsalo come legionario della XIII, poi fu a Munda con la III coorte della X *Legio Equestris*, lottando fianco a fianco con l'aquilifero che allo sbarco in Britannia si era scagliato da solo contro i nemici che gremivano la spiaggia, incitando i compagni intimoriti a seguirlo con lo spettro del massimo disonore: perdere in battaglia il simbolo della legione.

E anche se l'alfiere forse non era più la stessa persona, poco importa, perché una è l'aquila della legione e una sola la sua gloria.

Quando Cesare venne ucciso fu quindi naturale per Terzio passare nelle file di Marco Antonio, che con Cesare aveva combattuto a lungo, e dello stesso partito si dichiarò Publio Lucero, suo padre, e tutta la città di Bononia, riconoscendo nel generale di Giulio Cesare il suo vero successore al di là degli eredi citati nel testamento. Terzio divenne quindi primo centurione della IX coorte della Legione di Ferro, fedele ad Antonio, fra i cui ranghi militavano ancora diversi veterani originari della Gallia Cisalpina. Sotto le insegne di Marco Antonio, Terzio Lucero tornò finalmente nella sua terra, ma per combattere. Fu infatti all'assedio di Mutina, dove si era asserragliato Decimo Bruto, e sotto quelle mura soffrì la sua prima sconfitta. A soccorso del cesaricida, Roma aveva mandato cinque legioni guidate dai consoli, ma alla cui testa marciava anche Ottaviano, nipote, figlio adottivo ed erede della vittima stessa di Bruto. Fu uno scontro crudele, dove per una strana sorte entrambi i consoli vennero uccisi e allora Ottaviano, vedendo spalancarsi la strada per il potere, volle incontrare Marco Antonio e, vicino a Bononia, decisero di vendicare insieme la morte di Giulio Cesare. Uno dopo l'altro gli assassini materiali o chi aveva dato il suo consenso alla congiura o chi l'aveva sostenuta solo con il suo silenzio, furono spietatamente braccati ed eliminati, ma poi, morto l'ultimo colpevole, scese il gelo fra i due generali e, mentre Ottaviano si faceva padrone di Roma, Antonio, con il suo esercito, passò in Oriente. Qui ci fu la battaglia finale e la VI *Ferrata* come la X *Equestris*, furono costrette a lottare contro soldati che non solo indossavano la stessa divisa, ma innalzavano anche lo stesso vessillo, perché Ottaviano aveva usato i numeri delle unità agli ordini dell'avversario, testimoniando come le sue fossero le legioni di Roma, le altre quelle di Marco Antonio.

Nonostante i legionari di Giulio Cesare fossero con Antonio ci fu la disfatta di Azio.

Quando Terzio capì che non c'era più nulla per cui combattere si vestì delle sue decorazioni e decise di arrendersi al suo antico reparto, la XIII legione. Questa presto, come Ottaviano, avrebbe cambiato nome: la prima per chiamarsi *Gemina*, a significare la pacificazione sotto le sue insegne di soldati provenienti da entrambi gli schieramenti, l'altro proclamato invece Augusto imperatore. Terzio Lucero consegnò la sua spada al prefetto di campo della XIII, dichiarando orgogliosamente il suo grado e il suo stato di cittadino romano. La resa venne accolta in silenzio: un deferente omaggio al veterano di Giulio Cesare che esibiva sul pettorale della corazza cinque falere e due collari, sul capo la corona aurea, mentre le mani stringevano l'*hasta pura*, il massimo riconoscimento per un centurione. Il primipilo della XIII legione accettò il gladio per poi restituirlo immediatamente e fu lui a insistere perché il nome di Terzio Lucero fosse scritto fra quello dei soldati di Marco Antonio passati volontariamente dalla parte di Ottaviano.

Il primo centurione della I coorte della XIII *Gemina* si chiamava Massimo Pedio Valente.

Riva orientale del Reno, corso del fiume Lupia, 9

La pioggia continuava a cadere, gelida e pungente, anche se era solo settembre. L'optio Albio Urso Cainas si avvolse più strettamente nel mantello avvicinando poi le mani alla fiamma.

Chi divideva con lui il calore del fuoco non rappresentava correttamente le tre legioni che si stavano muovendo nel territorio dei germani: anche se Claudio Vitale, signifero della centuria, ed Elio Asper superavano insieme i trent'anni di servizio, mentre Valerio Balbillo era un coscritto, di soldati senza esperienza di combattimento nella XVII, XVIII e XIX legione agli ordini di Quintillio Varo ce n'erano ben più di un terzo.

«Non mi abituerò mai a questo clima» ripeté Albio a mezza voce.

«Eh già» ribatté Elio Asper «*bona omnia*, Bononia, la patria del nostro buon optio dove tutto è buono e dove, si dice, il grano cresca persino sui tronchi d'albero è davvero molto lontana».

«Peccato che la terra qui non sia altrettanto fertile, perché di alberi certo non ne mancherebbero» intervenne Claudio prima di riproporre, dopo un attimo di esitazione, il suo argomento preferito: «Che farai, Elio, dopo il congedo?».

«Come ti ripeto spesso, Claudio Moscone, è troppo presto per dirlo. Dovresti chiederlo invece al nostro Valerio... a proposito, quanto ti manca alla *missio*, Valerio? Ventidue anni meno quante ore?».

Valerio Balbillo non rispose. Si era arruolato volontario pochi mesi prima ed era in compagnia dei soldati più anziani della I centuria della III coorte solo perché all'atto del reclutamento aveva dichiarato l'accampamento militare come suo luogo di origine. I legionari in servizio non potevano sposarsi e l'*origo castris* rivelava quasi certamente la paternità di un soldato e Valerio era stato quindi adottato dai vecchi del reparto come simbolo in ossa e carne dei possibili e anonimi figli da loro disseminati negli insediamenti civili che circondavano gli stanziamenti militari.

«Io non so se tornerò in Italia», Claudio Vitale diede voce per l'ennesima volta ai suoi dubbi, senza preoccuparsi della smorfia esageratamente annoiata di Elio o del sorriso paziente di Albio, «ormai ho già versato alla cappella delle insegne ben più dei 225 denari di deposito obbligatorio, poi c'è quanto mi daranno al congedo... probabilmente mi comprerò un pezzo di terra dalle parti del campo invernale. È strano ma credo mi sentirò più a casa vicino alla legione che nella casa stessa dove sono nato...».

«Buon per te, Claudio, ma perché non investire in una bella taverna con efebi e lupe compresi nel prezzo del vino? Vedrai allora come sentirai la puzza di legionario persino sopra il tuo letto. Io da parte mia me ne starò invece ben alla larga, non sia mai che a qualche bel tipo venga in mente di nominarmi volontario per un'altra ferma... Ma se vuoi sapere di piani e di progetti già belli e definiti, ti confiderò allora del nostro centurione pronto a cambiare l'aquila con lo scorpione dei pretoriani. Pensate: un pacifico servizio fra gli incanti e le tentazioni di Roma e il doppio del salario per goderne...».

«Pensa alla tua di paga, *sesquiplicarius*!» lo tacitò Albio. Elio Asper infatti, nonostante i tanti anni di servizio e l'indubbio valore sul campo, non aveva raggiunto che il grado di legionario a 337 denari d'argento l'anno: una volta e mezza il compenso di un *simplaris* come Valerio.

«E tu che farai, Albio Urso?».

«Davvero non lo so» Albio era un *optio ad spem ordinis*, il luogotenente del centurione destinato a diventare a sua volta comandante di una centuria «dovessi scegliere oggi, promozione o meno, forse rimarrei in servizio, magari per fare l'istruttore...».

«E di istruttori ci sarà sempre bisogno» intervenne amaro Elio «oggi marciamo contro i keruski o i katti o i kauki, non mi ricordo neanche con quale bizzarra tribù andiamo a combattere per far fare un po' di esperienza a questo *tiro*...».

«Non sono più una recluta ho già prestato giuramento...» sbottò offeso Valerio.

«...ma di chiudere le porte del tempio di Giano, perché finalmente non debba più accompagnare le legioni in giro per il mondo, di pace, Albio Urso, per tua buona sorte, non se ne parla mai e mai serviranno maestri che quella insegnino...».

«Hai ragione Elio Asper, la pace va onorata e venerata... Ma solo se è il frutto della vittoria», gli uomini scattarono in piedi alla voce di Publio Pedio Valente centurione *pilus prior* della III coorte della XVIII legione, la cui autorità non si esercitava solo sulla loro centuria, bensì su tutte le sei centurie che componevano la coorte, «la prima dea del soldato è la Disciplina, a lei costruiamo un altare in ogni campo, perché Disciplina significa imparare. Imparare a maneggiare le armi, a manovrare in battaglia come fossimo un solo uomo, imparare a ubbidire senza discutere agli ordini di un superiore e anche, Elio Asper, imparare a tenere la bocca chiusa».

Bononia, circa cinquant'anni prima

Il partito di Marco Antonio alla fine non si era rivelato una buona scelta, come molte decisioni prese più col cuore che con la freddezza del calcolo. Quando la notizia del suo suicidio fra le braccia funeste della regina Cleopatra arrivò finalmente anche a Publio Lucero, questi, invece di disperare come la maggior parte dei suoi concittadini, cominciò subito a darsi da fare per salvare il salvabile. Senza dubbio Ottaviano, o Augusto come ora si chiamava, avrebbe assegnato terre ai suoi veterani e come ricompensarli se non espropriando i partigiani di Antonio?

Una soluzione perfetta, comoda, vantaggiosa: premiare e punire con un solo atto.

Publio aveva due figli maschi: l'inutile Primo, personificazione stessa del proverbio "I giochi, le donne e i bagni accorceranno la vita, ma sono la vita", e Terzio, l'eroe di guerra che, se era ancora vivo da qualche parte in Grecia, incarnava invece quella verità per cui gli eroi si chiamano eroi solo se hanno combattuto dalla parte giusta della guerra: quella dei vincitori. Publio Lucero voleva, doveva assolutamente lasciare ad almeno uno dei figli anche solo una parte della vasta proprietà e delle varie attività possedute dalla famiglia nel municipio di Bononia.

Manovrò quindi ogni sua pedina, ricorse a ogni mezzo e rincorse ogni strumento, sforzò la memoria per ricordare ogni nome, ogni favore accordato, tutti i sorrisi consumati, ogni dettaglio favorevole, ma la soluzione, perché alla fine ci fu una soluzione, non fu certo merito suo. Arrivò infatti proprio attraverso la manifestazione dell'incubo da cui cercava rifugio, ovvero la comparsa delle armi vittoriose di Augusto nella forma del primo centurione della XIII *Gemina*, Massimo Pedio Valente. Questi lo rallegrò con la notizia dell'ottimo stato di salute di suo figlio, lo lusingò con il privilegio concesso a Terzio, accolto con onore nell'esercito di Ottaviano e gli fece una proposta tanto difficile da digerire quanto impossibile da rifiutare: Publio Lucero avrebbe ceduto (ma la parola esatta era regalato, donato, elargito, consegnato) a Massimo la metà precisa di tutto il suo patrimonio...

«Solo la metà» aveva detto, con la garanzia di poter disporre di tutto il resto come meglio credeva «ma darai anche il tuo benestare di *paterfamilias* affinché io possa adottare Terzio che prenderà il mio nome e sarà mio erede. Terzio Lucero diventerà quindi Pedio Massimiano Valente, metà delle terre del partigiano di Antonio diventeranno le terre del soldato di Ottaviano, tutto come deve essere».

Così, quando Terzio finalmente ritornò a Bononia, congedato dopo vent'anni di servizio nelle legioni di Roma nelle quali aveva combattuto soprattutto legionari romani, l'accordo fu messo in pratica. Non fu nemmeno necessario chiedergli cosa ne pensasse, perché, sebbene ai soldati venisse concesso il diritto di redigere il proprio testamento viventi i loro padri, lo *ius testamenti in procintu*, Terzio era in tutto e per tutto soggetto all'autorità del padre.

L'espediente aveva consentito a Publio Lucero di trasmettere interamente le proprietà ai suoi figli, senza perdere un singolo palmo di terra o un solo opificio: perse solamente uno dei figli e lo sostituì con un profondo rancore nei confronti di Valente. L'ostilità fra le due famiglie cominciò proprio con Publio, ma lui non la rivolse mai contro Terzio e infatti, poco prima dell'adozione, fece tagliare la pietra e la consegnò a chi fino a quel giorno era stato suo figlio.

Così, alla morte del suo nuovo padre, Pedio Massimiano Valente avrebbe ottenuto metà del patrimonio dei Lucero, ma ebbe subito metà di quella pietra su cui si fondava la grande fortuna avuta dai Lucero su quella terra, la rivelazione stessa del genio della famiglia.

Riva orientale del Reno, sorgenti dell'Amisia, 9

«Non lo so, Marco. Qualcosa non mi convince... Forse è solo un presentimento».

La pioggia cadeva insistente e violenta sulla tenda, ma i tre uomini parlavano lo stesso a voce bassa come per confortare l'animo con l'assenza di toni acuti o concitati. Marco Celio, primo centurione della I coorte della XVIII legione, rivolse uno sguardo interrogativo e sorpreso a Publio Pedio Valente. Erano entrambi di Bononia e si conoscevano da tempo.

«Non lo so... è una brutta sensazione, non mi era mai successo quando a guidarci c'era Tiberio».

«Sono quasi tre anni che Tiberio Claudio Nerone ha lasciato la Germania e da quasi tre anni Quintillio Varo è governatore e legato imperiale dell'esercito del Reno...».

«Dovresti esserci abituato, Publio Pedio, o almeno rassegnato» disse Lucio Eggio, il prefetto di campo.

«D'accordo, ma sai cosa si dice di quando Varo governava la Siria: andò povero in una provincia ricca e tornò ricco da una provincia povera».

«Ha sposato la nipote di Augusto» infierì Marco.

«Ci ha dato tre anni di pace» assolse Lucio.

«Davvero. Ormai crede di essere un magistrato urbano con il compito di dispensare graziosamente la giustizia nel foro piuttosto che un comandante militare in territorio ostile... E poi che cosa ci facciamo qui, nel bel mezzo del nulla: non ci sono città da conquistare o tributi da guadagnare a Roma».

«C'è una rivolta da sedare, o così dice Arminio» rispose Marco.

«E Varo si fida di quel barbaro?».

«È il capo dei cherusci, ma non è un barbaro» intervenne Lucio «ora è un cittadino romano innalzato all'ordine equestre...».

«E Varo si fida del cittadino e cavaliere Arminio?».

«Come dei suoi occhi. Numonio Vala, il comandante della cavalleria, mi ha raccontato un fatto interessante. Poco tempo fa Arminio ha sposato una donna della sua tribù, Tusnelda. Bene, Segeste, il padre della sposa, si è rivolto a... come l'hai chiamato Pedio?... al magistrato urbano Quintillio Varo accusando Arminio non solo di avergli rapito la figlia ma anche di tramare contro i romani...».

«E allora?».

«Varo ha risposto a Segeste che si fida di Arminio, che crede nell'onestà e nella buona volontà della gente in proporzione alla gentilezza da lui, e quindi da Roma, accordata loro».

«Ah... e certo è stato gentile con questa gente! Vi ricordate invece come Tiberio ammonisse che i germani soffrono soltanto nel vedere la ruggine formarsi sulle lame delle spade?».

«Non angosciarti Publio» disse Lucio «tre legioni marciano con Quintillio Varo, sono oltre 15.000 soldati romani e altrettanti ausiliari. Arminio cavalca in testa alla colonna a fianco del nostro comandante, dove certamente non può tessere inganni, e chissà, forse la XVIII... e perché no anche la XVII e la XIX, si guadagneranno finalmente un nome».

«La XVII Inzuppata e la XIX Melmosa».

Publio rise alla battuta di Marco Celio e lo guardò sorridendo: «Certo quando ci guidava Tiberio pioveva meno».

«Essere figli di Cesare Augusto imperatore offre qualche privilegio» concluse Marco rispondendo al suo sorriso.

Bononia, 9

Anche se arrotondava l'età a settantacinque e pensava a se stesso come al legionario Terzio Lucero, i suoi anni come Pedio Massimiano Valente erano stati buoni.

Ormai la provincia della Gallia Cisalpina non esisteva più e Bononia veniva considerata parte dell'Italia: uno dei principali municipi della Regione VIII. I bononiensi avevano ottenuto la cittadinanza romana, ma si infiammavano molto di più per le elezioni locali che per quelle dell'Urbe e alla loro città dedicavano cure premurose. Le strade erano state lastricate con solidi basolati di pietra, la rete fognaria era stata rifatta ed era stato costruito un acquedotto sotterraneo che portava ai circa 25.000 abitanti l'acqua per le terme, per le fontane pubbliche e per le abitazioni private. Il teatro e la basilica erano stati rinnovati, mentre un nuovo tempio dedicato al Genio imperiale stava sorgendo non lontano dal foro commerciale, a fianco del vecchio edificio sincreticamente consacrato ai principali dèi romani e alle superstiti divinità locali.

Pedio Massimiano aveva stretto ottime relazioni con i nuovi possidenti introdotti da Augusto nel territorio del municipio tramite espropri e bonifiche e che costituivano la maggioranza o quasi nell'ordine dei decurioni, il Senato di Bononia. D'altra parte, la nuova classe dirigente era tutta di estrazione militare e condivideva con lui passato ed esperienze.

L'affetto di Publio Lucero era rimasto inalterato, però, alla morte del padre naturale, si era dovuto scontrare con l'ostilità di Primo (a cui un sentimento fraterno non lo aveva legato nemmeno quando erano legalmente fratelli) e scomparso quest'ultimo l'odio era stato sostituito dalla malevolenza dei suoi figli.

Massimo Valente si dimostrò poi il migliore dei padri, soprattutto allorché acconsentì al suo matrimonio con Livia Pulchra, nonostante la dote non eccessiva o gli inconsistenti vantaggi della parentela: Publio Lucero, Terzio ne era sicuro, non si sarebbe comportato nello stesso modo. Quando Valente morì gli lasciò effettivamente l'intero patrimonio e Pedio Massimiano fece scolpire nel marmo una bella lapide, dove il vecchio centurione era ritratto decorato di corona, falere e bracciali, la fece porre nella tomba sul ramo occidentale della via Emilia e prese il suo posto fra i decurioni.

La "Lex Iulia de maritandis ordinibus", voluta da Augusto, con i forti privilegi, anche fiscali, concessi a chi aveva tre o più figli, lo favorì nella sua carriera pubblica e nelle sue attività economiche. Ora era iscritto al censo equestre e aveva più volte ricoperto le massime cariche della città. Importava lana da Mutina (come è noto la più candida e morbida) e la faceva lavare, candeggiare e tingere nelle sue due fulloniche. Sulla sua terra si coltivava il grano, si allevavano maiali tanto grassi da non riuscire a sollevarsi in piedi e si raccoglievano canne palustri che, rese pesanti dal midollo, permettevano di costruire frecce infallibili. Da poco aveva fatto disporre, sostenute da filari di olmi, vigne di uva perusina, dagli acini neri come la notte, ma il cui vino, dopo qualche anno, diventava bianco, e ancora più recente era stato l'acquisto dei barconi che avrebbero incessantemente navigato sul Po carichi di arnie, in modo da offrire alle api campi sempre pieni di fiori.

Davvero anni ricchi e felici, ma la mente di Pedio indugiava sempre più spesso sul suo secondogenito: non lo amava più degli altri sei figli, ma la nostalgia e i ricordi della sua stessa gioventù lo portavano a fantasticare su Publio che, portando il nome del suo primo padre, aveva seguito le orme dell'altro suo padre arruolandosi quasi quindici anni prima, quando ne aveva diciotto, l'età minima richiesta, diventando centurione della XX *Valeria Victrix*. Era ormai prerogativa dei figli dei notabili municipali iniziare la carriera militare con quel grado, anche se era loro precluso l'arruolamento fra i pretoriani di stanza a Roma.

Nonostante il nome dell'unità, "Valente e Vittoriosa", fosse già di buon augurio, quando partì Pedio Massimiano fortificò la sorte affidando al figlio la pietra incastonata in un monile d'ambra e d'argento. Aveva poi seguito, o aveva cercato di seguire, gli spostamenti e i cambi di guarnigione di Publio, abbastanza frequenti per un comandante di centuria, e oggi lo sapeva *pilus prior* della XVIII legione. In una delle ultime lettere, inviata dal campo invernale di Novaesium, sulla riva occidentale del Reno, lo informava di come fra i suoi superiori ci fosse Marco Celio. Pedio conosceva e stimava Marco, ma ciò che davvero lo confortò fu la notizia della presenza a fianco del figlio di Albio Urso Cainas. Perché al di là di tutte le buone relazioni, della confidenza e dell'amicizia con gli altri possidenti di Bononia, vicino al cuore di Pedio Massimiano Valente trovava posto solo la famiglia Cainas, legata come la pietra alla Fortuna e al futuro della sua stirpe.

Riva orientale del Reno, foresta di Teutoburgo, 9

Marciavano fra le colline ricoperte di alberi, rallentati dal terreno reso simile a un pantano dalla pioggia continua e dall'immane quanto inutile bagaglio che si trascinavano. Publio ricordava e rimpiangeva la spedizione organizzata qualche anno prima da Tiberio dove il meraviglioso coordinamento fra l'esercito e la flotta aveva consentito ai legionari di avanzare in una regione accidentata senza essere appesantiti dalle salmerie.

«Poi quando c'era Tiberio non pioveva», abbozzò avvolgendosi nel mantello già zuppo. Ogni tanto la foresta si infittiva e bisognava aprirsi la strada con le scuri e allora gli uomini si ammassavano, confusi, e l'irritazione di Publio Pedio ingigantiva: non era certo quello il modo di muovere un esercito in territorio nemico.

Albio Cainas gli si avvicinò: «Stanno attaccando la retroguardia».

Lo disse con un tono di voce basso e pacato, non tanto per non farsi sentire da altri, la voce si stava diffondendo, ma perché non c'era niente di straordinario in quella informazione: probabilmente chi stavano cercando aveva soltanto smesso di nascondersi.

Quintillio Varo ordinò di proseguire la marcia. Forse credeva nell'imboscata di una improvvisata banda di predoni, ma venne presto smentito da una grandinata di frecce. La colonna venne bloccata fra una collina alta e scoscesa e i margini di una palude: un'area ristretta in cui i soldati non avrebbero potuto manovrare e combattere con efficacia.

Gli ausiliari, appartenenti per lo più a tribù germaniche, si sganciarono e passarono con il nemico, a guidarli era proprio Arminio, Publio lo vide chiaramente impartire ordini anche ai guerrieri che avevano attaccato le legioni. Il barbaro, educato alla civiltà romana, elevato al rango di cittadino e alla dignità dell'*ordo equestris* aveva preferito ritornare a essere solo il condottiero dei cherusci.

I legionari riuscirono comunque a sfondare la linea nemica (a Valente persino quella piccola vittoria sembrò preordinata) e, raggiunta una radura, impiantarono il campo. Quella notte non ci fu distinzione fra *immunes* e *munifices* e nessuno pagò il centurione per evitare le corvée o i turni di guardia. La mattina, smantellato il campo, ripresero la marcia, disturbata più dalla pioggia torrenziale e dal terreno irregolare che dal nemico. Poi le legioni si trovarono davanti le barriere di tronchi d'albero erette dai germani e finalmente fu svelata la trappola e la profondità dell'inganno in cui erano caduti. Varo ordinò di abbandonare il bagaglio, ma mentre i soldati si raccoglievano attorno ai carri per prelevare gli oggetti di valore, Arminio diede il via al massacro.

Maroboduo, il re della tribù dei marcomanni alleato di Roma, guidava un esercito di 75.000 uomini e Arminio sembrava disporre delle stesse forze a giudicare dalla massa urlante che si scagliò contro di loro, premendo soprattutto su cavalli e cavalieri. Infatti solo le rapide manovre della cavalleria avrebbero potuto coprire i fanti e dar loro il tempo di riorganizzarsi, ma ci fu un altro tradimento, peggiore di quello di Arminio. Numonio Vala, nonostante la sua buona fama, ordinò ai suoi di fuggire dalla battaglia e, naturalmente, fu obbedito. Nessuno degli uomini della cavalleria legionaria sopravvisse però alla strage e, giustizia volle, neanche Numonio Vala, morto da disertore.

Ora la fanteria era completamente circondata.

Quintillio Varo imitò suo padre e il padre di suo padre gettandosi sulla spada, mentre i legionari continuavano a combattere, perché chi buttava le armi invocando la pietà del nemico veniva da questo orribilmente macellato. Gli assalti selvaggi dei cherusci vennero respinti per molte volte, ma, piano piano, inevitabilmente, lo schieramento comincio a sfaldarsi e la linea compatta fu spezzata in più parti. Allora Marco Celio ordinò, o forse lo gridò soltanto, a chi lo poteva o voleva ascoltare, di seguirlo su un basso tumulo dove stringersi nell'estrema difesa e Lucio Eggio insieme a un pugno di uomini si sacrificò per proteggere la loro ritirata.

Sulla collina gli ultimi legionari si disposero a cerchio, scudo contro scudo. L'Aquila della XVIII, sfilata da Albio Urso Cainas dalle mani mozzate dell'aquilifero ancora strette all'asta, attirava frotte di nemici invasati dalla vittoria, ma i veterani di Celio respinsero ogni attacco finché non scese la notte.

Publio Pedio Valente era con loro.

Il terzo giorno dall'inizio dei combattimenti venne salutato da un sole pallido e velato, una vaga promessa che sarebbe presto stata sommersa dalla certezza del solito diluvio d'acqua, ma Publio Pedio Valente la accolse lo stesso con piacere. La collina su cui si erano rifugiati era completamente accerchiata dal nemico, una marea di cui nemmeno si intuiva la fine. Ondeggiava a circa trenta passi dall'inizio del rilievo e a Publio quello spazio ricordò l'*intervallum* che nei campi trincerati separa il muro di cinta dagli alloggiamenti permettendo ai legionari di muoversi liberamente in caso di attacco. Qui però quei trenta passi erano coperti da un alto tappeto di cadaveri e allora pensò a quanta amicizia i guerrieri cherusci avevano e avrebbero dovuto calpestare per venire a ucciderli.

Quelli nelle prime file del branco cominciarono a gridare, battendo le armi sugli scudi o agitando picche su cui erano conficcate teste di soldati romani. Qualcuno si era adornato di collane composte da brandelli di cadaveri, raccapriccianti collezioni di occhi, orecchie, dita, mentre altri indossavano corazze ancora disegnate dal sangue del legionario a cui erano appartenute. Publio sorrise truce: quello spettacolo invece di intimorirlo accresceva la sua rabbia.

Intanto sulla collina i superstiti si dicevano addio, dandosi appuntamento agli inferi e c'era chi chiedeva ai compagni di tenergli un buon posto perché non li avrebbe raggiunti fino a tarda sera, ma quanta disperazione si nascondeva dietro quelle coraggiose bravate. Publio si accomiatò da Marco Celio, strinsero con forza l'uno il polso dell'altro senza una parola. Solo quando lasciò la presa Marco ammise: «Con Tiberio non sarebbe successo».

«O almeno saremmo morti nel sole» rispose Publio.

«Dovevi vederlo combattere, centurione» si congedò Elio Asper «era davvero una furia il nostro Valerio Balbillo... gli ho messo in bocca l'obolo di Caronte... un vero legionario il mio Valerio Balbillo...».

Prese posto sul ciglio della collina a fianco di Albio Cainas. Si abbracciarono con un lungo sguardo poi entrambi volsero il viso al nemico.

Publio Pedio Valente estrasse il gladio e si preparò a morire.

Bononia, 19

Se gli veniva chiesta l'età Pedio Massimiano Valente ormai non rispondeva più, come non rispondeva più a tante altre domande, perché era lui ora ad attendere quell'ultimo responso che avrebbe assolto, completato e concluso la sua vita.

E quando arrivò, Pedio non pianse, perché lo aveva già fatto. Quando lo ottenne, non si entusiasmò, perché sapeva sarebbe successo. Quando finalmente fu svelato, non provò a capire, perché era consapevole di poterlo solo sfiorare.

Era rimasto in Germania (nulla lo avrebbe potuto scacciare) e se nei primi tempi era stato difficile legare con i nuovi compagni (gli occhi nascosti da un velo di ricordi), presto il suo nome cominciò a ripetersi nei racconti dopo le battaglie (mai più tregua, mai più quartiere, mai più pietà per quel nemico), finché, un giorno, i suoi uomini lo acclamarono e il legato dell'esercito del Reno lo promosse alla prima coorte della II *Legio Augusta*. Prolungò la ferma e riprese anche a chiamare qualcuno amico, la voragine della vendetta piano piano cominciava a riempirsi, i monumenti di morte lentamente sostituiti da altre immagini in cui era lui a dispensare la morte. Finalmente, a Idistaviso, le legioni romane affrontarono nuovamente i cherusci di Arminio e, questa volta, vinsero. L'aquila della XVIII venne riconquistata e la portò dove, poco tempo prima, avevano eretto i cippi funebri di chi era caduto a Teutoburgo e la tenne a lungo davanti alla stele commemorativa di Marco Celio, primopilo.

Alla fine le tre legioni di Varo non avevano guadagnato un nome in Germania, anzi, avevano perso tutto, perfino il numero che ne manteneva memoria, perché dopo la sconfitta il XVII, il XVIII e il XIX furono ritenuti infausti e mai più avvicinati alle aquile.

Quando la II *Augusta* si acquartierò ad Argentorate, ritornò a Bononia.

Pedio Massimiano Valente lo accolse nel peristilio della grande casa eretta sui declivi delle prime colline a sud dell'abitato urbano e il debito venne subito onorato.

«Eravamo su una collina, gli ultimi superstiti di tre legioni romane… Vidi morire molti compagni, i nomi non ti direbbero molto, mentre i barbari sembravano non finire mai. E finalmente caddi anch'io, come doveva essere, colpito da una mazza poco sopra l'orecchio e sopra di me stramazzò l'ultimo guerriero che avevo ferito, il gladio ancora conficcato nel ventre… Credo di ricordare il buio senza rimpianto e senza soddisfazione che mi circondava, ma era un'oscurità avvolta dal nulla e non so dire se vi scesi davvero o se, in un qualche modo o per qualche ragione, l'inventai solo più tardi… A un tratto mi svegliai e al mio fianco c'era Albio Urso. Raccontò una strana storia, disse come, insieme ad altri legionari catturati, fossi stato sacrificato a una divinità sanguinaria: sepolto vivo sotto a un albero antico o a una rozza pietra, non so… Disse come mi avesse cercato disperatamente trovandomi solo la notte e soltanto perché aveva visto uscire dal terreno una gran luce, come la vampa di un fuoco, come una stella: era la fiamma della pietra, disse. Scavò con le mani la terra che mi ricopriva e mi trovò ancora in vita e, viva, sopra il mio petto, c'era la pietra, sfolgorante, splendida, libera da quel gioiello in cui l'avevi fatta incastonare e a cui sempre era rimasta unita… ma del monile non c'era più traccia. Non riuscii a fare una sola domanda, e puoi immaginare quante ne avessi, perché Albio morì fra le mie braccia non appena finì il suo racconto e solo allora mi accorsi delle terribili ferite che lo straziavano e mi chiesi come poteva aver resistito fino a quel momento… Mi domandai con orrore, e con lo stesso orrore oggi te lo confesso, se fosse un uomo o un lemure, l'ombra dei morti con cui suo padre ci spaventava quando eravamo bambini… Non posso dirti altro, se non che da quel momento, per i germani divenni Nemesi, la dea che punisce l'orgoglio del vincitore…».

Solo allora Pedio Massimiano Valente abbracciò il figlio pianto come morto anche quando aveva saputo che gli alberi maledetti di Teutoburgo l'avevano restituito.

Anni prima, in Oriente, si era avvicinato a un culto della Grande Madre diverso da quello di Cibele o dalla Veltune onorata dalla famiglia Cainas: Iside, figlia di Nut, dea del cielo, e di Geb, dio della terra, moglie di Osiride ucciso da Set, signore del deserto, ma poi risorto come Horus. La fede in Iside e nel suo sposo Serapide, così veniva chiamato a Roma, era stata proibita da Augusto, ma lo stesso Pedio Massimiano fece scolpire una piccola statua della divinità, nascosta dall'abilità dell'artigiano nelle vesti drappeggiate della dea greca Demetra.

Poi fece tagliare la pietra e due lucenti parti di essa diventarono nel simulacro gli occhi di Iside, simbolo del soffio vitale, testimone della vittoria sulla morte e della vita dopo di essa. La regina che offre una rinascita e la sua infinita, dolce e gravosa, promessa di immortalità.

I gladiatori

Bononia, 191-192

Quel giorno l'ordine dei decurioni si riuniva nel tempio dedicato al Genio imperiale e quindi, da oltre dieci anni, il luogo offerto al culto di Commodo Antonino.

Ottavio Massimo Valente, stanco e annoiato, si distraeva riflettendo su come Bononia, per fortuna, avesse da tempo un bell'edificio consacrato agli imperatori morti, vivi e prossimi a venire, altrimenti Commodo, con la sua convinzione di incarnare Ercole, figlio di Giove, avrebbe immediatamente ordinato di costruirne uno, naturalmente a spese dei notabili della città. Ercole era il dio preferito dalla stirpe imperiale, ma mentre Antonino Pio o Marco Aurelio si erano limitati a magnificarlo come simbolo delle virtù civiche, o altri, come Adriano, si erano fatti ritrarre sulle monete in tali divine sembianze, Commodo girava per Roma armato di clava e avvolto in una pelle di leone. Ottavio lo sapeva con certezza: suo padre, Pedio, membro del Senato dell'Urbe, l'aveva visto con i suoi occhi, all'anfiteatro Flavio, far deporre su uno scranno dorato pelle e randello. D'altra parte, fra i senatori e l'imperatore non c'era molta armonia, da quando quest'ultimo, nei documenti ufficiali, faceva scrivere "Populus Senatusque Romanus" invece del consueto "Senatus Populusque", ma non poteva credere che quanto gli avesse scritto il padre fosse solo il frutto di un'astiosa... Addolcito dalla distanza, gli sembrò di sentire il suo nome e i pensieri lasciarono subito il Senato di Roma per proiettarlo in quello di Bononia, dove la riunione era proseguita indifferente e ignara della sua apatia.

Lucio Celio, presidente dei comizi e da sempre grande amico della famiglia Valente, doveva aver fatto davvero il suo nome, perché Ottavio si trovò trafitto da cento paia d'occhi, mentre cento bocche si schiudevano nell'esprimere felicitazioni e complimenti, alcune non riuscendo a nascondere il malumore, molte sinceramente liete, ma tutte aperte in abbondanti sorrisi.

Ma che accidenti aveva detto Lucio Celio?

Gli venne in mente d'improvviso: le cariche! oggi venivano designati gli eleggibili alle magistrature e finalmente capì che lui, Ottavio Massimo Valente, era stato proposto per l'elezione al duumvirato la più alta carica del municipio.

Fin dalla sua fondazione, Bononia era stata retta da quattro magistrati, che, per un anno, si occupavano gratuitamente dell'amministrazione della città: le entrate, le uscite, il mercato, i pesi e le misure... ma solo a due dei quattuorviri veniva effettivamente attribuito il potere di "dire il diritto", ovvero amministrare la giustizia arrestando le persone, sequestrandone i beni, infliggendo ammende e fungendo da giudici in determinate cause: questi magistrati superiori venivano chiamati *duumviri*, i "due uomini".

Ottavio sbalordì.

Era stato cooptato dal consiglio al posto di suo padre ben prima dell'età richiesta e aveva quindi versato i 20.000 sesterzi dovuti per il decurionato (spesa detta onoraria per il grande onore accordato e legittima perché prevista dalla legge), consapevole del diritto-dovere di far parte dell'ordine, ma ben altra cosa era diventare, non ancora venticinquenne, duumviro. Anche tralasciando il dettaglio della vittoria elettorale, la sola designazione era stupefacente. È vero, la carica comportava nuove e robuste spese, ma offriva anche prestigiosi vantaggi come la toga pretesta, il seggio curule, il posto d'onore in teatro, la scorta di due littori, i segretari, l'usciere, l'aruspice, il banditore e perfino il flautista...

Amaro e pungente un altro nome lo strappò dalle sue considerazioni: Lucio Celio si era sostituito alla sua coscienza, prendendo per lui la decisione con la semplice indicazione di un rivale: Antonio Giulio Lucero.

Non si trattava più di accettare o rifiutare la competizione, di vincere o di perdere le elezioni: sconfiggere Lucero divenne per Ottavio Massimo Valente un imperativo.

E per scoprire cosa invece si proponesse il rivale è sufficiente invertire i nomi dei candidati.

Artenio, lanista

Artenio dirigeva una delle migliori scuole di gladiatori e ringraziava spesso gli dèi degli anni di governo di Commodo. Infatti mentre il padre, l'imperatore Marco Aurelio, aveva preferito agli scontri nelle arene quelli sui campi di battaglia ed era arrivato persino a imporre ai gladiatori duelli con armi spuntate, il figlio Commodo aveva inaugurato un'ininterrotta stagione di giochi, di cui spesso si faceva protagonista, scendendo nell'arena a combattere contro uomini o belve. Combattere non è proprio il termine esatto: l'esito dei *munera* e delle *venationes* a cui partecipava l'imperatore era facilmente divinabile senza squartare agnelli per esaminarne le interiora, ma la sua passione per il circo aveva fatto aumentare gli scontri *sine missio*, dove gli atleti lottavano fino alla morte e gli allenatori che li vendevano o affittavano guadagnavano fior di sesterzi.

«Datemi altri cinque anni di Commodo» si augurava Artenio «e potrò cambiare mestiere».

L'eventualità non era remota, l'imperatore aveva poco più di trent'anni, e il desiderio di Artenio era legittimo, dato che il lanista occupa nella scala sociale una posizione appena superiore a quella dello schiavo. Una considerazione ipocrita dovuta al suo guadagnarsi la vita trattando gli esseri umani come mercanzia, mentre la stessa osservazione non arrivava a sporcare la dignità dei notabili che ricorrevano ai suoi servigi.

«*Lupus in fabula*» sussurrò Artenio aprendo un rotolo di papiro, poi a voce più alta: «L'imperatore ha forse previsto una visita a Bononia?».

«Non che io sappia... perché lo chiedi?».

«Perché ben due nobili cittadini di quella città richiedono l'esibizione di trenta coppie di gladiatori con urgenza e senza badare a spese».

Antonio Giulio Lucero, candidato

Antonio sbuffava preparando il discorso che avrebbe tenuto quella sera. Ricordarsi tutti i nuovi nomi imposti alle cose era una fatica improba: Roma ora si chiamava Colonia Commodiana ed era abitata dal *populus Commodianus*, sereno e pacifico grazie alla *felicitas Commodi*... persino i mesi non ricordavano più gli dèi ma i titoli dell'imperatore *Lucius*, *Aelius*, *Aurelius*, *Commodius*, *Augustus*, *Hercules*...

Una vera follia.

Purtroppo il senatore Pedio Massimo Valente non era stato coinvolto nella congiura contro Commodo ordita dalla sorella Lucilla, altrimenti il suo rampollo Ottavio invece di occuparsi di elezioni a Bononia si sarebbe preoccupato di sopravvivere nel Ponto Eusino. Come appartenenti all'ordine dei senatori (oltre al senatore erano inclusi la moglie e la discendenza fino alla terza generazione) i Valente avrebbero potuto rinunciare a qualsiasi obbligo nei confronti del municipio e invece ecco Ottavio, non contento di potersi assopire fra i decurioni, candidarsi al duumvirato, costringendo Antonio a spendere un capitale fra giochi del circo e banchetti aperti a tutti, quando con la stessa somma, o forse molto meno, avrebbe potuto costruire qualcosa che avrebbe migliorato la città e reso imperituro il suo nome...

I Valente! che facevano risalire il loro nome all'eroismo dimostrato sui campi di battaglia quando da generazioni non vestivano effettivamente la lorica dei legionari (no, non legione, ma *Commodianae*), mentre i Lucero continuavano a fare il loro dovere nell'esercito…

Antonio pensò a suo figlio Giuliano, ufficiale nelle coorti di stanza a Roma, sul colle Esquilino: per fortuna non era stato coinvolto nella cospirazione contro l'imperatore organizzata da Perenne, comandante dei pretoriani.

Albio Cainas, contadino

Albio Cainas possedeva della terra e così suo fratello Urso. Insieme ne coltivavano altra di proprietà del municipio, per cui pagavano regolarmente l'affitto, e lavoravano anche nel fondo dei Valente. Per questo avrebbero votato per Ottavio alle prossime elezioni, indipendentemente dalle sue promesse e dai suoi progetti. Ma lo conoscevano e quindi non avrebbero suggerito a nessuno dei loro confratelli di comportarsi nello stesso modo.

Albio e Urso Cainas erano cristiani. Non erano in molti a Bononia, ancora non avevano un loro vescovo, però, come dappertutto, erano molto uniti. Al primo sole, quando Albio, in piedi, alzava le braccia aprendo i palmi delle mani nella posizione del Cristo crocifisso, la sua preghiera era al plurale e riuniva nella sua stanza tutta la comunità dei fedeli, che, protetta dalla simpatia di Marcia, la favorita di Commodo, e dall'ossessione dell'imperatore di cadere vittima di cospirazioni (tormento e distrazione capace di fornire un flusso continuo di sospetti da maltrattare), aveva avuto un periodo di pace dopo le persecuzioni messe in atto, o almeno non impedite, da Marco Aurelio. Infatti, nonostante la grande vittoria sui quadi a Metilene, dove, solo grazie alle preghiere dei legionari cristiani della XII *Fulminata*, una tempesta di prodigiosa violenza aveva sbandato i barbari atterriti, sotto il precedente imperatore molti cristiani erano stati decapitati, se cittadini romani, o, altrimenti, dati in pasto alle belve. Ma il sangue e il coraggio dei martiri, il loro disprezzo della morte, testimonianza autentica della verità della loro fede, aveva seminato nuove conversioni: "Mieteteci e noi cresciamo, siamo il frumento del Signore che dev'essere macinato dalle zanne delle fiere per trasformarsi nel pane bianco del Cristo".

Ma Albio e Urso non erano cristiani per la promessa di resurrezione che altri culti professavano. Non era nemmeno perché vedevano alle funzioni, l'uno vicino all'altro, il padrone e lo schiavo, la lana grezza sovrapporsi alla seta, ché lo schiavo segue la fede del padrone, se non nel cuore, almeno davanti alla legge. Non era neanche il ribaltarsi o il venir meno dei ruoli: il gioco osceno dei Saturnali già metteva per sette giorni il servo al posto del signore.

Albio e Urso Cainas avevano scelto la lunga e difficile strada dei catecumeni prima di essere finalmente accettati con il battesimo, perché la comunità dei cristiani ignorava ogni distinzione sociale e fondeva gli adepti in una comunione, più profonda di quella del sangue e della cultura, che permetteva di chiamarsi, di sentirsi, di soccorrersi e di amarsi come "fratello e sorella", nella perfetta uguaglianza di tutti e nella dignità di ciascuno. E questo in un mondo dove si insegnava ai magistrati l'ingiustizia dell'uguaglianza "e della sua pretesa di confondere, sconvolgere, mescolare" e dove si distinguevano i nati liberi dai liberti e dagli schiavi, i cittadini romani dagli stranieri, i civili dai militari, ma soprattutto dove la legge stessa divideva gli *honestiores* dagli *humiliores*: i senatori, i cavalieri, i notabili municipali, i veterani dell'esercito, soli custodi della dignità e del prestigio, con il compito di provvedere, guidare, educare ed eventualmente difendere gli umili, in un atteggiamento paternalistico colmo di disprezzo e diffidenza.

Avrebbero quindi votato per Ottavio Massimo Valente, perché da sempre erano legati alla sua famiglia, ma non avrebbero raccomandato a nessuno la sua meschinità e il suo supremo egotismo.

Celato, gladiatore

Finalmente domani avrebbe ucciso Crescente e parte della sua fortuna si sarebbe realizzata. Certo non sarebbe stato facile ucciderlo: era un gladiatore famoso e la celebrità nell'arena si conquista soltanto con la vittoria, ma ormai era vecchio. Vecchio e lento e per un reziario la velocità era vitale. Anzi era la vita.

Domani la fama di Crescente sarebbe passata a lui, schiudendogli probabilmente le porte di Roma e dell'anfiteatro Flavio con 50.000 persone pronte a esaltarsi con le vittorie di Celato il *secutor*. Ma avrebbe potuto lottare anche come murmillo, o come il *dimachaerius* armato di due spade, o con il piccolo scudo e la scimitarra del Trace. Mai però come *provocator*, l'unico nascosto dietro una corazza e quindi il solo fra tutti i gladiatori a cui non veniva concesso il simbolo stesso dell'onore e del coraggio di chi lotta nell'arena: affrontare l'avversario offrendogli il petto senza alcuna protezione. Ormai, infatti, lo schiavo di cui fingeva di non ricordare il nome, era diventato in tutto e per tutto Celato il Persecutore. Il *sacramentum gladiatorium*, il terribile giuramento con cui si era impegnato a sopportare i morsi del ferro, fosse quello rovente del marchio o quello gelido della spada, aveva operato la sua magia trasformando l'involontario in volontario, lo schiavo condannato all'infamia nell'uomo che agiva assecondando la propria volontà.

Domani avrebbe affrontato Crescente nel più classico dei duelli: il *reziarius* armato di rete e tridente, contro il *secutor* dal grande scudo e la spada corta. Nettuno contro Vulcano, acqua contro fuoco. E, come la fiamma, non avrebbe dato tregua al suo avversario; come il miasma che l'accompagna, gli avrebbe mozzato il respiro e, come la vampa di calore, non avrebbe avuto pietà. Non gli avrebbe permesso di piegare il ginocchio e alzare il dito indice arrendendosi al giudizio degli spettatori: sulla sabbia del circo Flavio, a Roma, non sarebbe stato presentato il vincitore, ma il carnefice del grande Crescente che, a quasi quarant'anni di età, scendeva ancora nell'arena.

Il grande Crescente che, avendo già ricevuto il *rudis*, la spada di legno simbolo della libertà per il gladiatore, della fine del suo obbligo di uccidere col ferro, scendeva ancora nell'arena per denaro.

Il duello

Uscendo dal tempio dedicato a Iside Vincitrice, nel sobborgo orientale, a cui aveva donato un'antica statuetta della dea, impreziosita da due pietre che ne facevano chiari e luminosi gli occhi, Ottavio si diresse verso l'anfiteatro. Dal vallo della città erano meno di trecento passi, e li percorse fendendo la folla che si recava ai giochi.

Quando vide Urso si fermò, lo salutò e lo prese sottobraccio trascinandolo con sé: ci teneva a mostrare anche quel giorno la loro amicizia. I Cainas erano benvisti e farsi vedere al loro fianco poteva convincere qualcuno ancora indeciso a votare per lui, fosse anche un ateo appartenente a quella loro setta cristiana che proprio non riusciva a capire. La tradizione e la legge permettevano al cittadino di riverire anche divinità straniere, senza dimenticare però le altre religioni a cui doveva la sua devozione: il culto pubblico di Roma e quello della città dove viveva, il culto del proprio collegio professionale e soprattutto la celebrazione dei *Paternalia*, le feste dei morti dedicate agli avi. E invece i cristiani si ostinavano a professare un unico Dio, tanto suscettibile e geloso da non consentire loro di sacrificare ad altri, e, ritenendosi i depositari della verità assoluta, rifiutavano come falsa ogni altra dottrina in un esclusivismo religioso davvero impossibile da comprendere.

Raggiunto l'ingresso dell'arena e quindi il punto in cui dovevano necessariamente dividersi, Ottavio diretto al suo posto riservato, Urso a cercare invece il suo dovunque ci fosse uno spazio libero, sempreché il suo credo bizzarro gli consentisse lo svago del circo, Valente abbracciò calorosamente l'amico. Ma se ne pentì subito: forse aveva esagerato, troppa esuberanza poteva essere mal giudicata.

Scontento di sé, raggiunse il seggio assegnato all'organizzatore dei giochi, l'*editor*, dove l'irritazione crebbe alla vista del sorriso beffardo con cui lo accolse Antonio Giulio Lucero, seduto in tribuna. Lo liquidò con un cenno sdegnoso.

«Presto riderai meno...» si augurò Ottavio. Sapeva di aver speso per i giochi quasi il doppio del rivale.

Finalmente arrivò il momento più atteso: nel tripudio del pubblico entrarono i due gladiatori protagonisti dell'ultimo scontro della giornata. Il clamore era tale che pochi riuscirono a sentire la presentazione strillata dal lanista, ma gli *edicta* dipinti nel foro e i programmi venduti al circo avevano già informato tutti sul nome degli atleti e sulla qualità del loro combattimento: fino alla morte.

Il *secutor* salutò la folla sollevando il gladio e il pesante scudo rettangolare, leggermente arcuato: le armi tipiche dei legionari. Il corpo atletico, più potente che agile, coperto su un braccio dalla "manica" di cuoio, e sulla gamba destra dallo schiniere, brillava degli oli con cui era cosparso. Il suo nome di battaglia era Celato e nessuno poté vederne il volto, già chiuso nell'elmo massiccio e imponente, certo una concessione allo spettacolo, ma utile anche a intimorire l'avversario. Difficilmente avrebbe però turbato il suo rivale, il famoso Crescente. L'equipaggiamento del *reziarius* era molto più leggero, la protezione si limitava al solo braccio sinistro con la manica imbottita di lino e la piastra metallica che cingeva la spalla terminando in una spessa bordatura a difesa del collo. In una mano il tridente, nell'altra la rete appesantita in modo da poter essere utilizzata sia per imprigionare che per colpire il nemico, mentre, in cintura, il pugnale poteva servire come seconda arma o per uccidere il rivale condannato dal pubblico con un pulito colpo alla gola, fine più generosa del trapassarlo con le punte del forcone.

Il *reziarius* è l'unico gladiatore la cui figura non si ispira al mondo militare. Sostanzialmente è un pescatore e l'elmo levigato del *secutor*, con la sua cresta sottile e i piccoli fori rotondi per gli occhi, suggerivano davvero la forma del pesce: l'avversario perfetto. Ma, nell'arena, il predatore sarebbe stato il pesce. La strategia del *reziarius* era infatti quella di tenere lontano il *secutor*, frapponendo il tridente e la rete in modo da ostacolarne i tentativi di arrivare alla corta distanza necessaria per colpire con il gladio, prolungando lo scontro grazie alla sua maggiore mobilità e alla maggiore lunghezza delle sue armi, per trafiggere finalmente un avversario spossato.

Un ruggito crudele, rimarcato dal mormorare sorpreso e compiaciuto degli spettatori, diede il via al combattimento...

Forse aveva dimenticato il nome del guerriero che era stato, ma ricordava l'urlo di guerra della sua antica tribù e quello lanciò contro Crescente, mentre l'incalzava con colpi rapidi e forsennati. Non sperava di sorprenderlo, non così presto, ma di innervosirlo impedendogli di prendere l'iniziativa e poi un colpo fortunato poteva sempre andare a segno. A un tratto sembrò proprio accadesse: fingendo un affondo, d'improvviso aveva sollevato l'arma e, spostandosi di lato e in avanti con un balzo rapido quanto poderoso, abbassò violentemente il gladio da destra verso sinistra in un crudele fendente. La manovra colse impreparato il reziario, aggirandone le difese, e, per un attimo, Celato vide la paura sul suo volto. Fu solo la grande esperienza a salvare Crescente che, di riflesso, si piegò sulle gambe e la lama della spada scheggiò la sporgenza sull'armatura della spalla. Il fremito degli spettatori sottolineò il vacillare del *reziarius* sotto il tremendo impatto, ma, ancora una volta, nessuno poté vedere il ghigno del *secutor* trasformarsi in una smorfia di delusione e stupore, e, mentre quell'istante di sgomento passava dal viso di un gladiatore all'altro, anche il combattimento cambiò fisionomia. Celato attenuò il ritmo degli assalti, provando una serie di finte e, per un po', non si sentì il clangore e il raschiare di un'arma contro l'altra. Era stanco, avrebbe voluto asciugarsi il sudore che gli bruciava gli occhi, però anche Crescente doveva essere affaticato. A un suo colpo di taglio, sicuramente fuori misura, rispose infatti spostandosi di lato e provando a sferzarlo sulle gambe con la rete. Celato sventò facilmente, abbassando lo scudo e proseguendo la parata cercò di urtare l'avversario, che, nell'evitare quella nuova minaccia, perse l'equilibrio avvicinandosi inavvertitamente. Un altro passo falso: adesso era abbastanza vicino. Il *secutor* tese il braccio puntando il gladio e si buttò contro il nemico con uno slancio sufficiente a conficcargli la spada fino all'elsa nel ventre.

Non si accorse della trappola.

La rete lasciata scivolare in quel passo che li separava. La rete che gli fece mancare il terreno sotto i piedi tirata con forza dal malfermo Crescente che non barcollava più. Davvero un bel trucco. Celato crollò a terra. Provò subito a scivolare di lato ma il tridente lo trafisse alla coscia. Il dolore era terribile, riuscì faticosamente a sollevarsi in piedi per guardare il sorriso di Crescente esprimere la soddisfazione limitata di chi vede confermata una certezza. Le gambe non lo ressero, un ginocchio cedette.

Si era battuto bene, con vigore e con coraggio, ma sentì il pubblico gridare lo stesso «Iugula! Iugula!... Alla gola!»: era stata promessa una morte e ora la reclamava. Vide il *rezìarius* sollevare il tridente, non gli avrebbe concesso la rapida fine offerta dal pugnale.

I documenti tramandano il duumvirato di Antonio Giulio Lucero e Ottavio Massimo Valente, e non fu un buon anno per Bononia. D'altra parte non lo fu nemmeno per Roma: l'ultimo giorno del 192 infatti, Commodo venne strangolato nel bagno dallo schiavo Narcissus e, mentre la sua memoria veniva dannata dal Senato e dal popolo romano o, per accontentarlo un'ultima volta, dal popolo e dal Senato, nell'Impero scoppiava la guerra civile.

Le quattro croci

Bononia, fine del IV secolo

Probo cominciava davvero ad annoiarsi.

Aveva quasi otto anni ed era alto precisamente quanto ci si aspetta da un bambino della sua età, quindi, con tutta quella gente intorno (praticamente la città intera, aveva stabilito) non vedeva proprio nulla dello straordinario avvenimento. D'altra parte, anche quando era sgusciato fra la folla conquistandosi un posto prossimo alle prime file, la suggestione non era durata a lungo. Intendiamoci, capiva perfettamente l'importanza di quanto stava accadendo, l'aveva sentito abbastanza spesso da farne una convinzione sua propria, ma sapere che la cerimonia si sarebbe ripetuta altre volte non lo entusiasmava particolarmente.

Di cosa si trattava?

Della benedizione di quattro croci poste ai quattro angoli dell'abitato e dedicate alle vergini, ai martiri, ai santi e agli apostoli, invocando le forze più vicine a Dio perché custodissero Bononia dalla rovina. E quel pericolo lo si vedeva chiaramente, sottolineato dalla posizione stessa in cui erano state sistemate le croci. Esse infatti non abbracciavano tutta la città e i tanti edifici vuoti, a nord e a ovest del loro tracciato, già abbandonati dagli uomini, venivano ora esclusi anche dalla protezione celeste, testimoniando in modo concreto le avversità del presente.

Per rendere più nitida e intensa la preghiera, a celebrare il rito era venuto Ambrogio, il vescovo di Milano, capitale dell'Impero, tanto consapevole della spaventosa minaccia da aver descritto Bononia come "un cadavere di città semidistrutta". Qualcosa sfuggiva a Probo, perché spesso si parlava di capitale dell'Impero associando il nome di città diverse (probabilmente il mondo era migliore se poteva disporre di tante capitali) comunque, fosse Milano *la* o *una delle* capitali, il suo vescovo Ambrogio era sicuramente una persona molto importante. Più importante persino di Eustasio, il pastore di Bononia, e quindi per Probo, ultimo di sei figli, la cui vita sarebbe stata consacrata al Signore, era altrettanto importante essere lì quel giorno, memorizzando e traendo insegnamento da ogni particolare. Così gli era stato detto e anche di questo si era convinto.

Gli avevano raccontato come Ambrogio fosse già stato a Bononia, pochi anni prima, lui però era troppo piccolo per ricordarsene. Una vera disdetta, perché durante la precedente visita si era verificato un evento miracoloso di cui ancora si parlava e di cui probabilmente si sarebbe parlato per sempre. Quel giorno infatti erano state ritrovate le spoglie dei santi Vitale e Agricola, i primi martiri propri della città e la città tutta aveva partecipato commossa all'invenzione di quei corpi dalla eccezionale statura e che mostravano un segno indubitabile di violenza e di sofferenza: la testa spiccata dal collo. Erano stati traslati in solenne processione dal cimitero giudaico, dove erano stati rinvenuti, a quello cristiano e Ambrogio aveva chiamato il primo dei martiri Vitale, come cercatore della vera vita eterna, e l'altro Agricola perché con il suo sangue aveva coltivato l'orto del Signore, mentre i più vecchi, piangendo come gli altri, giuravano di ricordare il martirio dei loro concittadini durante la Grande Persecuzione ordinata dall'imperatore Diocleziano.

In realtà Diocleziano, riconosciutosi in Giove, aveva abbandonato sia il titolo di *imperator*, generale, sia quello di *princeps*, primo fra i cittadini, per farsi chiamare *dominus noster* e accanirsi contro i cristiani, colpevoli di non partecipare al culto imperiale. Anche il suo successore Costantino si titolò "signore e padrone", ma i suoi soldati vinsero la battaglia di ponte Milvio con il monogramma di Cristo dipinto sugli scudi ed egli accordò la libertà di culto a tutti i suoi sudditi. Poi, dopo di lui, quando gli imperatori romani si erano ormai trasformati in un sogno di porpora e oro di cui solo i più alti dignitari di corte potevano scorgere la scarpa ingioiellata prostrandosi a baciare l'orlo della veste, la religione cristiana divenne confessione di stato e furono gli altri culti a subire le persecuzioni.

Tutte queste cose Probo non le sapeva ancora, le avrebbe apprese solo più tardi, in una vita dedicata allo studio e alla devozione, ma sapeva però dei martiri Vitale e Agricola e pensò che, dopo aver percorso processionalmente il tracciato delle quattro croci, dopo aver celebrato le messe e officiato le consacrazioni, Ambrogio sarebbe andato a pregare sulle tombe dei santi. Allora decise di precedere lui e tutto il resto della città a quei sepolcri e trovare un buon posto da dove avrebbe potuto vedere, memorizzare, imparare. Il cimitero era nella parte orientale di Bononia e vi arrivò con tutto il tempo necessario per scegliere la posizione migliore da cui osservare il vescovo di Milano.

Prima di decidere fece alcune prove. Poi si sedette ad aspettare. Aspettò pazientemente per un po'. Cominciò a guardarsi intorno. Si alzò in piedi. Si rimise seduto. Attese un altro poco. Cominciò a girare fra i sepolcri. Nei pressi del cimitero si innalzavano ancora le colonne di un piccolo tempio dedicato a uno dei tanti dèi ormai abbandonati.

Lì trovò la statuetta.

Bononia, 448

La causa della rovina dei Cainas aveva radici molto lontane e, anche se probabilmente nessuno della famiglia oggi ne era consapevole, qualcuno fra i loro avi doveva sicuramente essersi accorto del principale fattore scatenante la serie di processi che li avrebbero portati all'attuale situazione servile. Infatti gli sarebbe bastato tenere in mano una moneta d'argento e rendersi conto come di argento in quella moneta ce ne fosse davvero poco. Quel nonno dei loro nonni avrebbe sicuramente sospirato e, se avanti nell'età, altrettanto certamente avrebbe borbottato qualcosa sui suoi tempi, quando l'aureo era d'oro, il denario d'argento e il sesterzio di bronzo. La scoperta nell'immediato non avrebbe però cambiato la sua vita, poteva sempre pagarsi i calzari con una giara di buon vino o qualche staio di farina, ma, in un quadro un po' meno particolare, la svalutazione della moneta, piano piano, condusse a una realtà molto dolorosa. Roma infatti cominciò a rifiutare il suo stesso denaro e i contribuenti furono obbligati a versare le tasse in natura e la più gravosa di tutte, l'annona, istituita per il mantenimento dell'esercito, venne determinata collegando l'imposizione personale a quella fondiaria con il sistema della *capitatio-iugatio*. Per determinare il tributo si associava infatti l'appezzamento di terreno, *iugum*, con chi lo coltivava, *caput*, e l'obiettivo del fisco divenne attribuire un *caput* a ogni *iugum* ed evitare che, scovatolo, il *caput* abbandonasse il suo *iugum*. Al contadino venne quindi impedito di muoversi dalla sua terra, vincolandolo alla gleba. L'imposta inoltre non veniva definita a consuntivo, dopo aver verificato la produzione annuale, ma era prestabilita in base al fabbisogno dello stato e l'agricoltore ne rispondeva in solido a prescindere dall'andamento del raccolto. Molto presto i piccoli proprietari furono oberati dai debiti e, per difendersi dai funzionari imperiali e, spesso, dai loro soprusi, si posero sotto la protezione di potenti latifondisti diventandone servi, rinunciando a una libertà in parte già perduta e ormai intollerabile.

Il sillogismo per i Cainas fu estremamente semplice: Bononia, come tutta la Pianura padana, rientrava nell'Italia annonaria, loro possedevano della terra a Bononia, quindi erano soggetti all'annona. L'esito fu altrettanto essenziale e crudele: economicamente annientati dalla tassa finirono sotto il *patrocinium* dei Lucero, ripresentando quel rapporto da tempo dimenticato che aveva legato le due famiglie alla fondazione della città in una forma nuova ed estremamente sfavorevole ai Cainas, ridotti al rango di servi.

Dal triste scenario di sfacelo e schiavitù, si era salvato solo un membro della stirpe, ancorché non ne portava più il nome. Infatti, contraddistinto da un fisico massiccio e da un carattere ombroso, indole e aspetto che dovevano aver accompagnato costantemente i suoi più diretti ascendenti, veniva chiamato solo Urso e quel nome, tradizionale nei Cainas, piano piano, cominciava a sostituirsi al cognome. Come e soprattutto perché gli fosse stato risparmiato il fallimento se lo chiedeva spesso anche Giusto Urso. Certo era grato ai santi per il loro favore, ma, da buon cristiano, non riusciva a credersi migliore dei tanti fedeli andati in rovina. I suoi campi erano stati calpestati dai barbari come quelli dei suoi vicini. Il raccolto era stato danneggiato dalla pioggia e dalla siccità e la stessa acqua e lo stesso fuoco avevano sommerso e bruciato le messi degli altri contadini. Il funzionario imperiale addetto alla raccolta dell'imposta era ugualmente prepotente con tutti e, anzi, Nerio Lucero, che da tempo ricopriva quell'incarico, con lui era particolarmente duro. Nonostante tutto se l'era sempre cavata e, anche quando la situazione sembrava irrimediabile, le sue tasse risultavano sempre prodigiosamente versate.

Quel giorno però Giusto Urso era alle prese con un altro mistero, un invito a recarsi al più presto alla cattedrale. A stupirlo non era la convocazione in sé, ma chi chiedeva di lui: addirittura il vescovo di Bononia. Quindi, confuso e intimidito, camminava verso il centro della città, combattuto fra la sollecitudine dettata dal riguardo e la lentezza consigliata dal timore. Certo avrebbe preferito essere raggiunto dalla chiamata sulla sua terra, a nord dell'abitato, a una distanza sufficiente per giustificare a se stesso la necessità di affrettarsi e all'autorevole ospite quel minimo ritardo che gli avrebbe consentito di riflettere e di prepararsi.

Quando arrivò alla basilica dedicata a San Pietro fu subito accompagnato alle case dei canonici e introdotto in una piccola stanza estremamente spoglia, dove l'aria impregnata da un forte odore di sofferenza, di malattia e di morte trasformò la sua inquietudine in angoscia e questa si convertì in terrore alla vista di un corpo immobile, steso su un giaciglio, dal quale le mosche sembravano allontanarsi in uno strano e deferente omaggio.

«È spirato un attimo fa».

La voce lo fece trasalire, non si era accorto ci fosse qualcosa di vivo in quella stanza eccetto gli insetti dall'insolito comportamento e, forse, se stesso.

«Stavo pregando per la sua anima e per la mia... Non riesco a perdonarmi di averti fatto chiamare così tardi, erano giorni che mi scongiurava di farlo, da quando era arrivato da Ravenna, ma io ho esitato, volevo convincerlo a lasciare le cose come sono ora, senza offrire quelle soluzioni che non spiegano e non risolvono, ma cambiano solo il buio con la tenebra. Forse tu, fra poco, potrai scusare la mia indecisione».

Giusto Urso rimase in silenzio, l'intera sua vita non gli aveva insegnato le parole con cui assolvere un vescovo. Petronio proseguì: «Si chiamava Probo e forse ti dirà poco, eppure con lui si estingue un nome nobile e antichissimo. Nessuno lo avrebbe immaginato quando nacque, l'ultimo di sei fratelli che, uno dopo l'altro, se ne sono andati senza lasciare figli... Il maggiore ucciso a Pavia a fianco di mio zio Patruino. Uno morì combattendo Alarico. Gli altri, per quanto conta, ebbero fini meno gloriose, e quindi Probo, destinato fin dalla nascita al clero, si trovò, all'improvviso e dolorosamente, l'ultimo discendente maschio della sua famiglia. Ma non ti voleva al suo capezzale per celebrarsi, desiderava vederti e rivelare finalmente quanta parte della tua esistenza hai avuto da lui e questo davvero sarei stato lieto di fartelo sapere anche nello stesso momento in cui io lo appresi, perché non c'era malizia nella sua volontà, non c'erano inganni o secondi fini. A trattenermi è stato però il motivo per cui si era interessato a te...».

Fino a quel momento Petronio sembrava aver parlato soprattutto a se stesso, poi alzò il viso incatenando Urso al suo sguardo.

«Seguendo la carriera pubblica di mio padre io ho vissuto in Spagna, poi in Gallia. Sono stato a lungo fra i monaci, a cui devo il poco che so, ma raramente ho incontrato una persona giusta e devota come Probo e se di un semplice uomo si potesse dire che ha condotto una santa vita sarei pronto a fare il suo nome... Se non fosse per te: tu sei la sua sola ombra, l'unico involontario spettro di miscredenza e malia. No, non temere, ho usato le parole forti e decise che esprimono e difendono la mia paura, il motivo per cui ho intralciato il suo desiderio di incontrarti, la mia diffidenza nel vedere svelata la ragione stessa del suo agire nei tuoi confronti e il mio leggerla non già come ragione, ma come follia. Ora però la scelta è stata tolta dalle mie mani, Probo è morto senza parlarti e senza essere dissuaso dal farlo e io devo quindi sostituirmi a lui, immagine e compimento della sua ultima volontà...».

Abbassò gli occhi, solo per un attimo, come a raccogliere le forze o per interrogarsi un'ultima volta sulla opportunità di svelare quanto avrebbe voluto fosse dimenticato.

«Circa quindici anni fa, alla morte dell'ultimo dei suoi fratelli, Probo ereditò molta terra qui a Bononia. Praticamente tutto quanto era rimasto del patrimonio della sua famiglia andò a lui, chierico a Ravenna, mentre qualcosa, ben poco in realtà, passò alla sorella, sposata con un magistrato di quella città. Probo si trovò quindi molto ricco e, come ministro di Dio, affrancato dal pagamento di tasse... Vedo che cominci a capire, sì né lui né le sue terre erano soggette all'annona... Probo non gioì, amava i suoi fratelli come aveva cara ogni creatura, mentre non dava nessuna importanza al denaro. La ricchezza gli era del tutto indifferente, gli agi e l'autorità da essa offerti assolutamente estranei. Allora stabilì fosse donato alla Chiesa e ai poveri tutto quanto producevano i suoi campi, dopo averne lasciata una giusta parte a chi l'aveva guadagnata lavorando la terra e preoccupandosi delle messi. Ho detto tutto, ma non è corretto. Infatti ordinò che una quota di quanto ricavato dai raccolti fosse comunque e sempre disponibile per pagare le tasse di Giusto Urso: il rimanente poteva essere distribuito come meglio si credeva, però le tue imposte dovevano risultare, a tua insaputa, regolarmente pagate.

Ti chiedi perché, vero?

Per quanto riluttante ti spiegherò anche questo, ma lasciami prima ripetere come i suoi fratelli morirono in modo inatteso, e per lui furono eventi amari e spaventosi anche se questo è solo un tizzone di brace nella notte profonda delle sue motivazioni. A te... a Urso... lo guidò un avvenimento della sua infanzia. Dove oggi abbiamo fabbricato il tempio rotondo intitolato a Santo Stefano, Probo trovò una piccola figura offerta tanto tempo prima a una dea pagana proprio da qualcuno della sua famiglia... l'ho detto, il suo era un casato nobile e antico. La statuetta era molto rovinata ma alla sua base si leggeva ancora parte di una dedica. Guarda...».

Petronio mostrò a Urso una scultura. Rappresentava una forma femminile, alla quale restava un solo braccio, disteso e accosto alla lunga veste che scendeva a drappeggiare il corpo nascondendone i piedi. Il viso era finemente modellato e vi si scopriva ancora un'espressione dolce e amorevole anche se la parte superiore della testa era andata perduta. L'attenzione era però attratta dall'occhio sinistro, l'unico rimasto, dove una strana pietra emanava una luce intensa.

Il vescovo lesse quanto rimaneva dell'iscrizione:

«*A Iside vincitrice sulla morte di Serapide come Urso vittorioso sulla morte di Valente*». Testimone straziato della calamità precipitata sulla sua famiglia, Probo Massimo Valente la collegò alla statuetta, associando irrazionalmente la sua salvezza a quella di Urso, come se la sua vita fosse legata all'espiazione di un debito antico contratto chissà quando, se e da quale dei suoi avi. Oppresso da questa superstizione cominciò a proteggerti, senza fartelo sapere. Forse mentì a se stesso fingendo che tu fossi soltanto un altro dei poveri a cui offriva affetto e carità. Nemmeno la malattia lo ha persuaso del pericolo e della inconsistenza della sua convinzione, anzi ha intrapreso il viaggio fino a Bononia solo per conoscerti e per confermare il suo aiuto anche dopo la morte. E, per farlo, ti ha lasciato molta terra, abbastanza perché per gli uomini e per la loro legge tu oggi sia una persona differente. Dipenderà solo da te esserlo anche davanti a Dio. Io ti prego solo di una cosa: dimentica i motivi di Probo e ricordalo nelle tue preghiere come un benefattore spinto dalla bontà e dal disinteresse, e il suo animo, credimi, era davvero buono e generoso. Scordati che devi la tua fortuna al solo fatto di chiamarti Urso... fallo e sarà un bene per te come per la memoria di Probo.

Giusto Urso, spontaneamente ma sinceramente, annuì.

«Allora questa pietra ti ricorderà l'impegno, mentre io stesso distruggerò il simulacro con il suo epitaffio e con il ricordo di quanto oggi ti ho raccontato».

Petronio estrasse quell'unica pietra che ancora adornava il volto di Iside: l'ultimo dono dell'ultimo dei Valente. Giusto la prese, chiudendola nel pugno la sentì calda e pregò perché quel tepore lo aiutasse ad accogliere e a credere al mistero della sua vita.

A peste a fame a bello libera nos domine

Bononia, VI secolo

Presto si sarebbe sposata e il matrimonio, voluto, desiderato, sospirato e atteso solo pochi anni prima, come un funerale avrebbe ora consacrato la sua morte.

Cos'era cambiato? Non più di un dettaglio in un'unione organizzata dalle famiglie, ma con esso si erano trasformate tutte le risposte e le promesse lasciate intravedere dalla vita. La sua vita così straordinariamente avvinghiata agli eventi di quel tempo spietato e micidiale, incatenata a una trama svolta da persone dai titoli tanto fragorosi e ingombranti quanto muti e vuoti al suo sentire, echi di un passato antico che rifiutava di tornare e memorie di un presente appena consumato nella più indicibile violenza. Individui ridotti ormai dalla sua mente e dal suo animo allo stato di esseri, vaghe entità di cui non conosceva più i perché, giudicate e percepite come prive di ogni qualità umana, fosse di altezza o di miseria morale.

La ragione le sussurrava che la storia agisce sempre in questo modo su chi non la inventa ma la subisce, chi considera un dono di Dio il ritrovarsi vivo dopo la battaglia e non chi ringrazia il Signore solo se ha vinto la guerra. Ma se tutto ciò, nel bene o nel male, risponde al correre naturale delle cose, gli avvenimenti di quegli ultimi quindici anni superavano invece il più orribile degli incubi e nessuno, ne era certa, avrebbe mai violato il candore di una pergamena per serbarne memoria.

Chi poteva voler tramandare i fatti di quella guerra terribile, combattuta nel più fiero disprezzo degli uomini, consegnandola come ammonimento a una posterità che, incredula, avrebbe ritenuto il cronista solo un feroce e pericoloso visionario? E quindi, sebbene alla storia si addica il vero, le verità di quei lunghi anni sarebbero state dimenticate, con il rancore velato dalla troppa atrocità di cui era conseguenza.

Ma lei non poteva ancora perdonare e allora avrebbe raccontato della sua vita non a una discendenza confusa e scettica, ma alle mura della città, alle tante case vuote e in rovina, agli alberi, al vento, al cielo. Al ricordo dei tanti massacrati dalle spade, bruciati nei roghi delle loro case, uccisi dalla fame o avvelenati dai rifiuti con cui avevano cercato di combatterla o divorati da chi quella stessa fame aveva trasformato in mostro orribile.

Alla sua testimonianza avrebbe dedicato i pochi giorni di vita che le rimanevano, poi si sarebbe sposata e nel matrimonio avrebbe abbandonato ogni cosa: dopo la sua morte, giurò a se stessa, avrebbe racchiuso tutto nella pietra e, finalmente, lo avrebbe dimenticato.

Bononia, 526-556

Flavia Lucia, quarta figlia di Flavio Antonio Lucero, nacque nel pieno sole del giorno di mezz'estate e ne rubò tutta l'energia e il calore. Probabilmente fu perché la sua unica sorella morì bambina, oppure perché Favilla era e rimase la figlia minore o forse solo per l'incanto prodotto dalla combinazione della sua bellezza con la vivacità e l'intelligenza del suo carattere; comunque fosse, tutta la sua famiglia, i due fratelli, la madre, ma soprattutto il padre, ricambiò la sua esistenza con un affetto ardente e smisurato.

L'epoca stessa in cui era nata incitava alla fiducia e all'ottimismo. Infatti, dopo un lungo tramonto, Bononia stava rinascendo e le spesse mura di selenite erette al posto dell'antico vallo ne erano un segno evidente. La cinta racchiudeva uno spazio ristretto rispetto all'estensione della città romana, uno spazio così piccolo che le sentinelle sugli spalti a nord vedevano e si scambiavano voci con quelle di guardia a sud. Almeno però Bononia non sembrava più un rudere corroso dall'abbandono e dal degrado e si presentava invece come una fortezza solida e ben strutturata.

Seppure a malincuore, persino Flavio Antonio Lucero doveva riconoscere buona parte dei meriti della ripresa al governo di Teodorico, re degli ostrogoti, un barbaro incaricato dall'imperatore romano d'Oriente di scacciare un altro barbaro, Odoacre, che aveva deposto il legittimo imperatore d'Occidente, Romolo Augusto. In realtà ben pochi si erano accorti della successione: da quando le legioni non riuscivano più a difenderne i confini, l'Italia viveva in miseria, soggetta a continue invasioni e abituata a vedere uno straniero governare, in nome di un imperatore più o meno incapace, da una capitale, Ravenna, scelta solo perché circondata da paludi impenetrabili. Teodorico comunque riuscì nella missione affidatagli e, dopo aver tagliato in due Odoacre, dalla spalla alla coscia, con un solo potente colpo di spada, si proclamò sovrano. Però, riconoscendo l'autorità di Costantinopoli, con gli *edicta* tipici dei funzionari imperiali e senza mai emettere *leges*, stabilì che i romani avrebbero osservato le proprie norme e tradizioni e i goti le loro, con il solo privilegio esclusivo di servire nell'esercito.

Intanto a Bononia le porte della città anche di notte rimanevano spalancate a un mondo finalmente meno infido e ostile. Ai proprietari terrieri poteva essere indifferente che la terza parte dei loro raccolti (la cosiddetta *hospitalitas*) mantenesse mercenari di etnia imprecisata oppure andasse ai guerrieri ostrogoti, però questi riuscirono effettivamente a mantenere l'ordine e la pace. E per Flavio Antonio Lucero la sicurezza e il sostegno offerto da Teodorico all'agricoltura e al commercio si rivelarono estremamente proficui. Il vino per esempio: quelli padani, un tempo rinomati, erano ormai proverbiali per la loro pessima qualità, ma

Lucero sapeva come il vero buongustaio apprezzasse soprattutto quel lieve sapore metallico regalato dall'invecchiamento nelle anfore rivestite di una sottile lamina di piombo e così, per rendere il suo prodotto degno dei palati più fini, faceva aggiungere quella giusta quantità di polvere di piombo (compito delicato e importante riservato ad Albino Cainas, il suo servo più fidato) che gli permetteva di vendere una buona partita di vino a prezzo molto alto.

E mentre si arricchiva, Flavio Antonio Lucero non si preoccupava oltre misura della diversa fede religiosa, unica ombra a frapporsi minacciosa fra gli ortodossi romani e gli ostrogoti, eretici di quell'opinione ariana che rifiuta la divinità di Cristo ritenendola inconciliabile con la fede in un solo Dio. Flavio aveva bandito dalla sua casa qualsiasi disputa religiosa (inutile per l'anima e nociva alla pace familiare), ma proprio nell'anno in cui a Bononia veniva alla luce Favilla e a Ravenna si spegneva Teodorico, quello spettro divenne la prima fra le cause della più crudele delle guerre.

Da secoli ormai le due parti dell'impero erano governate separatamente, ma l'idea della sua unità e universalità era ancora viva e forte. Per l'imperatore d'Oriente, erede diretto degli antichi Cesari e lui stesso Cesare di un popolo che si disse sempre romano, anche quando per farlo utilizzò la parola greca al posto di quella latina, la riconquista dell'Italia era una missione sacra e irrinunciabile anche se chi la governava lo faceva in suo nome. Così, morto Teodorico, l'esercito dell'imperatore Giustiniano, guidato da Belisario, il suo miglior generale, occupò la Sicilia e, una vittoria dopo l'altra, raggiunse Roma. Qui per un lungo, terribile anno, venne assediato dal nemico che poi però si ritirò a Ravenna e Belisario lo inseguì con i suoi soldati.

Flavio Antonio Lucero portò Flavia sulla via Emilia perché assistesse al passaggio dell'esercito che veniva a riportare l'Impero. Li chiamò legionari, e infatti erano poco più numerosi di un'antica legione romana. Raccontò del loro eroismo e tutti sapevano di come avessero resistito a lungo contro forze venti volte superiori. Descrisse alla figlia cosa significassero quelle insegne e cosa avrebbero restituito quelle armi...

Le parole del padre cominciarono presto a confondersi e poi a perdersi, finché Favilla non le riconobbe più nemmeno come sottofondo. Era turbata, gli uomini che sfilavano davanti ai suoi occhi le sembravano una schiera terrificante, resa ancora più straordinaria dal fragore discorde che produceva: il cupo rombo della cavalleria pesante, il passo sordo e cadenzato dei fanti e degli arcieri, il clangore e lo stridere del metallo che colpiva o sfregava altro metallo, il tutto mescolato alle voci dei soldati che urlavano o parlavano o scherzavano o ridevano con note e accenti talmente estranei da rendere incomprensibile persino l'intonazione e lo stato d'animo in cui erano espressi. Avrebbe voluto, come stavano facendo tanti altri, alzare un braccio per salutare il passaggio dei guerrieri, gridare anche lei il suo benvenuto e condividere l'entusiasmo e le speranze di suo padre, ma il sole liberava dalle armi e dalle corazze riflessi improvvisi e penetranti, quasi dolorosi. Quei soldati si chiamavano romani, come lei, e lo erano stati anche per lei quando la sua mente li aveva creati dai racconti delle loro gesta e dalle invocazioni del loro arrivo. Ma adesso l'immagine si confondeva con la realtà e questa offriva degli stranieri ancora più distanti dei barbari che erano venuti a scacciare.

Un anno dopo Belisario entrò a Ravenna: i goti erano sconfitti e il generale poté tornare a Costantinopoli con un enorme bottino e numerosi prigionieri fra cui re Vitige e sua moglie Matasunta, la nipote di Teodorico. La guerra sembrava finita, l'Italia era nuovamente governata da un imperatore e i romani d'Oriente venivano chiamati liberatori.

Flavia Lucia non era molto superstiziosa, ma serviva una razionalità superiore alle sue forze per non considerare come soprannaturale l'alluvione di quell'anno. Persino il vecchio Albino Cainas, di solito così pronto a rievocare avvenimenti della sua gioventù capaci di far sbiadire qualsiasi evento osasse proporre il presente, sembrava non conservare un ricordo sufficiente. L'inverno era stato crudele e le gelate si erano protratte fino a marzo inoltrato distruggendo le colture in germoglio. Poi, fra aprile e maggio, ci furono dieci giorni di ininterrotte piogge torrenziali. C'era chi profetizzava un nuovo, ben meritato, diluvio universale e quando finalmente gli scrosci cessarono l'inondazione che seguì sembrò proprio dargli ragione, trasformando l'intera pianura in un mare limaccioso e seminando ovunque morte e distruzione dalle quali, per due anni, si raccolsero soltanto deserto e disperazione.

Rivelazione della giusta collera divina o manifestazione dell'indifferenza della natura, alla sciagura si aggiunse la più ordinaria dimostrazione dell'umano interesse, incarnata dai funzionari inviati a riorganizzare la macchina amministrativa e fiscale dell'Impero.

A sostituire Belisario come governatore venne mandato un burocrate assistito da una numerosa corte di gabellieri abilissimi nello svolgere il proprio lavoro (anche se buona parte delle tasse raccolte non trovava più la strada per uscire dalle loro tasche). Commercio, industria, agricoltura, tutto riprese ad appassire e la reputazione dei romani d'Oriente cominciò a cambiare, e con essa il loro nome: non più romani, ma greci. La fame e la crescente ostilità nei confronti dei liberatori, offrirono ai goti una nuova occasione e, quando trovarono un capo forte e carismatico com'era stato Teodorico, la guerra avvampò nuovamente.

Alla fine dell'estate successiva all'alluvione un fatto sconvolse la comunità di Bononia dando a Flavia un segno di quanto fosse difficile la speranza. Due donne furono condotte in città in catene. Erano le sole sopravvissute di un villaggio verso la montagna e avevano aperto la loro casa ai viaggiatori di passaggio offrendo, con apparente generosità, un ricovero per la notte per poi uccidere spietatamente gli ospiti nel sonno, macellarli e divorarli. Il giorno dell'esecuzione Favilla rimase nascosta fra la folla. Per quanto mostruoso fosse stato il delitto, assistere alla punizione non l'avrebbe fatta sentire meglio, ma veniva considerato un insegnamento utile all'educazione dei giovani e quindi non poté esimersi. Non vide nulla delle torture inflitte alle condannate e finse persino di non sentire le loro grida strazianti, ma, non lontano da lei, qualcuno, a tono basso, rassegnato, appena sfiorato dallo sconforto, disse: «Almeno hanno mangiato». Conosceva quella voce, poteva darle un viso e ricordarlo affaticato dal lavoro nei campi o addolcito dalla presenza dei figli e il commento la confuse. E nessuno allibì a quelle parole, nessuno ammonì chi le aveva pronunciate, nessuno rise perché non era stato un macabro motto di spirito, chi le aveva ascoltate semplicemente annuì, mentre, di quello stesso silenzio, Flavia inorridiva.

Radunati i guerrieri il nuovo re dei goti, Baduila, annientò le truppe del generale greco Artabazo dando inizio alla sua leggenda: presto infatti anche i nemici gli riconobbero il nome Totila, "Immortale". La battaglia venne combattuta nei pressi di Faenza, fin troppo vicino a Bononia dove infatti, terminato il massacro, si diressero i goti. Il presidio di soldati greci non si fermò ad aspettarli.

Baduila promise che se Bononia si fosse arresa non ci sarebbero state violenze o rappresaglie e l'ordine dei decurioni (o curia, come veniva chiamato da quando i suoi membri avevano assunto il titolo di consoli) si riunì per discutere l'offerta ed esibì un coraggio insospettato e un'inattesa concordia rifiutandola completamente e in assoluta maggioranza. Le ragioni erano diverse: c'era chi riteneva di non potersi fidare della parola di un barbaro o chi inventava un complesso disegno di *se* e *ma* descrivendo la terribile vendetta dell'esercito imperiale qualora fosse riuscito a riconquistare una comunità arresasi ai goti senza colpo ferire. Fu Flavio Antonio Lucero a ribaltare l'esito del dibattito. «I greci se ne sono andati», disse, e usò proprio la parola *greci* e non *romani* e questo bastò ad ammutolire tutti i presenti: «Solo su di loro può ricadere il giusto castigo dell'imperatore», Lucero sapeva dell'inganno nascosto nel suo ragionamento, sapeva che, in quella guerra, non c'era e non ci sarebbe stato nulla di giusto «ché nessuno può ordinarci di prendere le armi per combattere le battaglie di chi le ha fuggite. Quindi ci rimetteremo alla parola di chi, una parola, almeno, l'ha offerta e dimostreremo lo stesso il nostro coraggio perché con i nostri occhi e sulla nostra pelle scopriremo se i goti sono davvero saggi e clementi come la promessa del loro re».

Non ci furono repliche, nessuno si oppose alle argomentazioni di uno dei cittadini più importanti, ma soprattutto alla dolorosa accettazione di un uomo votato alla memoria di Roma che ora abdicava il sogno di vederla restaurata. Le porte di Bononia furono aperte ai nuovi vincitori.

Tuttavia, anche quando questi rispettarono l'impegno, Lucero non fu soddisfatto.

Come avrebbe potuto? La guerra era appena ripresa e doveva inoltre affrontare i frutti amari prodotti dal suo discorso in Curia: aveva mentito, esprimendo certezze in cui non credeva e tacendo ciò di cui era sicuro, però non era riuscito a evitare ai suoi concittadini di combattere e di farlo dalla parte sbagliata. Il re dei goti aveva infatti liberato i servi da ogni vincolo, abbagliandoli con la speranza di un futuro diverso e alcuni dei più giovani, e fra questi, Albio, il figlio minore di Albino Cainas, si erano uniti al suo esercito. Flavio credeva invece nell'Impero, la cui idea non poteva essere pregiudicata dalla corruzione dei suoi funzionari, fossero pochi o tutti: qualcuno, forse lo stesso Giustiniano, si sarebbe accorto dell'errore e avrebbe rimesso le cose in movimento lungo la giusta strada, come doveva essere e com'era un tempo, in un passato ormai così lontano da far male a pensarlo, talmente remoto da trasformare quasi le speranze in illusioni. Nel frattempo il padrone di Bononia era un barbaro, Edarico, il capo della guarnigione lasciata da Baduila, e Lucero, sentendosi responsabile, gli offrì i suoi consigli e la sua collaborazione. Edarico era giovane, senza odio o rancore per nessuno, non aspirava ad arricchirsi ma si prodigava invece per rendere il nome del suo re più gradito di quello dell'imperatore anche a orecchie per cui l'affrancamento dalla schiavitù era un rumore sgradito. Stima, rispetto e confidenza reciproca crebbero di pari passo con la frequentazione e, sebbene Flavio non nascondesse a nessuno le proprie opinioni, queste cominciarono a suonare diversamente, interpretate al preciso opposto di quanto esprimessero le parole, e in città si cominciò a mormorare su come avesse cambiato partito e a chiedersi cosa avesse ottenuto in cambio. Forse la carica di *comes civitatis*, da sempre riservata ai barbari, certamente nuova terra e favolosi tesori qualora i goti avessero vinto la guerra.

Queste dicerie non riuscirono però a incrinare i rapporti fra i due, che non si guastarono nemmeno quando la simpatia fra Edarico e Flavia divenne evidente. Per qualche tempo cambiarono il tono della voce e lo sguardo con cui l'uno si rivolgeva all'altro, ma Lucero non aveva mai imposto il suo pensiero o una sua decisione alla figlia prediletta e non cominciò in questa circostanza. Una condotta molto più difficile da credere del supposto tradimento del partito imperiale, maturato e attenuato dal raffronto fra la sperimentata disonestà dei greci e la prevedibile generosità e l'almeno apparente integrità dei goti. Anzi, un atteggiamento impossibile anche solo da immaginare e allora si giurò come Flavia dovesse essere un'altra merce di scambio nell'accordo segreto volto a rinnovare e ribadire l'ascesa della famiglia. Flavio Antonio sapeva di quelle voci maligne e poco se ne curava, Favilla le leggeva negli occhi della gente e le scopriva irrilevanti, distanti come se non la riguardassero.

E davvero Flavia era lontana, totalmente avvolta in un

mondo irreale costruito sulle immagini e le sensazioni create dai momenti trascorsi con Edarico. Una realtà fantastica, sferzata dall'inverno perenne della terra di origine dei goti. Accarezzata dal vento sulle lontane pianure dove il popolo si era diviso in due nazioni. Immersa nel clamore delle battaglie combattute contro le legioni. Il profumo del sangue. Il dolore degli schiavi romani catturati che si rasserena e diventa la quieta missione dei primi apostoli della parola di Cristo fra gli ostrogoti. Il calore della terra conquistata a sciogliere per sempre l'atavica eco di gelo. E su tutto questo Favilla proiettava la luce diffusa dalla pietra donata da un dio alla sua famiglia per suggellarne la supremazia. Lei però non credeva a quella tradizione e allora ne attenuava il fulgore e impreziosiva la pietra, antica più degli antichi dèi, come simbolo e testimonianza dell'anima stessa di quella loro terra e di cosa essa significasse per la sua stirpe. E allora riviveva il tempo che suo padre ancora evocava con entusiasmo, avendo smarrito solo parte della speranza, e si ritornava alla serenità e alla quiete e da essa alla potenza delle legioni da cui sgorgava l'odore metallico di altro sangue. E di nuovo tutto si mescolava in quella realtà irreale che Flavia condivideva con Edarico.

A Bononia arrivavano le voci più diverse. Mentre il numero delle città prese da Totila cresceva insieme all'elenco dei comandanti greci sconfitti, a lodi sulla saggezza e la giustizia del re dei goti si sovrapponevano orribili racconti di atrocità e massacri. Feroce o mite, immerso nel sangue di innocenti o nella loro gratitudine, Totila aveva riconquistato praticamente tutta l'Italia e Giustiniano organizzò allora un'altra campagna militare e ancora una volta volle Belisario a condurla, ma gli mise a disposizione un numero di soldati insignificante e, mentre il grande generale non osava muovere da Ravenna, Totila conquistò Roma.

Lucero era deluso. Si sentiva tradito dalla pochezza dei risultati e, irrazionalmente, la percepiva come indifferenza nei suoi confronti. Purtroppo, arricchendo il contrasto, lo sconforto era destinato a tramutarsi in sofferenza e rabbia. Infatti, arrivati i sospirati rinforzi da Costantinopoli, Belisario marciò verso Bononia, realizzando così i desideri di Flavio, ma concretizzandoli nel modo più crudele. Edarico, con coraggio ma senza successo, provò a separare il destino dei goti da quello della città e invece di asserragliarsi dietro le mura guidò i suoi guerrieri contro il nemico: per molto tempo si fu certi solo della sua sconfitta. I mercenari greci, insoddisfatti o esaltati da quella prima, minuscola, vittoria, ignorando gli insegnamenti di Totila, si diedero al saccheggio e allo sterminio, ripagandosi brutalmente del soldo che non ricevevano da tempo e delle poche soddisfazioni ottenute fino a quel momento da una guerra combattuta solo da un nemico molto lontano da loro. Nerio, il secondo dei figli maschi di Lucero, fu fra le vittime della strage e, come molti altri, non morì da prode. Non cadde difendendo se stesso e la città dalla furia cieca dei soldati, ma fu colpito mentre scappava, quando già si era liberato della spada, come fosse un inutile peso a decoro del fianco. Un fante prezzolato, arrivato da chissà dove e chissà perché, lo trafisse alla schiena spogliandolo di tutto, anche del rispetto di suo padre. Per Favilla la fine di suo fratello fu invece solo morte senza nessuna qualità, proprio come il comportamento generoso di Edarico e l'assoluta mancanza di notizie sulla sua sorte non si poteva esprimere tramite attributi più o meno consolatori, ma solo come assenza. Un vuoto sprovvisto di qualsiasi aggettivo.

Quell'estate a Bononia tutti avevano qualcuno da piangere e qualcosa di cui disperare quando l'esercito greco se ne andò. Varcarono le montagne per avvicinarsi al nemico e chissà se partendo lessero negli sguardi della gente la loro vergogna o l'incitamento a nuovi massacri. Comunque non venne lasciato indietro nessun soldato, nemmeno i feriti o gli infermi, e l'intera pianura fu spalancata alle razzie di altre tribù barbare che calarono dal nord solo per scoprire come ormai non ci fosse altro da conquistare se non fame e pestilenza.

Finalmente greci e goti si scontrarono a Capua. Belisario venne sconfitto così pesantemente da essere sollevato dal comando e rimpatriato.

Quando si seppe del nuovo rovescio, Flavio Antonio Lucero non se ne dispiacque, anzi, nemmeno se ne interessò. In quegli ultimi anni tutto si era allontanato dalle sue aspirazioni, da quanto riteneva giusto e anche da quella realtà imperfetta in cui aveva vissuto gran parte della sua vita a una velocità difficile da sopportare. Ora non c'erano più schiavi e non c'erano padroni, ma non c'erano più contadini nelle campagne o merci da produrre o da commerciare. Solo miseria e morte, assedi, stragi, epidemie, carestie; la follia si era impadronita di tutti e tutti si comportavano da folli: l'imperatore voleva che il Mediterraneo tornasse a essere un lago romano e i suoi servi si prodigavano per restituirgli una pozza del tutto priva di pesci.

In quel succedersi frenetico di circostanze meravigliosamente contraddittorie, la notizia di un nuovo, e questa volta possente, esercito greco pronto a varcare i confini dell'Italia venne portata a Bononia da un gruppo di guerrieri goti. Entrarono in città un mattino ma la loro non fu una vera conquista, perché non c'erano soldati nemici da vincere e perché non si sarebbero fermati. Li guidava Edarico, tornato inaspettatamente carne e sangue proprio quando il tempo trascorso dalla sua scomparsa l'aveva ormai trasformato in rimpianto. La gioia sul volto di Favilla bastò a Lucero per non chiedere e non pretendere niente: lasciò ai due giovani tutto quanto quell'occasione offriva loro e, quando annunciarono di volersi sposare, ancora una volta, permise alla felice determinazione della figlia di colmare e calmare i suoi timori.

Erano di fedi differenti, Edarico ariano, Favilla ortodossa, ma avrebbero certo raggiunto un intimo accordo sulla natura di Cristo. La legge di Teodorico proibiva il matrimonio misto fra goti e romani, ma la collera di quel tempo aveva già riso di ben altri divieti. A oscurare il loro futuro c'era la nuova armata dei greci: si diceva contasse oltre 40.000 mercenari fra traci, illiri, unni, persiani e gepidi a cui si era unita una schiera di 2500 longobardi, ma il condottiero, un eunuco ottantenne, difficilmente poteva riuscire dove aveva fallito il grande generale Belisario.

Lucero ne era sicuro: si sarebbero sposati dopo la battaglia contro il vecchio cortigiano Narsete, non appena Edarico fosse tornato a Bononia ad annunciare l'ultima vittoria di Totila. Intanto bevvero il vino da un'unica coppa e la spezzarono.

In primavera i due eserciti si affrontarono a Tagina e come nelle canzoni, prima dell'inizio della battaglia, furono i campioni a duellare. Nessuno però ebbe il coraggio di raccogliere la sfida dell'Immortale che allora ordinò l'assalto, deciso a sbaragliare il nemico con una sola poderosa carica diretta contro il centro del suo schieramento dove trovavano posto i soldati migliori, quei longobardi che orgogliosamente chiamavano se stessi "Winnili", i guerrieri. Per i cavalieri ostrogoti fu l'inferno. Si ritrovarono infatti in una specie di imbuto, colpiti ai lati dagli arcieri e dai frombolieri che formavano le ali dell'arco difensivo dei greci, mentre il loro impeto si infrangeva contro i longobardi. Più volte si riordinarono e rinnovarono l'attacco, ma i guerrieri non cedevano e, finalmente, Narsete comandò ai catafratti di aggirare il nemico. I cavalieri goti, sfiniti dalle inutili incursioni, per evitare l'accerchiamento, provarono a raggiungere le fila della fanteria, dove avrebbero potuto riposare e riorganizzarsi. Purtroppo i fanti interpretarono quella ritirata come una sconfitta, qualcuno gettò le armi e fuggì e, come accade spesso, il morbo si diffuse in fretta. Presto la rotta fu generale e, al calare del sole, la disfatta dei goti fu completa. Increduli i soldati greci scoprirono l'Immortale fra i cadaveri, ma nessuno fra loro si vantò di averlo ucciso, mentre molti raccontarono dei prodigi di valore compiuti dal re nel corso del combattimento.

Un anno dopo, la battaglia detta "dei Giganti" consacrò il trionfo definitivo dei greci e il ritorno dell'Italia all'impero romano dal quale da tanto tempo era separata di fatto se non di diritto. La vittoria sugli ostrogoti guadagnò a Narsete la nomina a governatore civile e militare di tutta la penisola, carica a cui venne poi assegnato il titolo di esarca. Nessuno venne incoronato: Romolo Augusto, il tredicenne spodestato da Odoacre oltre settant'anni prima, di cui non si ricordava più nemmeno il nome, rimase l'ultimo imperatore d'Occidente.

Con la vittoria ritornarono anche i logotechi di Costantinopoli pretendendo dal paese devastato il pagamento dei tributi correnti e degli arretrati già versati ai goti e quel terzo delle terre il cui frutto ogni proprietario aveva vincolato al mantenimento dei barbari venne confiscato, a meno che il proprietario stesso non riuscisse a dimostrare la sua fedeltà alla parte imperiale: ci riuscirono davvero in pochi. Insieme alle tasse venne ristabilita anche la servitù della gleba, ma, ironia amara, la vittoria sui goti non condusse alla quiete sul piano religioso, causa ufficiale della lunga guerra. Non erano più gli ariani a dominare le tredici province in cui venne nuovamente divisa l'Italia, ma nell'impero proseguiva la disputa sulle nature di Cristo, fra chi sosteneva fossero separate (e quindi Maria poteva dirsi solo madre di Cristo e non madre di Dio) e chi secondava la dottrina dell'uomo-Dio arrivando prestò a negarne del tutto la natura umana, in quell'eresia monofisita specchio perfetto dell'arianesimo.

Ma i soldati di Narsete portarono anche qualcos'altro, una cosa feroce come il fisco, spaventosa come la schiavitù, incomprensibile come le dispute teologiche: una nuova e micidiale forma di peste.

Flavia, che aspettava un bambino, era certa del ritorno di Edarico; si sarebbe presentato improvvisamente come aveva già fatto e avrebbe mantenuto la promessa. La sicurezza piano piano divenne speranza, poi l'arrivo del figlio di Albino Cainas la riaccese per un poco. Albio era partito guerriero e tornava servo, legato nuovamente alla terra e alle fortune dei Lucero. Aveva combattuto con i goti perdendo il braccio destro e ogni luce nello sguardo e Flavio Antonio lo accolse proprio come chi aveva lottato e perduto, ritenendolo forse migliore di chi in fondo aveva soltanto perduto. Quando però nacque Ulfila, anche la rinnovata certezza di Favilla si era ridotta allo spessore di un sogno. E infatti Edarico non ritornò, non incontrò mai suo figlio e nessuno seppe mai dove, come, quando e nemmeno se era morto. Lucero accolse comunque il nipote come il più prezioso dei tesori, ammirandone perfino il nome barbaro voluto da sua figlia: Ulfila, in omaggio al sapiente che aveva concepito l'alfabeto goto per meglio diffondere la parola di Cristo. Lo trovava giusto perché, ariani o ortodossi, tutti i sanguinari guerrieri di quella guerra terribile avevano pregato un dio degli eserciti, arbitro invisibile di una lotta a cui il Vangelo era assolutamente estraneo, contribuendo a realizzare un mondo lontano da quello che lui aveva desiderato e diverso da quello che aveva conosciuto. Così quando il fisco imperiale si prese un terzo delle sue terre, Flavio non si infuriò, non respinse sdegnato quel sopruso, ancora una volta, come aveva capito specchiandosi negli occhi spenti di Albio Cainas, non combatté, incapace di reagire come chi per troppo tempo aveva lasciato scorrere le cose: decise di avere ancora abbastanza terra.

Poi però arrivò la peste a cambiare tutto. Brividi, febbre alta, nausea, vomito, una debolezza generale a cui si accompagnava il fiorire di una tumefazione sotto un'ascella o, più spesso, all'inguine. La pelle diventava violacea, quasi nera, un ultimo sussulto ed era la morte, pochi atroci giorni dopo il primo malessere. Il primogenito di Flavio Antonio sperimentò le sofferenze del nuovo morbo finché la sua morte venne vissuta da tutti come un doloroso conforto.

Rimaneva quindi solo Favilla e, mentre suo padre sprofondava nel vuoto lasciato dall'ultimo lutto, fu lei a stringere in pugno la pietra dei Lucero, decisa a dimostrare che davvero esisteva quel patto fra la famiglia e gli dèi più antichi in cui lei per prima non credeva. A quell'inganno sacrificò subito quanto gli era più caro, Ulfila e l'ultima eco a dissolvere una promessa. Affidò suo figlio ad Albio Cainas perché, a Bononia, era il più simile al guerriero che era stato suo padre e presto vide nascere nel bambino quanto in Albio si era consumato per sempre. Ulfila crebbe onorando la memoria di un condottiero fantastico che nessun nemico aveva voluto affrontare in duello, nemmeno nella sua ultima battaglia. Un guerriero che era Totila l'Immortale, ma anche Edarico e tutto quanto Albio Cainas tratteneva delle sue aspirazioni spezzate e Favilla ne sorrideva. A dispetto delle tasse implacabili, degli espropri, dei lutti e dei lunghi anni di guerra, i Lucero erano una famiglia di antica nobiltà romana proprietaria di molta terra destinata a un'unica erede, non più una ragazza, ma una donna di una bellezza straordinaria, esaltata spesso da un velo di tristezza. Arrivarono le prime proposte di matrimonio e Flavia strappò il disagio e l'imbarazzo dalla voce del padre, rassicurandolo su quanto e cosa anche lei desiderasse e lasciò fosse lui a occuparsi di tutto. Venne organizzata la sua unione con Pietro dei Forficula, una potente famiglia di Costantinopoli, con importanti incarichi a Ravenna, dove il fratello di Pietro era primo tesoriere. A Lucero venne subito riconosciuto il leale sostegno dato alla causa imperiale nei duri anni della guerra contro i goti e immediatamente gli furono restituite tutte le terre erroneamente confiscate, aggiungendone altre per risarcirlo di quanto aveva dovuto subire durante l'occupazione dei barbari.

Come dal sole abbiamo calore e luce e accettiamo quindi anche l'ombra delle cose proiettata dai suoi raggi, della grandezza di Giustiniano, Bononia ebbe solo il gelo e la tenebra. Della sua guerra che riconquistò alla civiltà tutte o quasi le coste del Mediterraneo ebbe il massacro e la razzia. Della codificazione del diritto trovò solo l'arbitrio di chi, dovendo applicare le leggi, le ignorava. Persino dall'edificazione delle sue chiese venne colpita da una tragedia appena mascherata da benedizione. A Ravenna infatti, nonostante lo scempio del lungo combattere, venne consacrata una basilica traboccante di splen-

didi mosaici dominati, sulle due pareti dell'abside, dalla figura dell'imperatore Giustiniano e dell'imperatrice Teodora. A coronamento di una diffusione incessante di tradizioni bugiarde e di una ininterrotta invenzione di false prove, la Chiesa venne dedicata a San Vitale: il primo santo dell'antica Bononia perdeva così la sua vera patria e la sua storia autentica, separato dal compagno Agricola, venne trasformato nel marito e padre di altri martiri illustri che precedeva solo grazie al prestigio di un supplizio miracolosamente spostatosi a Ravenna.

Flavia Lucia si sarebbe presto sposata e per l'ultima volta contemplò malinconicamente il passato che si preparava a seppellire. La pietra sprigionava dei bagliori molto forti, come volesse rimarcare chi, solo, avesse mantenuto le promesse.

Il Settespade

Bononia 707-729

Quando nacque Caio Nerio, il primo figlio maschio di Marzio Antonio Lucero Forficula, il sole stava per tramontare e ancora superava con gli ultimi raggi la cima delle colline quando, nella casa del suo defunto servo Cainas, veniva alla luce Albino, anche lui unico figlio maschio, dopo che un paio di possibili fratelli non erano sopravvissuti per vedere quella sera dell'anno 707 della salvezza umana.

Nessun sapiente si sarebbe stupito nel constatare la somiglianza dei due bambini: nati nello stesso giorno, a pochi minuti di distanza l'uno dall'altro, sotto un'identica configurazione astrale, come avrebbero potuto essere diversi? Mormorii ben informati raccontavano poi di uno stesso padre, e, a voce ben più alta, si sprecavano i lazzi sul divino prodigio capace di far partorire a una giovane vedova un figlio finalmente sano e robusto a più di un anno dalla morte del marito. Infine, una fonte incerta quanto decisa, assicurava invece della coincidenza di entrambi i genitori e motivava la diversa paternità con il desiderio di evitare i dilemmi e le argomentazioni potenzialmente inflitti da un parto gemellare alla successione dei beni.

Ma, in fondo, i cuccioli non si assomigliano forse un po' tutti?

Anche con il passare del tempo, non meravigliò che i due bambini continuassero a essere così simili: erano sempre insieme e non si poté mai raccontare di una lite o di uno screzio, e, quando ebbero dei fratelli, il loro patto si confermò ben più profondo del semplice legame di sangue.

Però, nel momento in cui il diverso ruolo previsto dalle loro nascite comportò fossero in qualche modo separati, Caio Nerio educato alle armi, Albino ai campi e agli animali, finalmente avrebbe cominciato a destare un qualche stupore vedere come il primo riversasse sul secondo tutto ciò che la sorte di una culla piuttosto di un'altra gli aveva riservato. Così se Caio Nerio veniva mandato dal maestro ad allenarsi nel lanciare il giavellotto, Albino era con lui e gli raccoglieva l'asta, sempre più spesso conficcata in profondità nel tronco di un albero. E quando l'allievo era chiamato a rendere conto dei suoi progressi, Albino, da solo costruiva la propria lancia e in solitudine ripeteva i gesti dell'amico. Lo stesso avveniva con la spada, di cui provavano i colpi in accordo con lo scudo, e se Caio Nerio nell'occasione indossava corazza e schinieri, Albino imparava a bilanciarsi appesantendosi con un'armatura di corteccia. L'uno riferiva all'altro le cronache e le tattiche di guerra e, naturalmente, anche le scienze, modeste compagne dell'addestramento del guerriero, che, forse con minor profitto e certo con minore impegno, Caio Nerio imparava dal precettore venuto da Ravenna. Albino insisteva perché tutto gli fosse ripetuto e tutto assimilava con la facilità e la passione di chi penetra nel proibito.

Ancora quindi assomigliava a Caio Nerio: gesti e atteggiamenti sembravano gli stessi e persino il tono e il ritmo della voce con difficoltà, spesso, si distinguevano. E quando Caio, alla ricerca di un affondo, scivolò ricevendo la spada del maestro in pieno volto, Albino imparò il disegno di quelle cicatrici e con la lama della falce le ripeté sul proprio viso, come aveva fatto per ogni colpo di sferza che la disciplina degli educatori aveva ritenuto utile all'apprendimento del suo compagno.

I longobardi

Come doveva, la minaccia di un nuovo assalto dei barbari si

fece più concreta per quella terra tornata disgraziatamente a essere l'estremo limite dell'Impero.

I vecchi ricordavano i racconti dei vecchi dei loro vecchi, echi di tempi ancora più cupi, almeno nelle parole che ne custodivano la memoria, quando la fame costringeva a lasciare le proprie case solo per uccidere lungo un cammino senza traguardi o quando orde di nemici dal nome sempre diverso avevano percosso le mura della città. Ma queste erano chiacchiere, come quelle favole sull'era in cui la guerra e la fame dimoravano lontano. Storie la cui fonte sbiadita era ormai difficile da ripercorrere, mentre i barbari premevano da tempo alle porte di Bononia e, fossero più o meno feroci di precedenti invasori, li accompagnavano cronache terribili. Il dio stesso della guerra, Wotan, ammirandone il coraggio in battaglia e vedendo le loro barbe bagnarsi nel sangue del nemico, ne aveva cambiato il nome e li elesse suoi prediletti chiamandoli "longibarbi" ed essi, guerrieri più feroci della ferocia, ripagarono quel terribile battesimo con altri massacri e altre conquiste, estendendo il loro dominio su tutta la grande pianura che era stata, e ritornò quindi a essere, la Gallia Cisalpina. Poi si divisero nella terra, rimanendo però uniti sotto una sola legge: l'editto di re Rotari che, in una segreta preghiera a Wotan, perché pubblicamente si dicevano cristiani, poneva al di sopra di tutto il sangue e il guerriero.

Intanto, dai palazzi di Ravenna, l'esarca dominava la Flaminia e i miseri resti dell'Emilia rimasti fedeli alla memoria di Roma e per questo celebrati poi col nome di Romània. Ma se opponeva le sue forze militari al dilagare dei barbari, sembrava invece aiutarli con le sue decisioni politiche e religiose: quando l'imperatore, Leone III Isaurico, fece pubblicare i decreti con cui proibiva la venerazione delle immagini sacre, la rivolta scoppiò in tutto l'esarcato. E in piena lotta iconoclasta, Bononia si ergeva come involontario ostacolo sulla via per l'Adriatico e, per quanto riluttante, era comunque decisa a resistere. O, più correttamente, Caio Nerio Lucero Forficula, incaricato di organizzare la difesa della città, era risoluto in tale decisione. La sua determinazione non era dovuta a discutibili valutazioni di carattere personale, ma proprio al suo carattere, talmente affine a costumi e tradizioni di passata gloria da rendere l'ipotesi di resa non una scelta da valutare concretamente, riconoscendone gli aspetti a favore e contro, ma un'alternativa impensabile. E, infatti, Caio Nerio nemmeno la pensò, cercando invece di organizzare tutto in modo da rendere la difesa, se non vittoriosa, almeno degna di essere ricordata. Come di consueto reclutò soldati fra tutti i possidenti, compresi i profughi fuggiti all'occupazione dei longobardi. Ordinò tutti gli abitanti in gruppi assegnando loro zone precise di riunione in caso di pericolo. Istituì una guarnigione in continua vigilanza sulle mura e comandò un servizio di pattuglia che ogni giorno si spingesse a diverse miglia dall'abitato.

Lucero trovò in Albino Cainas il suo più convinto sostenitore: mentre il primo esortava i nobili a vincere lo sgomento, forti del loro coraggio e della paura di perdere tutto ciò che erano, il secondo allo stesso modo incitava a combattere i più umili, quelli il cui intero creato si stendeva poco al di là delle mura di Bononia, perché il mondo rimanesse così come lo conoscevano. Quindi, anche se divisi dalla diversa condizione, Caio e Albino nuovamente rimanevano uguali nell'ardore con cui perseguivano uno scopo.

La sortita di Caio Nerio

Sul finire dell'estate le avanguardie nemiche furono segnalate oltre lo Scoltenna e Caio Nerio decise di verificarne personalmente le forze. Convocò dieci uomini delle famiglie più illustri facendoli equipaggiare con le armi migliori e sfilò insieme a loro per le strade: voleva si sapesse della sortita, che se ne ammirasse l'audacia facendola, almeno in piccola parte, propria. In realtà nessuno in quel drappello, per quanto valoroso, aspirava davvero a sfidare il nemico e se per Caio Nerio sarebbe stato sufficiente osservarlo anche da lontano, per tutti gli altri lo scopo della spedizione era già stato raggiunto con quella mostra di valore e di armi lucenti fra le mura sicure di Bononia.

Uscendo dalla città, Caio Nerio incontrò lo sguardo di Albino e leggendo sul viso dell'amico il dolore di non essere al suo fianco in quell'impresa, in un malinconico sorriso gli comunicò lo stesso dispiacere.

La pattuglia attraversò campagne deserte senza trovare nessuna traccia del nemico. Ormai convinti, e in qualche modo sollevati, della falsità dell'informazione, si fermarono per far riposare i cavalli all'ombra di una piccola macchia di alberi, quando Lucio Celio, avvistò due guerrieri longobardi. Con passo sicuro si stavano avvicinando alle piante, ancora frapposte fra loro e i romani. Caio li giudicò dei soldati esperti e coraggiosi, nati per la guerra e da lei nutriti, abili con la spada quanto malvagi e capaci di ogni inganno...

Ma erano pur sempre due.

Anche ai suoi compagni, spezzato l'incanto che aveva ridotto il nemico in uomini alla ricerca d'ombra e di riposo, quel semplice calcolo, due contro dieci, si propose rapidamente. Un'operazione il cui risultato poteva tradursi in un'altra, importante, trasformazione: la rappresentazione avvenuta qualche ora prima in città, esaltata in qualcosa di concreto come due teste irsute conficcate sulle picche. Prima che Caio Nerio potesse ordinarlo o impedirlo Giuno, Elio, Paolo e Almerico erano già montati a cavallo e spronavano verso i barbari gridando la loro sfida, ma presto anche gli altri furono in sella e, inseguendo i compagni, si lanciarono nella caccia. Caio Nerio notò come uno dei nemici cercasse subito di sottrarsi a quell'attacco improvviso voltando le spalle e correndo verso una depressione del terreno protetta da larghi cespugli, mentre l'altro, bilanciando la lancia, aspettava deciso i cavalieri. Non si fermò a riflettere su quanto l'accaduto contrastasse con l'immagine di indifferenti strumenti di battaglia ricalcata monotonamente dalle testimonianze sui longobardi, perché, quando il primo gruppo di romani fu a quindici passi di distanza, il guerriero tese il braccio e la lancia consumò puntuale il suo tragitto piantandosi profondamente nel petto di Paolo. Questi non era ancora crollato a terra e già il barbaro impugnava la spada pronto ad affrontare gli altri aggressori. Nella frenesia di essere i primi a trafiggere il nemico, Almerico ed Elio si ostacolarono a vicenda e solo Giuno risultò essere una vera minaccia: però, piegandosi agilmente sulle gambe, il guerriero evitò la spada del romano, e nello stesso tempo, ne colpì il cavallo. Fu un colpo prodigioso per velocità e per forza, e Giuno stramazzò a terra insieme all'animale, entrambi incapaci di rialzarsi. Caio Nerio, stimò rapidamente lo spazio che lo separava dal barbaro mentre quest'ultimo, giudicando in modo del tutto diverso distanza e valore dell'avversario, gli girava le spalle per affrontare gli intimiditi Elio e Almerico. Senza rallentare l'andatura, Caio scagliò il giavellotto trapassando il longobardo, (e questi barcollò vistosamente all'impatto, ma non cadde) e, con il cavallo ancora in movimento, spada in pugno, si gettò a terra, impegnando il nemico in un duello serrato. Subito i suoi compagni lo imitarono e per il guerriero barbaro non ci fu più scampo, con una lancia saldamente piantata nella schiena, circondato e attaccato contemporaneamente da più parti, finalmente crollò generando nei romani un feroce grido di trionfo. Furono Almerico ed Elio a litigarsi la testa spiccata dal collo e la proprietà della lancia su cui infilzarla, mentre Caio Nerio era intento a scrutare la conca verso cui aveva cercato rifugio l'altro guerriero. Infatti si era accorto solo in quel momento che Orso e Lucio non si erano fermati a combattere, ma avevano proseguito il galoppo, decisi a catturare il fuggitivo, credendolo probabilmente una preda facile e impaurita. I due ora erano nascosti dalla piega del terreno e dai cespugli, ma l'ostacolo non poteva impedire a Caio Nerio di sentire le grida degli uomini e lo stridere delle lame. Poi un cavallo emerse solitario dalla cavità lanciandosi in una corsa sfrenata. Sembrava avvolto in un velo purpureo, ma la velocità del galoppo non ne sosteneva il mantello che si scomponeva ricadendo in dense pozze. Caio Nerio non ebbe il tempo di rispondersi su chi fosse stato il padrone di quel cavallo, e certo non ebbe bisogno di interrogarsi su quale fosse stata la sua fine: dalla depressione, spettri consacrati dall'inferno, emersero una dozzina di guerrieri longobardi e, agitando le armi, cominciarono a correre verso di loro. Ancora una volta non ci fu bisogno di ordini: i romani salirono a cavallo e fuggirono e forse avevano già percorso un miglio quando Caio Nerio, sgomento, rammentò come nessuno avesse controllato le condizioni di Giuno, e il loro compagno, vivo o morto, era stato lasciato nelle mani dei barbari, insieme ai cadaveri (disperatamente si trovò a sperare lo fossero) di Paolo, Lucio Celio e Orso. E se il suo alibi poteva essere l'ansia per la sorte degli uomini al suo comando (e da tutti, tranne forse dalla sua coscienza, sarebbe stato giudicato un valido motivo) i suoi uomini potevano difendersi solo con l'euforia seguita alla vittoria sul guerriero che valorosamente li aveva sfidati.

Mentre cavalcava verso Bononia, Caio Nerio si chiese inquieto se quella poteva davvero dirsi una vittoria.

Il ritorno in città

Inizialmente sembrò proprio di sì.

Il ritorno della pattuglia fu salutato dai cittadini come fosse un trionfo. Tornavano solo in sei e con una sola testa a testimoniare il loro eroismo e l'asprezza della loro impresa ma, se Lucero non si curò di chi alla fine era riuscito a conquistare il dubbio onore di portare in città il trofeo, certo tutti i suoi compagni esaltarono e ingigantirono la loro avventura. In pochi giorni la schermaglia si era trasformata in una sanguinosa battaglia in cui il numero dei nemici affrontati e trucidati aumentava da racconto a racconto; quel singolo cranio, con bella allegoria, divenne rapidamente la sommità fisica della vetta gerarchica della società longobarda, di voce in voce si mutò nella testa di un gastaldo, poi di un duca e, se ci fosse stato il tempo, probabilmente del supremo re dei barbari. Caio Nerio si rendeva conto che, con i nemici sempre più vicini, ma stranamente riluttanti nella loro mossa finale, quelle cronache generose dello scontro sostenevano il morale dei romani e l'attardarsi dei longobardi ad alcune miglia dalle mura di Bononia sembrava proprio confermare quelle testimonianze distorte e il timore suscitato nei barbari dalla sortita dei dieci coraggiosi. Non vi avesse partecipato lui stesso, avrebbe finito per credere che la testa rinsecchita piantata sopra porta Ravennate fosse davvero quella di Liutprando. Purtroppo non poteva crederci, e, in quei giorni così confusi, cercò la compagnia e il conforto di Albino, forse l'unica persona di cui si fidava, sicuramente il solo a cui poteva confidare la crudeltà dei fatti e l'incertezza che ne proveniva.

Caio Nerio cerca Albino

Caio Nerio fece chiamare Albino e anche se il sole era al tramonto (proprio come quella sera, esattamente venti anni prima, in cui entrambi erano nati) non fece accendere le lampade (quell'incontro doveva celebrare la novità e non il ripetersi dell'anniversario), lasciando alle ombre sempre più profonde la libertà di mescolarsi con quelle che oscuravano il suo spirito. Da tempo non si parlavano, ma Caio non sentiva il bisogno o l'obbligo di rispettare una qualche formalità con Albino, non perché fosse un suo servo, ma proprio perché la consuetudine fra loro era improntata sulla confidenza e la simpatia. Quindi, quando Albino arrivò, senza nemmeno guardarlo, cominciò a parlare.

«Non possiamo aspettarci aiuto da Ravenna, più preoccupata del suo diritto di adorare immagini dipinte che della strage e della schiavitù dei cittadini di Bononia. E non so perché Liutprando, dopo aver occupato i castelli di Monteveglio, Buxo e Persiceta, non abbia ancora sferrato l'ultimo attacco... Certo non è la nostra maestria di guerra a intimorirlo... nonostante quella battaglia di cui tutti parlano... nonostante quella testa appesa alla porta orientale, sulla strada per Ravenna, quasi a dichiarare l'indifferenza del nostro valore verso chi potrebbe porgerci un aiuto indispensabile... Anche l'avessero infissa su Porta Nova sarebbe stato un povero spauracchio per i barbari, perché quella è la testa di un semplice guerriero che da solo ha ucciso due prodi e illustri cavalieri romani ed è caduto solo quando altri sei l'hanno affrontato insieme... No, Liutprando non ci teme... E arriverà presto, forse già al prossimo sole».

Qui Caio Nerio tacque e, lo sguardo confuso nel buio della stanza, forse non si accorse dell'incresparsi delle labbra di Albino.

«Ogni giorno è e sarà per noi un castigo, ogni ora angoscia, ogni singolo attimo dolore perché potrebbe essere l'ultimo del nostro mondo e il primo di un qualcosa che non ci appartiene. Quando i longobardi entreranno in città, sguazzando nel nostro sangue o riveriti dalla vigliaccheria dei più, i nobili diventeranno schiavi e gli schiavi rimarranno tali, preferendo forse il dominio dei barbari a quello dei loro concittadini romani, perché almeno consentirà ai figli dei loro figli di imprecare le fortune della guerra senza bestemmiare l'apatia degli avi...».

Stringendo il gioiello che portava al collo e soffocandone nel pugno la luce, Caio Nerio guardò Albino, ombra fra le ombre...

«Noi invece, tu e io, sicuramente moriremo... Non per difendere queste mura già crollate, non per la città già conquistata, ma per custodire la memoria, per celebrare l'eredità dei nostri avi in quanto rimane della pietra».

...ma non riuscì a vederne il sorriso.

Albino cerca Caio Nerio

Nei giorni immediatamente successivi qualcosa cambiò in città. Il coraggio o la speranza germogliati dopo la sortita piano piano sembrarono perdere la loro forza. L'ultimo lampo di vigore indirettamente provocato dalla spedizione, prima di spegnersi insieme all'animo bellicoso della popolazione, fu il lancio della famosa testa del guerriero verso un'altra testa, quella di Elio, che quasi ne assunse lo stesso colorito quando il trofeo mollemente la colpì svelando il suo tesoro di larve. Anche Caio Nerio scoprì dunque chi, con solennità e un poco di superbia, l'aveva portato in città e, rassegnato, sorrise malinconico a quella nuova metafora della loro impresa, ma non indugiò su cosa l'avesse diminuita alla sua realtà, perché, finalmente, i longobardi arrivarono.

Ai romani, stretti nelle loro mura una volta chiuse le pesanti porte di quercia, sembrò davvero un'orda immane, ancora più terribile nel suo tumultuoso disordine. Un disordine forse solo apparente, certo irrilevante: dagli spalti Caio Nerio vedeva uomini accampati in gruppi privi di quella disciplinata simmetria illustrata nei compendi militari, però, alla prima parola di Liutprando, si sarebbero tutti scagliati nel disorganizzato ma completo massacro dei cittadini di Bononia. Mentre dalle mura cercava di indovinare quale spada gli avrebbe spaccato il cuore, rifletteva sulla facilità (quando le campane avessero chiamato a raccolta) con cui avrebbe capito (sostenendo gli sguardi o inseguendoli nei visi abbassati) se la città sarebbe rovinata combattendo o capitolata da schiava.

Strinse la pietra e solo allora si accorse di Albino al suo fianco e delle parole con cui gli svelava la necessità di incontrarlo, quella stessa notte, alle rovine del teatro.

Il buio si accompagnava al silenzio, gli ospiti sgraditi accampati fuori dalle mura sembravano infatti non volere disturbare il sonno delle loro vittime con qualunque manifestazione andasse oltre la loro sola presenza, quasi a rispettare l'inespresso e inesprimibile desiderio di un'ultima notte di quiete per i condannati a morte. Ma quel gelido silenzio fra i fuochi del campo non rassicurava più di un qualsiasi clamore.

Lucero trovò Albino ad attenderlo al margine del cerchio di luce disegnato dalla torcia infilata in uno dei pilastri del vecchio teatro romano. Si muoveva lentamente, coscientemente o inconsapevolmente attento a evitare che il chiarore gli illuminasse il volto. Per Caio leggere l'eccitazione dell'amico era facile come specchiarsi nel proprio animo.

Albino continuava a spostarsi adagio, rinnegando la luce e nascondendo l'espressione del viso, ma il suo sussurrare, fermo e sicuro nel tono, arrivava come il sibilo micidiale della lancia. Un bisbiglio mortale in contrasto con l'animazione di cui era preda e con lo stupore, la disperazione, l'incredulità che provocava in Caio Nerio.

Finalmente Albino si immerse nella luce e gli occhi sbarrati dell'amico riuscirono a distinguere un viso disteso e appagato, placato, ma non poterono stabilirne o ordinarne le cause. Albino raggiunse la torcia, la liberò dell'abbraccio del pilastro, e l'agitò mentre muoveva qualche passo indietro, come fosse nuovamente avvelenato dall'originaria repulsione.

Sei uomini armati sbucarono improvvisamente dalle arcate buie del teatro e circondarono Caio Nerio, spazzando via qualsiasi dubbio sul vero scopo dell'appuntamento. L'addestramento ebbe la meglio sulla sorpresa e sull'indignazione e Caio Nerio impugnò la spada. Come divoratori di carogne i sei presero a girare attorno alla preda in trappola assaporandone il prossimo massacro o, forse, temendone la difesa disperata, ognuno aspettava fosse il compagno a muoversi per primo e a favorire con il proprio sangue l'omicidio. Istintivamente Caio Nerio si mosse per raggiungere il riparo di una colonna del teatro: appoggiare le spalle alla pietra avrebbe ridotto le possibilità di attacco degli avversari. Gli assassini però, a conferma della loro paura, erano fin troppo cauti, e a quel movimento, rispose uno scomposto sollevarsi delle armi e uno stringersi diseguale dell'accerchiamento. La reazione rassicurò Caio Nerio: era solo una scadente masnada di miserabili la cui qualità diminuiva la preoccupazione dovuta al loro numero. Veloce, la sua spada disegnò un breve arco, scaricando tutta la forza del braccio sul cranio di uno dei sicari spegnendone il ghigno di sfida, e già Caio girava rapidamente su se stesso allargando l'arma in un cerchio completo per impedire agli altri di attaccarlo. Ma i banditi rimasero fermi, paralizzati dalla testa fracassata e dagli ultimi gemiti del loro compagno. Esitavano, sembravano pronti a fuggire, ma prima che Caio Nerio, con un nuovo micidiale assalto, potesse convincerli della bontà di quella soluzione, una voce li riscosse e non era più un sussurro ma una fragorosa minaccia. E allora gli assassini caricarono tutti insieme. Caio Nerio si lanciò verso il varco aperto dal bandito caduto, cercando, nello stretto spazio in cui era chiuso, di muoversi in maniera imprevedibile. Abbassandosi evitò un colpo diretto verso il suo viso, mentre la sua spada colpiva un altro bersaglio e un altro ancora. Un dolore intenso alla schiena gli strappò le forze e le gambe gli si piegarono. Ma fu solo un attimo. Si voltò di scatto, mentre una lama, resa imprecisa dal suo movimento improvviso, gli lacerava il braccio sinistro, sentendo la strana resistenza della spada piantata fra le spalle. Aveva raggiunto uno dei pilastri: di fronte a lui ancora tre nemici. Cercò inutilmente di scorgere Albino e considerò come avrebbe dovuto guardare dentro e non fuori dalle mura per riconoscere il suo assassino. Sommerso da un furore intenso si convinse che non sarebbe morto prima di quei vermi vomitati dalle volte più buie del teatro come fossero le orbite di un teschio. Ma gli assassini sembravano dominati dalla stessa rabbia e attaccarono nuovamente. Caio Nerio straziò il collo a uno dei tre, riuscendo con lo stesso fendente a parare il colpo di un secondo, ma la spada del terzo gli aprì il fianco. Con un ruggito strinse il braccio sinistro sulla lama che lo rovinava bloccandola e colpì l'avversario dall'alto al basso aprendogli uno squarcio dalla spalla al petto. Barcollava, ma ormai rimaneva un solo nemico e Caio Nerio sorrise agli occhi sbarrati di quell'ultimo avversario che, ne era certo, non lo avrebbe visto piegarsi. Improvvisamente quegli occhi si serrarono per poi spalancarsi ancora e mentre l'uomo crollava a terra dietro di lui si materializzava Albino con in pugno la spada inzuppata dal sangue del suo sicario.

Il giorno dopo Caio Nerio Antonio Lucero Forficula, miracolosamente scampato illeso a un tentativo di assassinio organizzato da uno dei suoi servi, apriva le porte di Bononia ai longobardi. Il corpo di Albino Cainas, orrendamente mutilato e sfigurato nel corso del duello dall'ira e dal valore di chi doveva essere la sua vittima, venne appeso alle mura insieme ai suoi compagni in quella impresa scellerata e Caio Nerio si guadagnò il nome di "Settespade", poiché, da solo, aveva sconfitto e sterminato i sette uomini armati che l'avevano assalito con il favore della sorpresa, delle tenebre e dell'amicizia.

Non passò molto tempo e l'esercito imperiale provò a riconquistare la città, ma fu sbaragliato dai guerrieri longobardi guidati dai duchi Walcari, Rotari e Peredeo e al loro fianco il Settespade rinnovò la sua formidabile reputazione, ricompensato con la conferma dell'autorità signorile e il conferimento di altre terre nel distretto del *castrum* Persiceta lungo quelli che, per oltre ottant'anni, erano stati i confini fra Longobardia e Romània. Pochi mesi dopo, nella basilica di Santo Stefano, vennero celebrate le sue nozze con Gisaltrude, una vedova di nobile stirpe longobarda. La coppia si trasferì nei propri possedimenti e sebbene i figli venissero battezzati con ineffabili nomi barbari, mantennero il celebre titolo di Settespade e il nobile cognome di Forficula.

Gli avvenimenti di quegli anni cambiarono il nome anche degli eredi del turpe Albino Cainas, che, come stirpe di traditori, furono ricordati come i “della Caina”, mentre l’appellativo Lucero, prezioso nella narrazione, si preservò invece nel ramo della famiglia generato dal giudice Pietro Grasso, fratello minore di Caio Nerio. O forse solo il fratello legittimo del Settespade perché, se volessimo conoscere la verità, dovremmo tornare all’inizio della storia, a quella sera lontana dell’anno 707 della salute umana e alle voci che accompagnarono la nascita di due bambini sotto una medesima configurazione astrale...

L'attentato

Bologna, 983

Antefatto

Nel 923 a Fiorenzuola d'Arda le truppe di Berengario I, re d'Italia, si scontrarono con quelle di Rodolfo II di Borgogna che reclamava per sé la corona di ferro. Il combattimento fu terribile: si lottò duramente fin dentro la città, contendendosi ogni casa, e si racconta come quel giorno venisse impiegato, per la prima volta in Italia, un piccolo arco orizzontale azionato tramite un grilletto, un'arma rivelatasi talmente letale da farne interdire l'uso contro i cristiani da parte del papa.

In quella battaglia Berengario I venne sconfitto, perse il trono e, poco dopo, anche la vita, assassinato a Verona da un suo vassallo. Fu l'ultimo dei re e imperatori discendenti da Carlo Magno.

Ma, chiederete, cosa c'entra tutto questo con Bologna?

Non abbastanza da narrare nei particolari lo svolgersi della mischia (anche se fu uno scontro cruento e formidabile e il raccontarlo catturerebbe certo la vostra attenzione nell'incanto crudele di morte e mutilazione, nobiltà e audacia), ma quanto basta per doverlo rievocare, perché al termine di quella battaglia Rodolfo di Borgogna ricompensò il migliore fra i suoi condottieri investendolo del comitato di Modena che comprendeva allora ampie zone appartenenti alla diocesi di Bologna, come il distretto collinare di Brento e l'antica selva del Saltospano. Quel coraggioso e abile condottiero si chiamava Bonifacio e, favorito forse dall'aver sposato la sorella di Rodolfo, Waldrada, ottenne anche la marca di Camerino e Spoleto. Non riuscì però a mantenere a lungo il titolo di conte di Modena: dopo soli tre anni, suo cognato fu costretto a lasciare il trono d'Italia a Ugo di Provenza e Bonifacio perse la carica, ma un ramo della sua discendenza, continuando a fregiarsi per tradizione del titolo comitale, conservò un effettivo potere signorile nelle aree dove le acquisizioni patrimoniali erano state maggiori.

Si affermò così a Bologna un ceppo dinastico di origine franca e questo, oltre alla micidiale balestra, è il motivo per ricordare la terribile battaglia combattuta nel 923 a Fiorenzuola d'Arda.

I protagonisti

Lamberto di Petrone Forficula detto il Settespade non amava il conte Adalberto.

Non lo amava anche se da tempo i conti si erano liberati delle terre e dell'autorità sul distretto di Persiceto dove i Forficula avevano avuto vasti possedimenti fin da quando portavano, con immutato orgoglio, il nome di Lucero. Il radicarsi dei conti su quanto consideravano il loro territorio non aveva rovinato i Forficula, ma ne aveva soffocato le ambizioni, riducendone drasticamente il potere nel contado e così Lamberto il Settespade aveva deciso di trasferire residenza e aspirazioni della famiglia in città, dove sapeva di trovare molti alleati. Infatti il suburbio su cui Bologna esercitava la sua influenza era ormai limitatissimo, ben più piccolo del territorio della diocesi, e l'intesa politica contro l'autorità signorile dei conti riuniva tutte le principali famiglie urbane, tanto che divenne abituale l'uso di apporre nei contratti di enfiteusi il divieto assoluto di subconcessione dei terreni non solo ai rappresentanti di quel casato, ma persino ai loro servi.

Fu proprio l'identità di opinione e la passione con la quale era sostenuta a riavvicinare i Forficula a un ramo della loro famiglia che, pur non essendosi mai allontanato dalla città, aveva perduto anch'esso l'antico e illustre cognome di Lucero. Così, se anche permaneva il ricordo della lontana parentela con Lamberto, Amadorre Crasso Clarissimo non veniva più chiamato col nome dei loro comuni avi, ma con l'appellativo onorifico che accompagnava le cariche pubbliche da questi ricoperte. Più di recente, si era associato a loro un facoltoso possidente, Martino d'Orso, le cui terre, in parte coltivate e in parte lasciate a macchia per l'allevamento dei maiali, si trovavano proprio nel Saltospano soggetto alla giurisdizione di Adalberto e ciò lo rendeva, almeno a parole, un ardente fautore della politica avversa ai conti. Ed era, in fondo, un fatto singolare, perché gli ascendenti di Orso un tempo si chiamavano Cainas e i Cainas, ora i Della Caina, erano una delle famiglie al servizio del conte Adalberto nel fondo di Cinquanta, ancora una volta, nel distretto del Saltospano. Ma nessuno sembrò apprezzare la combinazione, perché di questa parentela nessuno parve ricordarsi, o forse la voce di chi serbava memoria non aveva il desiderio o l'intensità sufficienti a farsi sentire.

E siamo finalmente ritornati a quel conte detestato dal Settespade da cui eravamo partiti e sul quale, prima di concludere, dovremo fermarci per riferire un fatto, forse di poco peso per quanto verrà poi raccontato, ma di per sé molto importante. Nella sanguinosa e animata lotta per il trono d'Italia, alla fine aveva trionfato Ottone di Sassonia, re di Germania, che, sconfitto Berengario II marchese d'Ivrea, vincitore a sua volta di Lotario di Provenza, aveva sposato la moglie di quest'ultimo, la regina Adelaide di Borgogna (rispettivamente il nipote, il figlio e la figlia di quei Berengario, Ugo e Rodolfo, che al tempo della battaglia di Fiorenzuola s'erano vicendevolmente sottratti la corona di ferro). Prima di approdare al lieto fine delle nozze con Ottone, Adelaide era fuggita dalla prigionia a cui l'aveva costretta Berengario II, trovando riparo nell'inespugnabile maniero di

Canossa. Quindi, quando il re di Germania riuscì finalmente ad accaparrarsi anche i titoli di sovrano d'Italia e sacro romano imperatore, innalzò Adalberto Atto di Canossa alla carica di conte di Modena e questi, ringraziando lo spessore delle mura del suo castello e come avessero ben resistito alla settimana di assedio di Berengario II, cercò subito l'intesa con quella stirpe ancora potente che aveva ricoperto quello stesso ufficio quando re d'Italia era il padre di Adelaide. Così Tedaldo, primogenito di Atto di Canossa, sposò Willa, sorella di Ugo marchese di Toscana, parente di Adalberto di quella dinastia dei conti così invisa alla città di Bologna. Con quel matrimonio i Canossa, appartenenti allo sconfitto popolo longobardo, ottenevano una certa promozione sociale, mentre i conti, ed è questo l'evento da sottolineare, si riavvicinarono all'imperatore a cui rimasero poi sempre fedeli a prescindere dalla testa, sassone, francone o sveva, su cui si fosse appoggiata la corona.

Ecco presentati tutti i protagonisti della vicenda, Lamberto di Petrone Forficula Settespade, Amadorre Crasso Clarissimo, Martino d'Orso, il conte Adalberto e va citato un ultimo personaggio, o forse solo una comparsa, lo deciderete: anche lui si chiamava Adalberto ed era vescovo della città di Bologna.

Il palcoscenico

Nel 973, dopo quasi un secolo di ubbidienza alla Chiesa di Parma, il complesso di Santo Stefano, chiamato anche della Santa Gerusalemme, era stato finalmente restituito alla città di Bologna. L'agognata riconsegna era stata ottenuta dal vescovo Adalberto, attraverso una sua lunga e paziente opera di avvicinamento politico all'arcivescovo di Ravenna e all'imperatore Ottone I, al cui seguito fu molto spesso, e, naturalmente, dietro pagamento di un forte indennizzo. Ora, nel luogo dove un tempo sorgeva il cimitero in cui Sant'Ambrogio aveva collocato le spoglie dei martiri Vitale e Agricola, tre splendide chiese disposte l'una accanto all'altra, ospitavano un monastero dell'ordine benedettino.

Ovviamente il racconto ruota proprio attorno al santuario e a come esso, nell'anno 983, si sia trovato strettamente legato a una serie di avvenimenti estremamente importanti per la famiglia del conte Adalberto. Tutto cominciò quando Bonifacio e Walfredo, due dei tre figli maschi del conte, decisero di seguire Ottone II in Sicilia partecipando alla campagna militare contro i saraceni, con l'obiettivo dichiarato di porre termine alle loro sanguinose scorrerie sul continente: in realtà lo scopo reale era quello di strappare l'Italia meridionale all'imperatore romano d'Oriente. Adalberto e la sua seconda moglie Bertilla fecero una generosa donazione al monastero di San Bartolomeo di Musiano a Panigale in suffragio delle anime dei figli, per favorire la spedizione, ma, purtroppo, per quanto cospicuo, il lascito si dimostrò insufficiente: a Punta Stilo l'armata di Ottone venne massacrata dai saraceni. L'imperatore si salvò a fatica, mentre Bonifacio e Walfredo furono creduti morti. Si seppe in seguito della loro cattura, insieme a tanti altri cavalieri e prelati cristiani, e della loro dura prigionia in Sicilia. In seguito venne annunciata la loro liberazione ottenuta grazie alle implorazioni di un misterioso anacoreta. Solo quando tornarono in città, meno sciupati e guasti di quanto si potesse supporre, fu finalmente rivelata l'intera grandezza del miracolo: quel santo eremita era infatti originario di Bologna (si chiamava addirittura Bononio) e la sua virtù e rettitudine gli avevano permesso di conquistare anche presso i musulmani una popolarità e un prestigio tali non solo da poter chiedere ma anche da guadagnare la libertà dei prigionieri di Punta Stilo. Dovere la propria salvezza a Bononio era una circostanza davvero straordinaria perché questi, prima di scegliere una vita di solitudine e preghiera, aveva trascorso diversi anni proprio nel monastero di Santo Stefano e, meraviglia, non solo Bonifacio e Walfredo, ma anche i loro genitori, gli uni senza sapere della solenne promessa degli altri, avevano fatto voto di beneficiare quell'abbazia se fossero sopravvissuti alla crudele schiavitù, ovvero avessero visto i figli ritornare salvi e intatti dalla sventurata guerra.

La narrazione, forse più breve della sua premessa ma certo un poco più movimentata, ha inizio proprio il giorno in cui il conte Adalberto, Walfredo e Bonifacio si dirigono a Bologna per assolvere ai loro reciproci voti, o meglio quando la notizia del loro breve viaggio giunge a tre dei protagonisti...

Atto primo

La risposta di Lamberto si fece attendere e Martino d'Orso si persuase che qualcosa nella sua domanda l'avesse infastidito. Poi però nel tono e nello sguardo con cui il Settespade accompagnò le sue parole riconobbe solo lucida determinazione.

«È per oggi. Non è speranza o sospetto. Lo so. Il conte avrebbe voluto tenerlo nascosto o almeno riservato, ma è un fatto troppo importante per il monastero e troppo intrigante per la città... Difficile non trapelasse comunque. Io però l'ho saputo dalle labbra stesse di Adalberto... anche se si tratta del vescovo e non del conte...».

«L'Adalberto vorace, non quello sazio» intervenne Amadorre Clarissimo.

«Pur sempre uno degli interpreti della commedia».

«O, speriamo, della tragedia».

Si trovavano a ridosso dell'angolo nord-occidentale delle mura di selenite dove le difese erano state rafforzate con la costruzione di un castello, connesso alla cerchia ma separato dalla città per potersi difendere anche da una sommossa interna.

Martino sembrava preoccupato: «Come agiremo?».

«Nell'unico modo possibile».

Ancora una volta la sentenza di Lamberto arrivò con ritardo.

Non più di un attimo, sufficiente però a riempire quel battito di ciglia di ansia e di dubbio, torcendolo e allungandolo a dismisura.

«Aspetteremo la conclusione della cerimonia. Durerà a lungo perché sono molte le promesse da sciogliere. Adalberto vorrà ritornare subito nelle sue terre».

«Non si sente sicuro in città» disse Amadorre «ed è difficile dargli torto».

«Lo aspetteremo fuori dalle mura. Verso il Saltospano».

«Non sarà solo, Bonifacio e Walfredo saranno con lui e anche il terzo figlio...» ricordò Martino «...e la figlia Ermengarda...».

«E servi in buon numero e certo ben armati» confermò Amadorre.

«Ma a noi interessa il conte. Soltanto il conte. Basta un colpo. Un quadrello, una freccia o anche la spada. Gli uomini sono avvertiti: a noi interessa il conte» chiarì Lamberto.

«Quel colpo indebolirà e sfalderà la famiglia. Una sola morte per annientare l'intero vespaio: è un buon affare. Peccato solo non esserci, per una volta mi addolora godere dei frutti senza vedere la mano che li raccoglie».

«Avremo i frutti senza esporci e senza affaticarci nel raccoglierli. Questo dovrebbe confortarti».

«Mi accontenterò allora di vedere il conte pagare nuovamente al Padreterno la vita e l'anima nera dei suoi cuccioli. Più esattamente ne vedrò compensato il domestico, il buon pastore Adalberto, perché il padrone ha già rifiutato il prezzo».

Martino esitava ancora: «Ma quanti sono i sicari e di che qualità, possiamo davvero fidarci? E chi è a conoscenza del progetto... e sono degni di fede?».

Lamberto lasciò scivolare la destra sull'impugnatura della spada. Le dita, appena dischiuse, apparivano innaturalmente sottili, quasi diafane, nel contatto con la pietra che impreziosiva l'elsa e la cui luce sembrava attraversarle.

Inconsciamente anche Martino d'Orso portò la mano alla

rassicurante realtà della pietra, montata su una robusta catena d'argento che portava al collo, sotto i vestiti.

Comprendendone il gesto, Amadorre Crasso Clarissimo sorrise mostrando ai compagni il dorso della mano e l'anello d'oro dov'era incastonato un terzo frammento della pietra. Splendeva in modo da far apparire grossolana e volgare la preziosa montatura di cui sembrava avere consumato ogni colore per poter rivaleggiare col sole nel bagliore e nel giallo dei riflessi.

«Noi. Solo noi» disse Lamberto.

«Noi abbiamo la pietra che illumina il sentiero della fortuna e del dominio».

«Tu ne possiedi una parte, Martino di Orso, un'altra io l'ho donata ad Amadorre e questa stella preziosa dimostra quello che siamo e ciò che siamo stati, quello che abbiamo, ma anche quanto abbiamo avuto e avremo. Con noi, uniti, la gemma torna integra perché il conte Adalberto, figlio di Bonifacio, figlio di Ubaldo, non possiede neppure una scheggia della pietra e quindi non può avere potere su nemmeno un lembo della nostra terra. Spetta a noi provarglielo».

Lamberto di Petrone Forficula il Settespade sbagliava su più di un particolare.

Atto secondo

Il conte arrivò al monastero di Santo Stefano scortato dai suoi tre figli e da almeno una mezza dozzina di servi. Ad accoglierli, sul sagrato, il vescovo Adalberto, l'abate Vittore, un buon numero di monaci e sacerdoti avvolti nei paramenti migliori, oltre a una quantità di cittadini commossi dalla testimonianza del miracolo, oppure guidati solo dalla curiosità da sempre generata dai grandi personaggi, oppure estremamente attenti e interessati come i tre possessori della pietra.

Sulla spianata antistante la Santa Gerusalemme Walfredo e

Bonifacio, malgrado il freddo pungente, si spogliarono delle loro armi, delle pelli e delle vesti mentre i padri benedettini intonavano un canto in lode dell'unità del Padre e del Figlio e in lode dello Spirito Santo. Entrambi i penitenti erano alti e robusti e dai loro movimenti, come dall'atteggiamento e dalle loro stesse fattezze, traspirava orgoglio e superbia, tanto da chiedersi come avessero potuto sopravvivere alle segrete dei musulmani. Poi, vestiti della sola camicia, si inginocchiarono in una silenziosa e devota preghiera e, mentre l'inno dei monaci raggiungeva la sua pienezza, qualcuno pensò di aver capito perché fossero scampati.

Conclusa l'orazione si rialzarono e furono subito avvicinati da due servi che restituirono loro le spade sguainate ed essi le presero dalla lama tenendo la croce dell'elsa davanti agli occhi come fossero spoglie sacre da portare in processione.

Il conte Adalberto, affiancato dal vescovo e dall'abate, li precedette nella rotonda del Santo Sepolcro, e, dopo i due penitenti, che ancora reggevano le armi con la punta rivolta verso il basso, entrò il fratello minore seguito dalle donne della famiglia, Bertilla ed Ermengarda. I servi sarebbero rimasti fuori insieme a molti degli spettatori, facessero parte dei devoti impietositi o degli scettici oziosi o interessati.

I cento anni di proprietà della Chiesa di Parma non avevano giovato alla Santa Gerusalemme. L'edificio intitolato a Vitale e Agricola, trascurato anche per la minore frequentazione dei fedeli dovuta al ridursi dell'assiduità dei miracoli, era praticamente in rovina e presto i resti santi dei martiri sarebbero stati traslati in una cripta appositamente costruita sotto la piccola Chiesa del Battista, edificata durante la dominazione longobarda. La rotonda del Santo Sepolcro, originariamente offerta a Santo Stefano, da cui era rimasta la dedicazione dell'intero complesso, era invece in migliori condizioni e in essa, oltre a riverire la tomba dell'antico vescovo Petronio, si sarebbero potute contare sette verdi colonne di marmo cipollino che, senza mai essere state spostate dalla loro base originaria, avevano un tempo circondato il sacrario di Iside e la fonte liturgica la cui acqua accoglieva il fedele iniziandolo al culto della dea (e dove, un giorno, un patrizio romano chiamato Ottavio Massimo Valente, aveva offerto una piccola statua).

Come aveva previsto Lamberto Forficula, la messa di giubilo, rapportata all'eccezionalità dell'occasione, fu molto lunga.

Nel profumo di balsami e incensi, intenso come i vapori che sprigionavano bruciando nei bracieri, nella turbata deferenza creata dalla celebrazione dei misteri, colmata dai magnifici canti dei monaci, si giunse al culmine del rito: l'offerta dei doni di Adalberto e dei suoi figli ad assolvimento delle loro promesse.

Erano passati nella Chiesa di San Giovanni Battista e qui Bonifacio, per primo, piegando un ginocchio posò in un grosso catino di pietra riservato alla raccolta delle elemosine la spada che aveva portato in Chiesa come fosse crocifisso. Un rumore acuto, freddo, spiacevole, sbagliato in quell'ambiente, marcò il sovrapporsi dell'arma di Walfredo a quella del fratello: i cavalieri avevano dato quanto avevano di più prezioso ed era davvero un dono raro e generoso. Fu quindi il conte a prostrarsi davanti al catino dell'offertorio che portava incisi i nomi dei re longobardi Liutprando e Ildeprando e a lasciarvi cadere un tralcio di vite. Con quel gesto simbolico Adalberto vincolava le rendite di trenta tornature di vigna alla costruzione di un chiostro per la Santa Gerusalemme.

Questo concluse la cerimonia.

Mentre Walfredo e Bonifacio si rivestivano, Martino d'Orso si avvicinò al conte, e in molti li videro confabulare a bassa voce.

Qualcuno non dedicò loro più di un sguardo distratto, altri, incanto della molteplicità, non trovarono in quel colloquio nulla di più strano di un vassallo che, compiacendosi del suo signore, s'informa su quando verranno redatti i documenti attestanti il lascito e se esso avverrà per il tempo del livello o della precaria. Altri, e ragioniamo in particolare di due personaggi, ne furono invece estremamente sorpresi e ancora più preoccupati. Tutti però, giustizia dell'uniforme, conservarono di necessità la propria impressione perché nessuno poté udire quanto si dissero il conte Adalberto e Martino d'Orso.

Atto terzo

Spirava un vento gelido. Gli uomini attendevano da molto tempo e nonostante fossero intirizziti dal freddo e intorpiditi dalla noia erano felici di aspettare. Non perché sperassero di non dover portare a termine l'impresa a cui erano chiamati, ma proprio per il motivo opposto, convinti com'erano che più tempo passava più sarebbe stato facile concluderla. Erano una quindicina e avrebbero superato il numero delle loro prede, però temevano lo scontro ravvicinato: almeno tre o forse quattro degli avversari erano guerrieri autentici e trovarsi alla portata della loro spada sarebbe stato estremamente pericoloso. Per questo fra loro c'erano diversi abili arcieri, che però erano forse più avvezzi a colpire lepri che cristiani: fidavano quindi nell'aiuto della sorpresa e della tenebra, spesso buone alleate e involontarie complici degli assassini.

Venivano per la maggior parte dalla pianura appena più a nord di Castagnolo Maggiore, la località scelta per l'agguato, e, sebbene nessuno fosse servo del conte, conoscevano bene Adalberto di Bonifacio. Conoscevano lui, i suoi soprusi e le sue violenze (come gli altri signori e forse non più degli altri signori) e nessuno lo amava come nessuno amava i lupi che aveva generato. Quindi volentieri avrebbero estinto il primo e reso orfani i secondi se proprio non si fosse presentata l'occasione per uccidere anche loro. E poi, soprattutto, c'era la ricompensa.

Comunque, nonostante il freddo, snervati dalla lunga, per quanto benvenuta, attesa e scoraggiati dall'incertezza su quanto ancora sarebbe durata, nessuno di quegli uomini praticamente si muoveva o parlava più. I piedi battuti a terra o lo sfregare rapido delle mani lungo le spalle, erano ormai gli unici suoni, mentre solo un paio degli arcieri continuava ad agitare le dita, cercando di mantenerne la sensibilità per quando avrebbero teso fino al petto la corda dell'arco di frassino permettendogli una gittata di oltre 200 piedi.

Contavano di tirare a meno della metà di quella distanza e di trapassare la gola del conte. Forarne gli occhi. Spaccargli il cuore.

Ancora una volta la previsione del Settespade si rivelò esatta: Adalberto non era rimasto in città. Un rumore di zoccoli ne annunciò il passaggio infrangendo l'attesa mentre una vampa improvvisa bruciava gli uomini infreddoliti, scaldandoli molto più della fiamma di un qualunque falò e spronandoli finalmente all'azione.

Le frecce furono incoccate, alcune spade sguainate.

«Adalberto!» chiamò una voce e suonò come un'accusa. Forse Lamberto o più probabilmente Amadorre, in attesa di notizie vicino al braciere nelle loro case, avrebbero voluto o immaginato una postilla a quel richiamo, qualcosa come: «Rendi l'anima nera al demonio», ma l'epitaffio si risolse in quell'appello solitario.

Purtroppo, per chi si riscaldava il corpo al calore delle braci e la mente con immagini di morte, quel grido voltò un viso di troppo.

Epilogo

Non ci crederete, ma non se ne parlò molto. E anche quando se ne parlò le parole più utilizzate furono banditi, briganti, assassini, Rozo e Biado e gli altri aggettivi e sostantivi, di deciso carattere spregiativo, usati dai nobili come dai cittadini quando discorrevano dei villani. Se ne parlò poco infatti, ma, visto il felice esito dell'atroce vicenda, quando se ne parlò, il racconto e la maniera di raccontarlo, a poco a poco persero realismo e tragicità impreziosendosi di invenzione e burla. Così, in un'epoca in cui il successo delle canzoni di gesta era pari a quello delle storie a dileggio dei contadini (Rospulo e Servatico), i quindici bifolchi che avevano attentato alla vita del vescovo Adalberto finirono annientati da un numero via via calante di spade finché non ne rimase una sola, quella del conte Adalberto.

Chissà però se le pesanti spade dei conti, o l'invincibile durlindana di Adalberto, avevano davvero ucciso tutti i sicari oppure se, invece, qualcuno era scampato per il tempo necessario a sussurrare un nome o a far sì che il supplizio vincesse l'orgoglio e la fermezza. Se così fosse sarebbe sicuramente più facile capire perché se ne parlò così poco e perché alla costruzione del chiostro del monastero di Santo Stefano, cominciata proprio poco dopo quell'anno 983, partecipò con larghezza anche Lamberto il Settespade oltre ad altri illustri e nobili cittadini a lui congiunti.

Ma soprattutto aiuterebbe a giustificare un fatto altrimenti risolvibile solo come prodigio. Infatti in quale altro modo potreste giustificare il matrimonio, celebrato ovviamente dal vescovo, di Ermengarda figlia del conte Adalberto e della contessa Bertilla con Pietro di Lamberto Forficula? Probabilmente quindi un tardivo pentimento, o un'efficace tortura, portò alla rivelazione dei mandanti e del vero scopo dell'agguato ed è altrettanto probabile l'intervento del vescovo Adalberto nello sforzo, spontaneo o strappato, di riappacificazione tra le due grandi famiglie. Gli eventi successivi, ma in fondo anche i precedenti, deporrebbero a favore dell'imposizione perché l'ostilità fra i casati non si risolse con quell'unione i cui discendenti (che per diverso tempo, data l'illustre parentela, si chiamarono proprio Di Ermengarda) si mantennero sempre estranei all'azione politica dei conti. Aldilà delle supposizioni più o meno attendibili, il fallito assassinio del conte Adalberto ebbe comunque un risultato inconfutabile: l'odio, l'astio, il livore, l'avversione, l'inimicizia e il rancore che nacque fra i Settespade e la stirpe di Orso.

E così, senza perderci nell'invocare o nell'inseguire le spire ritorte del fato, i possessori della pietra si trovarono, ancora una volta, l'uno contro l'altro.

Dio lo vuole

Gerusalemme, 15 luglio 1099

Trigo non staccava gli occhi dalla torre.

Il sole di luglio colpiva obliquamente i bastioni e questi rispondevano in uno strano riflesso che trafiggeva gli occhi, come fossero avvolti nel metallo: non il brivido del ferro, piuttosto la seduzione dell'oro. Non poteva essere più appropriato.

Sia pur lentamente la torre si mosse, o così gli parve: il calore che offuscava i contorni e quell'insolito riflesso potevano ingannarlo.

Socchiuse gli occhi. Non ricordava di aver mai pensato alla meta di quel viaggio, forse per scongiurare il timore di non raggiungerla, ma, l'avesse fatto, non l'avrebbe pensata diversa dal dolore e dal calore che rimandava.

Ora la torre sembrava muoversi davvero.

Se ne immaginò l'interno: gli uomini chiusi nelle corazze impugnavano convulsamente le armi attendendo l'abbassarsi dei ponti, stretti nell'incubo del fuoco greco. Avrebbero dovuto sentire il fragore dei proiettili dei mangani fracassarsi contro le mura, le urla dei compagni che accompagnavano l'assalto, ma nella torre sembrava non esserci altro se non il consumarsi nell'attesa resa incerta dal suono sordo del conficcarsi delle frecce nel legno seguito dal rapido sfrigolio delle punte incendiate sull'armatura di pelli fradice.

Cercò il fratello.

Qualche giorno prima, lui e Germano avevano salvato dall'assalto di tre fiere Ugo Pagano, un oscuro cavaliere al seguito di

Goffredo duca della Bassa Lorena. Di notte, infatti, una lonza, una leonessa e una lupa, sfuggite misteriosamente all'attenzione delle guardie, si erano introdotte nell'accampamento, e, ancora più strano, sembravano essersi messe in caccia proprio di Ugo Pagano che trovarono inginocchiato e assorto in preghiera, privo di armi proprio come, a quel tempo, lo era d'ogni fama e rinnomea. I due fratelli avevano affrontato le belve uccidendo la lonza e la lupa, mentre la leonessa, ferita, era riuscita a fuggire. Come ricompensa per l'impresa avevano chiesto venisse concesso ad almeno uno di loro di essere fra i primi a entrare in città.

La torre s'abbarbicava ai bastioni.

Come fossero uno trovò suo fratello, la mente assolutamente sgombra di timori, e, come fossero uno, vide il ponte inchinarsi alla luce accecante, lasciando entrare, per chi non aveva i sensi già saziati dall'imminente battaglia, quella che, dopo il chiuso della torre, si avvicinava a una brezza. S'immerse con gioia in quella sensazione: il suo corpo ricordava solo il deserto.

La conquista della città celeste e terrena era cominciata.

Germano combatteva sulle mura. Trigo vedeva il braccio abbassarsi spietato, il sangue zampillare a ogni colpo. Sentiva il peso della spada, l'opporsi della carne e delle ossa e il loro arrendersi improvviso al passaggio della lama. Un passo, due, un altro ancora, ognuno conquistato recidendo vite, sventrando, mutilando e, finalmente, il piede dal legno del ponte appoggiò sulla pietra dei bastioni. Al suo fianco Litoldo e Gilberto di Tournai.

Dai bastioni si sollevò un vessillo con la croce.

Ripresero la corsa accompagnandola con un basso ruggito che li faceva assomigliare all'onda del mare attraversato tanto tempo prima. Dagli spalti non ancora espugnati piovvero altre frecce, non abbastanza da arginare la moltitudine, ma che era impossibile mancassero il bersaglio. Vicino a Trigo un sergente ebbe il collo trapassato da un dardo: non incespicò, non barcollò, e proseguì senza neanche rallentare. Arrivarono insieme alle mura e salirono veloci lungo scale di corda.

Davanti a Trigo si schiudeva Gerusalemme.

Si riposò in quello spettacolo riconoscendo ogni luogo identico a come l'avrebbe descritto un giorno, un mese, un anno prima...

Una mano sulla spalla lo riscosse e si voltò al sorriso di Germano. Ora, se qualcuno l'avesse potuto desiderare, sarebbe stato facile distinguerli: un viso rigato dal sudore, uno nascosto dal sangue dei nemici mutilati. Trigo estrasse la spada pronto a riportare l'equilibrio: la pietra incastonata nell'elsa brillava come una stella.

«Al Sepolcro» disse Germano.

«Al Sepolcro» rispose Trigo.

«Al Sepolcro!» altre voci ripeterono il comando seguendo i due gemelli.

Si spinsero negli stretti vicoli della Città Santa, una dozzina di toschi e lombardi delle terre di Matilde di Canossa.

Dalla Porta di Erode, schiantata dagli arieti o forse aperta dall'interno dopo la presa dei bastioni, gli assalitori sciamavano a piedi e a cavallo per le strade già lastricate di cadaveri. La croce rossa che cavalieri e pellegrini portavano cucita sulla spalla della sopravveste o dipinta con due rapidi segni sull'elmo o sullo scudo, quel giorno non fu segno di pietà e misericordia, ma incitò alla strage. Perché uccidere un malfattore non è omicidio, ma malicidio e quando il malfattore è un miscredente che disconosce il Cristo e ne rinnega la Chiesa allora la sua punizione non solo è giusta, ma santa e meritoria e «Dio lo vuole!» fu il grido a condurre il massacro.

Né Trigo, né Germano e nemmeno gli uomini di Tuscia e Longobardia si fermarono a riconsacrare nel sangue i luoghi della cristianità. Non sgozzarono gli inermi, non spaccarono teste di bambini contro le mura delle case: erano venuti a liberare il Santo Sepolcro e lì, finalmente, andavano, volando per strade colorate dall'omicidio su cui mai avevano posato il piede, ma per una strada che, senza sapere perché, conoscevano da sempre. Però, sulla piccola piazza quadrata, sagrato della più sacra fra le chiese, l'attenzione ritornò alle armi: un drappello di saraceni si era riunito in quello spiazzo e, per quanto smarriti e disperati, impugnavano ancora le loro pesanti spade curve.

Nessuno contò il numero dei nemici. Nessuno riuscì a pensare a qualcosa di diverso dal combattere. Riflessi dello stesso specchio, un gruppo si lanciò sull'altro.

Trigo colpì dal basso all'alto, stringendo l'elsa con entrambe le mani e gli sembrò fosse solo l'aria a opporsi al suo colpo, ma questa lo smentì dipingendosi di scarlatto e lacerandosi in grida. Quel primo fendente aveva tranciato il braccio di un nemico e, come spronato e sostenuto dall'erompere del sangue, ne aveva decapitato un altro. Di fronte a Trigo si aprì un varco: nessuno osava affrontarlo e il cavaliere, superati i saraceni, si voltò e riprese l'attacco.

Così, a ogni nemico abbattuto, aveva una visione più chiara dei suoi compagni e così alla morte di ogni nemico vedeva la morte di uno dei suoi compagni e quando con l'ultimo colpo tagliò in due l'ultimo dei saraceni davanti a lui apparve il corpo straziato di Germano.

Era venuto a liberare il Sepolcro e lì, finalmente, andava, percorrendo la Chiesa fino all'edicola che nascondeva la sacra pietra. Qui si inginocchiò e pregò.

Pianse la gioia per quanto era accaduto e pianse il dolore per come sarebbe potuto accadere. Poi si alzò ma, prima di allontanarsi, depose nella tomba la sua spada insanguinata, la luce era debole ma l'impugnatura ancora brillava come una stella.

Se ne andò.

Questo episodio ebbe un seguito o, se volete, la sua conclusione un paio d'anni dopo lo svolgersi della battaglia, a una distanza incommensurabile da dov'era accaduto, in un luogo dove i cristiani non scannavano gli infedeli ma si squartavano fra loro perché una corona invece di una tiara avesse il diritto di concedere una mitra. Quelli infatti erano gli anni in cui, per la prima volta, la Croce e l'Aquila, la Chiesa e l'Impero, combattevano apertamente l'una contro l'altra e la signoria dei Canossa, completamente abbracciata dalle terre di quegli eccezionali avversari, fu senz'altro trascinata nella lotta. La contessa Matilde, come grande feudataria dell'Impero e cugina dell'imperatore, decise naturalmente di sostenere il papa facendosene paladina. Enrico IV, l'imperatore, la dichiarò colpevole di tradimento e le mosse guerra conquistando una dopo l'altra le terre del suo dominio, finché a Matilde rimase solo un pugno di castelli fra cui Monteveglio, sulle colline prossime a Bologna. L'imperatore assediò la fortezza, ma questa, tenace, gli si oppose per l'intera estate del 1092: fu la prima vittoria della contessa in quella guerra inedita e straordinaria. Ma un giorno di primo autunno del 1101 quello stesso castello raccolse invece gli echi di un ben più formidabile trionfo: la riconquista dei luoghi santi. Cavalieri e pellegrini crocesignati raccolsero infatti intorno a Matilde il racconto delle loro avventure e la contessa li ascoltò rapita, avvalorando con la sua attenzione quella strana diceria secondo la quale lei stessa avrebbe voluto combattere la guerra santa contro l'imperatore dei miscredenti, non fosse stato per quella orribile in atto contro l'Impero sacro e romano. Quel giorno le vennero presentate reliquie preziose, oggetti pregiati o curiosi oppure strani e spaventosi e se Matilde accolse le spoglie sacre con devozione e ardore, per le altre ebbe almeno un sorriso o un'osservazione, in omaggio non a cosa veniva offerto ma a chi lo offriva. Perché, quel giorno d'autunno, a ognuno era permesso di riferire la sua crociata e ci furono cronache di sofferenze indicibili e d'inumano eroismo, oscure illustrazioni di miracoli e di portenti a mostrare l'intercessione del soprannaturale in un'impresa che altrimenti non avrebbe potuto avere alcun successo.

Un fatto fra gli altri avrebbe sicuramente catturato la nostra attenzione. Ne avremmo certo accolto la narrazione con stupore e forse con sospetto. Avessimo fatto corte alla matura contessa quel giorno a Monteveglio, le mie e, forse, anche le vostre domande avrebbero potuto placare un poco la meraviglia e raddolcire appena il dubbio. Ma, quel giorno, voi non eravate e io, purtroppo, ero affaccendato in tutt'altro e quindi nessuno chiese nulla e quell'evento inusitato rimase costretto nelle parole di chi lo rivelò e solo esse possono essere ripetute.

Accadde subito dopo la conquista della Città Santa e ne furono testimoni i primi cavalieri e i pellegrini che andarono a rendere grazie della vittoria al Santo Sepolcro. Nella piazza antistante la Chiesa trovarono un buon numero di soldati nemici orrendamente mutilati e, sebbene al fianco dei cadaveri si vedessero le armi più diverse grondare sangue e brandelli umani, a terra non c'era nemmeno un corpo battezzato. Si pensò forse a una scaramuccia di buon successo, e forse si cominciò a stormire di un qualche arcangelo dalla spada fiammeggiante. Tanto più che, meraviglia!, sulla pietra stessa del Sepolcro venne davvero scoperta una spada, non infuocata ma comunque splendente grazie a una gemma incredibilmente luminosa di cui era adorna l'elsa. Il mistero di quell'arma la fece lasciare dov'era stata trovata per alcuni giorni, finché qualcuno non la riconobbe. Come si sa, al di là di chi oggi si inventa antenati più o meno apocrifi ricopertisi di pura gloria alla conquista di Gerusalemme, diversi bolognesi parteciparono davvero a quel turbolento pellegrinare e uno di loro finalmente identificò la lama di Trigo Settespade, un cavaliere di Bologna di cui non si sapeva più nulla dal giorno della battaglia. Trigo venne chiamato, cercato, descritto. Si cercò fra i vivi e fra i morti e lui, scortese, non volle far parte di nessuna delle due specie.

Ci fu chi giurò d'averlo visto colpito al collo mentre andava verso la Città Santa e chi l'affermava trafitto da un nugolo di frecce correre elevando al cielo un terribile grido di battaglia. Chi l'aveva visto precipitare dai bastioni mentre combatteva fianco a fianco con Goffredo di Buglione e chi invece l'aveva visto prendere il volo in una nuvola purpurea da quelle stesse mura da cui le armi saracene l'avevano scacciato... Non ne venne trovato nemmeno il cadavere e, per farla breve, la sua spada, sconosciuta a Michele come a Gabriele, degradata a compagna di un semplice cavaliere – per quanto coraggioso fosse o fosse stato, l'eroismo era merce dozzinale in quel tempo di sante battaglie – venne donata a Matilde di Canossa.

La contessa l'accettò con piacere, sorrise e la dimenticò a Monteveglio e lì, poi, venne ritrovata.

Ma, prima di proseguire, va sacrificata qualche altra riga all'intelligenza della storia rivelando come i bolognesi qualche anno dopo, avuta notizia della morte di Matilde, rifiutarono il vecchio mondo feudale, di cui la contessa era la decrepita incarnazione, distruggendo il castello che ne era simbolo. L'imperatore Enrico V, sceso in Italia con poche truppe per prendere possesso dei beni privati della famiglia Canossa, gloriosa dinastia scomparsa malinconicamente per mancanza di eredi, perdonò la distruzione della rocca concedendo a Bologna diversi privilegi ed essa tornò a essere governata da consoli.

E mentre i primi dottori cominciavano a insegnare il diritto nelle loro case, abitudine destinata a divenire lo Studio o Università, che rese la città una delle più grandi e ricche capitali d'Occidente, mentre i cittadini continuavano a seminare pietre facendo crescere una selva di torri, mentre anche nella *civitas antiqua rupta* si ricominciava infine a costruire, il diploma di Enrico imperatore suggella la nascita del Comune di Bologna.

E allora non sorprenderà il fatto che uno dei giuristi a capo della delegazione che ottenne quell'importante pergamena si chiamasse Alberto Grasso dei Clarissimi e che fra i testimoni citati nell'atto ci fosse Guido, figlio di Alberto d'Orso e di Beatrice della stirpe del conte Adalberto.

La Fossalta

Bologna, XIII secolo

La battaglia

Nell'anno di salute nostra sette volte sette e dodici volte cento, quando li bolognesi movevan oste contra i modenesi, lo re Enzo, figliuolo di Federico Stuffo di Soavia, imperatore sacro e romano, s'avvisò d'aiutar Modena e la guardia sua alemanna e di Cremona li prodi cavalieri d'un subito raccolse e verso Bologna ì…

Da quando era nato non ricordava un giorno in cui ci fosse stata pace con Modena, e così, quando le campane, suonando a martello, avevano chiamato gli uomini a raccolta, era accorso senza chiedersi contro chi avrebbero marciato. Era emozionato, eccitato, impaurito, perché quel giorno sul finire di maggio, quando ben tre dei quattro quartieri della città erano stati armati, per la prima volta anche lui si era unito alle decine di cavalleria per la tribù di Porta Ravennate.

Aveva raggiunto da poco i diciotto anni e, a Dio piacendo, Gerardo di Guido dei Lambertazzi avrebbe combattuto ancora a lungo per il Comune di Bologna.

In loco nomato Fossa Alta, appo quel ponte titolato a messer santo Ambrogio sopr'a torrente che de' Scoltenna è pasto, i due eserciti l'un di contro a l'altro si disposero. Ma prima di contare il fatto d'arme, è cosa rammentare de' guerrieri i principali e virtù impone 'l principiar da li nimici. E allora ragionerò d'Enzo che biondo era, bello, e cavalier cortese e con lui è Buoso da Doara, duce de' cremonesi, e Corrado del Solimburgo conte. Ecco dipoi a fargli corte Marino d'Eboli, che di Reggio regge la bacchetta, e Antolin dell'Andito, co 'l gonfalone di Modena, e altri ancora e tanti di vaglia e nobiltà...

Non sapeva come si fosse arrivati allo scontro.

Appena lasciata la città si erano separati dalla fanteria, ma, nelle prime ore del pomeriggio, era stato ordinato di muovere rapidamente verso sud. Avevano attraversato a guado lo Scoltenna e ora Gerardo vedeva i fanti bolognesi già impegnati in combattimento.

I cronisti avrebbero raccontato i come e i perché della battaglia alla Fossalta, a lui però non interessavano moventi, fatalità, effetti o decisioni, perché i suoi occhi, fissi sul nemico, vedevano solo lo stendardo dorato con al centro l'aquila nera dalle ali spiegate e l'insegna imperiale colmava tutte le sue ambizioni e i suoi desideri.

Bologna tre intiere tribù avea invece armato ed eran esse Porta Stiere, Ravignana e Santo Procolo e, condotte da otto gentiluomini creati sovra la guerra, ciascheduna col gonfalone suo pe' lume, con bellissima ordinanza s'uscì per Giusto Esercito ché li bolognesi con talento e volontà ancora andavano chi a cavallo chi a piè all'oste...

Gerardo apparteneva a un casato illustre, forse il più importante dell'intera città, influente al punto da dare il proprio nome, che originava da Lambertazzo di Lamberto Forficula detto il Settespade, a uno dei due partiti in cui a Bologna si dividevano i nobili e i magnati. Quella veloce cavalcata a ricongiungersi con la fanteria aveva però confuso l'ordine di marcia, lasciandogli vicino cavalieri appartenenti alla sua stessa consorteria o a clan a essa legati, ma affiancandogli anche uomini da sempre rivali della sua famiglia. Così, se alla sua sinistra c'erano Antonio e Fabruzzo dei Lambertazzi e, poco più avanti, Amadorre Grasso dei Clarissimi e quel Saraceno il cui cognome, Settespade, era stato il superbo appellativo del loro comune avo, il suo braccio destro, piegato nel sostenere la lancia, sfiorava uno scudo fregiato dall'orso rampante. Lo portava Venetico, figlio di Alberto dei Caccianemici dall'Orso, sangue dannato dell'unione fra Alberto di Orso e Beatrice dei Conti: lo sciagurato connubio a consacrare l'alleanza fra i peggiori nemici della sua stirpe.

Stavano gl'eserciti a fronte, ambedue apparecchiati al volere di Fortuna, quando li capitani al fatto d'arme alfine dettero principio. Li pedoni, i militi e li cavalieri aurati vennero allora a crudel guerra spargendosi di molto sangue dall'una e l'altra parte ed era di maggio quel giorno ventisei nomato pell'Agostino Santo che in Anglia predicò su precetto di messer lo papa…

Voleva scontrarsi con il nemico insieme alle prime file per poi aprirsi un varco a forza di lancia e di spada fino a quell'aquila nera sospesa nella profondità dorata. Così, quando i gonfaloni annunciarono la carica, spronò violentemente Boccadiforno, incitandolo al galoppo: aveva bisogno di tutto il peso e la velocità dell'animale per disarcionare un avversario…

«Un Settespade! Un Settespade!» l'urlo di battaglia, selvaggio e feroce, dominò a un tratto ogni altro clamore e Gerardo cercò Saraceno, mentre quel grido lo esaltava, riempiendolo di euforia e annebbiando ogni timore. Il suo sguardo incontrò invece Amadorre Clarissimi che, d'un tratto, inarcò la schiena per poi accasciarsi sul collo del cavallo e scomparire alla vista. A quella distanza una freccia non avrebbe potuto penetrare le maglie e il cuoio della corazza di Amadorre… forse un quadrello di balestra… Ma fra i nemici non aveva scorto né arcieri, né frombolieri.

Abbassando la punta della lancia cominciò a sussurrare «Un Settespade, un Settespade» cercando inconsciamente conforto nell'antica minaccia della sua famiglia.

Quando li primi cavalieri scontrasi, sì forte è la percossa che i più de' feditori sono scavallati e, pella moltitudine de' cavalli e pel discorso loro, levasi sì gran polvere che l'aere fecesi oscura, talché l'uno a fatica conosceva l'altro. Enzo re, per l'età giovane feroce, nella battaglia con gran valor s'immischia, ma da l'una e l'altra parte con fortuna incerta e indifferente sdegno si combattea...

Boccadiforno sembrava volare allontanando i compagni e avvicinando il nemico finché questo non si riassunse nella figura di un solo cavaliere con le armi volte a difendersi dall'assalto, ma, in realtà, del tutto impreparato a fronteggiarne la furia. L'urto infatti lo sollevò letteralmente di sella mentre l'asta della lancia di Gerardo si frantumava esplodendo in una nuvola di schegge e la punta, piegando e spezzando gli anelli di ferro del giaco, si scavava un solco micidiale nella profondità del corpo.

Avvenne ch'Enzo re con cavaliero audace affrontasi, esso è nomato Antonio e Lambertazzi è 'l casato suo, e l'un con l'altro si dan di mazza sì gran colpi che li destrieri loro han distesi e morti, tuttavia, mutatisi pedoni, a menarsi durano. Ma ecco che quei de la Magna al duce loro vengono in soccorso, un nuovo palafreno portangli e Antonio de li Lambertazzi bassamente ingiuriano...

Per quanto terribile quel primo scontro non era riuscito ad arrestare del tutto la forza della carica e fu questo a salvarlo. Infatti, perduta la lancia, l'impeto di Boccadiforno lo portò a cozzare contro la seconda linea dei nemici, schiacciando e spingendo i cavalli e sbilanciando e confondendo i cavalieri e ciò gli permise di evitarne i colpi dandogli il tempo di afferrare un'altra arma. E allora, mentre la battaglia si allargava intorno a lui, cominciò a colpire scoprendosi più rapido e letale di quanto avrebbe mai creduto. La mazza ferrata sfondava elmi e scudi, fracassando crani e spezzando ossa, aprendogli una breccia nel muro di carne e ferro che lo divideva dal vessillo imperiale. Lo vide di nuovo, poco lontano: sembrava volersi nascondere dalla vigliaccheria di un gruppo di tedeschi che, come stessero cacciando il cinghiale, colpivano, protetti dalla lunghezza delle loro lance, un uomo appiedato che, con lo stesso coraggio del cinghiale, si dibatteva, difendendosi furiosamente con la spada senza arrendersi alla situazione disperata. Fosse stato un Caccianemici, un Pepoli o uno qualsiasi della fazione dei Geremei, Gerardo l'avrebbe certo lasciato al suo destino, ma sulla cotta d'arme già intrisa di sangue, riconobbe il palato della famiglia Lambertazzi.

E la contesa è sopravvissuta al giorno quando, un quadrello di manesca, d'Enzo il destrier stramazza e d'un subito lo re è circondato e prigione si dichiara de' i tre che l'arme li hanno tolto, son'essi un Lambertini, Michel degl'Orsi e un de' Bottrigari...

Gettò lo scudo e, la mazza stretta nella sinistra, sfoderò la spada. Era antica e la croce dell'elsa interamente fasciata da logore strisce di cuoio le dava un aspetto povero e modesto se confrontato con le incisioni e le preziose decorazioni di altre armi.

Gridando spronò verso i cavalieri dello stendardo e un paio di essi, accettando la sfida, gli si fecero incontro mentre gli altri sembravano troppo assorti nel loro gioco crudele per accorgersi di lui. Ma quel giorno Gerardo non aveva uguali. Lasciò le redini conducendo Boccadiforno con le ginocchia e con la voce, o forse solo col pensiero, e la terra accettò altre due carcasse.

Un altro dei cavalieri si mosse allora verso di lui, stranamente montava un palafreno e non un destriero. Era però un animale meraviglioso, così come magnifiche erano le sue armi e il suo aspetto. Seppure in poco spazio i cavalli guadagnarono velocità e l'impatto sarebbe stato sicuramente violento, se il palafreno, non addestrato alla battaglia, non avesse improvvisamente scartato e Gerardo, pronto, lo raggiunse sul muso con la mazza facendolo stramazzare insieme al cavaliere. Questi, agile e rapido di riflessi, si liberò dalle staffe e fu subito in piedi, deciso a proseguire il duello. Allora Gerardo impennò Boccadiforno usandolo come uno scudo e indirizzandolo contro il nemico e se il rivale non volle o non riuscì a ferire il cavallo, lui invece colpì sfruttando tutta la potenza ottenuta con la manovra: la sua lama calò possente, accompagnata da un sibilo incredibilmente acuto e, dopo aver spezzato in due tronconi la spada preziosa con cui l'avversario si proteggeva, arrivò fino al fregio della torre sul suo petto con forza ancora sufficiente a stordirlo gettandolo a terra.

Gerardo smontò, avvicinandosi al figlio dell'imperatore e, come se accanto a loro ci fosse la lizza di un torneo e non un sanguinoso campo di battaglia, si guardarono mentre l'uno accettava nell'altro il suo vincitore. Ma Gerardo figlio di Guido di Bonifacio Lambertazzi riconobbe il valore del re sconfitto e, piegato appena il capo in omaggio, gli girò le spalle rifiutandone la resa. Altri bolognesi si fecero incontro a Enzo.

Visto 'l campion suo sconfitto e preso il nimico frana e, chi nelle selve chi in Modena istessa, cerca ricetto, nella fuga loro da le felici arme bolognesi tribolati appresso. Li guerrieri nostri posero dipoi assedio strettissimo e spietato alla città avversa battendola notte e dì con petriere, trabucchi e mazzafrusti e per dispetto grande, onta e vituperio vi manganarono dentro bitumi ardenti, àsini e altre brutture finché Modena fu presa e la città nostra di Bologna ne ebbe riputazione e rinnomea e l'oste bolognese fu tenuta come la principale de la Romagna tutta.

La vittoria di Fossalta e la successiva presa di Modena riscattarono i bolognesi dal terribile smacco subito vent'anni prima a San Cesario ad opera dei modenesi e dei loro alleati. Bologna ora dominava su tutta la Romagna e, sbaragliata la sua mortale nemica, era pronta a rivaleggiare con le grandi potenze: Venezia, Firenze, Milano.

Davanti a sé vedeva un'ascesa senza limiti, dimostrando e dimenticando a un tempo come il destino delle battaglie sia quello di annientarsi a vicenda.

Un cavaliere morì nella battaglia

«Così fosti tu in realtà a catturare Enzo» commentò Saraceno.

Sorrideva.

«No, io lo disarmai...» precisò Gerardo «ma non era di questo che volevo parlarti...».

Era irritato dall'interruzione con la sua scorta di dubbi e di ironia. Non voleva certo vantarsi della sua impresa alla Fossalta e se aveva raccontato del duello con il re era solo per rendere più chiaro quanto valutava veramente importante nella sua cronaca, tanto più che c'era già chi si era saldamente attribuito il merito della cattura del figlio dell'imperatore.

«Come dicevo, quando tornai indietro a cercarlo, il corpo era già stato spostato e lo trovai solo più tardi, insieme a quello degli altri caduti. Amadorre Grasso dei Clarissimi però era senza l'usbergo e le sue vesti erano in disordine come se fossero state frugate. Mi fu detto fossero stati i medici o i barbieri nel tentativo di curarlo e infatti della sua borsa non c'era più nessuna traccia. Ma, ascoltami bene...».

Gerardo fissò Saraceno, attento a leggerne sul viso la più piccola reazione a quanto stava per rivelare.

«Amadorre non era stato colpito da un dardo o da una freccia particolarmente fortunata. Non aveva nessuna ferita sul petto... avrei dovuto capirlo dal modo in cui si era piegato sul collo del cavallo... aveva un solo, profondo squarcio alla schiena, in basso. Era stato colpito alle spalle da una pugnalata o forse è stata usata una daga... ma non potevo certo smascherare il tradimento: mettendo il corpo insieme agli altri uccisi nella mischia era stata nascosta la prova dell'omicidio e ci sarebbe stata solo la mia parola ad affermare il delitto...».

«E nessuno può confermare quanto dici. È possibile?».

«No, certo, non è possibile, chissà quanti altri l'hanno visto cadere durante la carica. La verità è che nessuno vuole testimoniare quanto è accaduto».

«È grave. Molto, molto grave».

«Nessuno si preoccupò di mantenere l'ordine per cappelle e vicinie quando muovemmo verso il nemico e io stesso mi trovai fianco a fianco con Venetico dei Caccianemici... Quando sentii il grido di battaglia dei Settespade e vidi cadere Amadorre ti confesso che, spaventato, mi preoccupai per me stesso e guardai subito verso il nemico per vedere se qualcuno tirava su di noi... Se fossi stato più coraggioso forse oggi potrei offrire i nomi di chi circondava Amadorre durante l'assalto...».

«Ma chi avrebbe potuto e soprattutto...».

Primo inciso: Lambertazzi e Geremei

Allorché per la quinta volta venne predicato il desiderio divino di una crociata, si racconta di come i bolognesi partecipassero alla conquista della città di Damietta, alla foce del Nilo, divisi in due schiere, l'una guidata da Baruffaldino dei Geremei, l'altra con a capo Bonifacio dei Lambertazzi e ognuna gridava in battaglia il nome del proprio condottiero. Così, tornati alle loro case, quando invece dei saraceni per questioni di fede, si trovarono a scannare i loro vicini per questioni di fazione, i nomi rimasero a battezzare le rivalità insanabili fra le due parti. Fosse stato davvero l'intervento alla quinta crociata oppure, come altri affermano, il comportamento del papa a determinarle, a Bologna, attraverso l'aggregazione delle consorterie nobiliari attorno alle famiglie più rappresentative, si formarono due diverse fazioni, dette dei Lambertazzi e dei Geremei. La scelta fra l'una o l'altra non fu netta o definitiva e, influenzata da faide e dissidi particolari, non dipese solo da motivazioni di carattere ideologico o di ascendenza sociale. Famiglie e consorterie con la stessa discendenza aristocratica si schierarono quindi su fronti opposti dando vita a scontri sempre più violenti e laceranti, aggravati dal gioco delle alleanze con analoghe fazioni delle città vicine. I partiti dei Lambertazzi e dei Geremei, vennero infatti identificati e confusi con la fazione ghibellina, pro Impero, e guelfa, schierata con il papa, ma a Bologna la ripartizione fu fortemente influenzata da motivi e caratteristiche peculiari e se si può dire che guelfo, e quindi di parte "geremea", significava l'adesione alla politica papale, ghibellino e quindi di fazione "lambertazza", più che filo-imperiale avrebbe potuto significare antipontificio.

Ancora sul cavaliere morto nella battaglia

«...Chi avrebbe potuto e soprattutto perché?».

«Quando ci riunimmo con la fanteria perdemmo l'ordine di marcia, io stesso mi trovai non lontano da Venetico dei Caccianemici, e quella stessa furia mi portò a caricare fra i primi, così non posso dire chi circondava Amadorre durante l'assalto e quindi chi oggi ne circonda l'assassinio con la complicità del suo silenzio... Posso dire solo una cosa con assoluta certezza: la sua fazione è quella dei Geremei».

«Non so proprio come lo si possa sostenere. Amadorre Clarissimi era lontano dai partiti e non era coinvolto in nessuna faida...».

«Potrei trovare molte ragioni... Ricordando, per esempio, come i Clarissimi siano da sempre vicini alla famiglia Lambertazzi, e per qualcuno potrebbe già essere un valido movente. Oppure a motivarne l'omicidio potrebbe servire proprio la sua lontananza dai partiti. Infatti Amadorre era un cambiatore di denaro, un ricco cambiatore di denaro, con rapporti privilegiati con lo Studio: affermato, potente nella corporazione e quindi influente nella politica della città, ma non schierato apertamente con alcuna fazione. Poteva dare molto fastidio... sei anche tu un banchiere e lo sai bene».

La smorfia dell'interlocutore mostrò chiaramente la sua scarsa convinzione.

«Come dicevo» alzò la voce «potrei offrire mille cause» avvolse il tono di arroganza «e potrei trovarne altre mille se solo avessi il capriccio di pensarle...» accompagnò alle parole un rapido muovere della mano come a volerle scacciare insieme alla fastidiosa incredulità dell'altro «...potrei...» finalmente sorrise «se già non sapessi la verità».

Fosse stato meno compiaciuto forse avrebbe notato il pallore farsi strada sul viso dell'altro, lo smarrimento impadronirsi per un istante del suo sguardo, le labbra schiudersi nella ricerca affannosa dell'impossibile. Ma era troppo sicuro e soddisfatto di sé e allora proseguì senza darsi quel tempo, un istante o poco più, che avrebbe potuto salvargli la vita:

«Venetico dei Caccianemici ha ucciso a tradimento Amadorre Grasso dei Clarissimi, è come se l'avessi visto con i miei occhi: trovandosi vicino a lui poco prima della carica ha colto l'occasione offertagli dal caso o l'opportunità a cui egli stesso aveva piegato la sorte... Lo ha ucciso con la complicità di altri della sua fazione o forse solo con il favore del loro silenzio, chi oserebbe infatti parlare contro di lui quando suo padre, Alberto di Orso, diventerà capo del partito alla morte di Baruffaldino dei Geremei che, data la sua età e salute, ha forse avuto la compiacenza di togliersi di mezzo proprio mentre ne parlo... Ma ti faccio perdere tempo. Queste per te son cose risapute, sebbene non avrai certo avuto il coraggio di chiedere a tuo figlio Zoanne se in battaglia si fosse macchiato del sangue di un bolognese. Potrei avere però qualcosa di paragonabile a una notizia, il perché di un omicidio che nemmeno Zoanne, pur facendo da botolo fedele a Venetico alla Fossalta, avrà forse potuto svelarti. Comunque, sia o meno nuovo alle tue orecchie, il movente è una pietra, solo una piccola pietra luminosa...».

Tacque, cercando le parole con cui avrebbe offerto la scappatoia e dichiarato il suo prezzo, ma quella breve pausa non gli avrebbe comunque permesso di accorgersi del ravvivarsi delle guance, della confidenza riguadagnata dallo sguardo, della bocca che, chiudendosi, s'increspava in un sorriso.

«Da sempre nella mia famiglia se ne tramanda la storia e la tradizione perché la pietra ci è sempre appartenuta finché, stupidamente, un avo non la divise dandone una parte a ciascuno dei suo tre figli. Così un pezzo è finito ai Clarissimi, un altro nelle mani dei Caccianemici e se il primo caso prova una comune discendenza di cui rimane una qualche memoria, l'altro è solo la testimonianza della rapina su cui si fonda l'antica inimicizia e l'odio fra noi e la stirpe di Orso... Io, ora, rivoglio la pietra. E non solo il frammento per cui Amadorre è stato ingannato e ucciso, ma anche la parte sottratta in passato alla mia famiglia. Ecco quanto voglio e quanto tu farai per me. Parlerai ad Alberto d'Orso e ti farai dare ciò che ti ho dimostrato essere mio di diritto e allora la morte di Amadorre Grasso dei Clarissimi rimarrà quella dell'eroe e anche i suoi assassini, per quanto mi riguarda, potranno continuare a vantare lo stesso titolo».

Se anche allora si raccomandava di vendere la pelle dell'orso dopo averlo ucciso, Giacomo Pepoli avrebbe potuto ammonire Saraceno Settespade di non cercare almeno di venderla allo stesso orso.

Naturalmente, non lo fece.

Un cavaliere morì per la battaglia

Il cadavere di Saraceno Settespade venne ripescato nel canale d'Aposa.

Gerardo dei Lambertazzi era molto turbato. Solo a lui aveva

confidato dell'omicidio di Amadorre Clarissimi, poiché, ne era certo, omicidio era la parola giusta per descrivere quanto aveva visto sul campo di battaglia, e ora anche il Settespade era stato ucciso, colpito alle spalle da un pugnale (o forse da una daga) e gettato nel canale fra i rifiuti putridi dei tintori e dei conciatori. Nulla e nessuno l'avrebbe persuaso si trattasse di una coincidenza, ma non sapeva cosa fare.

Saraceno aveva parlato di una pietra, una pietra antica, forse anche preziosa, certo inestimabile per la sua famiglia che, un tempo, ne aveva donato una scheggia ai Clarissimi a suggello della consorteria, conservandone la più grossa parte incastonata nel loro cimelio più celebrato: l'antica spada della casata, la stessa lama con cui il loro avo si era guadagnato quel nome magnifico, scomparsa oltre centocinquanta anni prima durante la presa di Gerusalemme.

Gerardo si era rivolto al figlio di Amadorre, ripercorrendo il primo passo di Saraceno e Basacomare aveva ribadito, rafforzando la sua certezza, come la pietra dei Clarissimi fosse effettivamente scomparsa. Era montata in un vecchio anello stretto a una catena d'argento ormai annerita e suo padre lo portava sempre al collo, quasi fosse un amuleto dai prodigiosi poteri. Certo gli attribuiva un'importanza molto superiore al suo valore, raccontando come venisse tramandata da tempo immemorabile nella loro famiglia, ma Basacomare, sinceramente, per quanto affranto dalla morte del padre, non era particolarmente dispiaciuto della perdita del gioiello. Piuttosto era molto seccato dall'andamento degli affari di famiglia: Amadorre era stato un banchiere importante il cui successo tuttavia sembrava legato soprattutto ai rapporti personali. Infatti, se già prima della Fossalta c'erano stati dei segnali negativi, con la sua morte in battaglia erano stati del tutto perduti i rapporti privilegiati con il rettore dell'Università degli Ultramontani.

«Forse perché è morto combattendo dei tedeschi?» chiese Basacomare.

«Probabilmente perché sanno in quali mani è finita l'attività», rispose Gerardo, ma solo a se stesso, perché ad alta voce chiedeva ancora della pietra e il figlio di Amadorre ricordò come Saraceno Settespade, nella sua visita di qualche giorno prima, gli avesse confidato dell'esistenza di una terza parte. A possederla, diceva, erano i Caccianemici dall'Orso.

Qui, o poco oltre, si fermarono le indagini di Gerardo: non sapeva davvero cos'altro fare, se non maledire la sua incapacità di immaginare quale fosse stato il passo successivo di Saraceno, il passo che l'aveva rivelato al suo assassino.

Chiese, si espose, cercò, ma solo dopo diversi anni riuscì ad avvicinarsi alla verità per una strada imprevedibile, stravagante e straordinaria come la liberazione dei servi della gleba.

Secondo inciso: la liberazione dei servi

Il 3 giugno 1257 il Comune di Bologna riscattò tutti i servi presenti nel suo territorio: 5855 persone, pagando ai loro 379 proprietari la somma di otto lire per i minori di quattordici anni e di dieci lire per i maggiori, senza distinzione di sesso. Il provvedimento, richiamando la libertà originariamente concessa a tutti da Dio, è conosciuto come Liber Paradisus.

«Il Signore e Creatore di tutte le cose modellò dal fango della terra a Sua somiglianza il primo uomo e dalla sua costola fece la prima donna e trasmise loro pura e immensa libertà e per quanto da questi genitori fin dall'origine del mondo tutti siano nati liberi, a causa delle guerre e delle prigionie sono derivate le servitù, poiché si diventa servi solo per cattura dei nemici e poi per nascita da servi o ancelle. Pur essendo la libertà un tesoro inestimabile e più prezioso di qualsiasi metallo, col metallo ugualmente la città di Bologna ha estirpato dalle radici la vergogna della servitù affinché d'ora in poi, essendo la città nobile e libera, in essa abitino solo liberi».

Il Comune restituì a ogni donna e uomo la libertà. Spese una cifra considerevole, oltre cinquantatremila lire in tre rate annuali, ma allargò nello stesso tempo la sua base imponibile perché alla condizione servile si accompagnasse l'immunità fiscale.

La morte di un altro cavaliere

Erano passati anni dalla Fossalta, ma la prigionia di Enzo rinnovava ogni giorno la gloria della battaglia e il Palazzo Nuovo del Comune, da poco completato, sebbene custodisse il carroccio e le macchine da guerra, avrebbe preso il nome dall'illustre personaggio che ospitava. E mentre il popolo partecipava in misura sempre maggiore al governo della città e le fazioni in cui si dividevano i magnati guerreggiavano sempre più spesso nelle vie, la volontà di Gerardo di scoprire chi avesse ucciso Amadorre Clarissimi e, ne era certo, Saraceno Settespade, era tutt'altro che sopita e il verificarsi di un nuovo delitto riaccese in lui il desiderio di vendicare i vecchi compagni.

Caccianemico e Venetico, figli di Alberto dei Caccianemici, avevano fatto irruzione in casa del loro vicino Gruamonte uccidendone il primogenito, Guido, e giustificando il loro crimine con le pesanti offese arrecate dalla vittima al loro padre. Senza commettere lo sgarbo di ripetere le ingiurie, è possibile valutarne indirettamente la gravità riferendo semplicemente come Gruamonte fosse il fratello di Alberto e Guido, quindi, primo cugino dei suoi assassini. Per farla breve, Gerardo si convinse allora fosse la pietra il vero movente del delitto: Alberto Caccianemici, dopo aver carpito alla Fossalta la parte dei Clarissimi e averne saggiato il potere, voleva probabilmente impossessarsi di quella detenuta da suo fratello Gruamonte (non era forse già stata divisa, e più di una volta, fra appartenenti alla stessa famiglia?) un desiderio abbastanza intenso da farne massacrare il figlio. Alberto, riconosciuto e riconosciutosi mandante del delitto, ebbe solo una multa di duemila lire.

La furia e l'impunità di quel crimine allarmarono e spronarono Gerardo anche per un altro motivo: aveva scoperto dove fosse il terzo pezzo della pietra, quello scomparso insieme al Settespade alla presa di Gerusalemme. Infatti il giorno in cui suo nonno Bonifacio era stato sepolto nel cimitero della Chiesa di San Domenico, vicino al portale, la prima tomba dopo l'ingresso dei frati, suo padre gli aveva rivelato il segreto di quella vecchia spada del tutto priva di ornamenti affidatagli come fosse un talismano per il suo primo fatto d'arme, quell'ormai lontano 26 maggio del 1249. Guido Lambertazzi aveva svolto la logora striscia di cuoio che ne fasciava l'elsa scoprendo una grossa pietra sfolgorante di una luce viva e terribile e rivelando come la sua famiglia ne fosse entrata in possesso, molti anni prima, quando era stato il nonno di Bonifacio a pretenderla come solo bottino dopo la conquista e il saccheggio del castello di Monteveglio.

La liberazione di un servo

Drago della Caina detto Mastino era un servo del conte Maghinardo da Panico: era nato servo del conte e, anche se il Comune aveva pagato le dieci lire del suo riscatto, sarebbe rimasto un servo del conte. Non bastava certo stabilire che un uomo fosse libero per consentirgli di esserlo davvero e Drago della Caina, al morire di fame da uomo libero, preferiva sopravvivere mangiando il cibo del servo.

In fondo, rimanere ciò che era sempre stato lo confortava, però l'atto di affrancamento gli aveva permesso almeno di pensare alla sua condizione e ascoltare i messi del Comune di Bologna leggere sulla carta come Dio avesse creato tutti gli uomini uguali gli era piaciuto. Era bello sentirlo, anche se si era liberi solo da un certo giorno, dopo un'infinità di vite trascorse come schiavi da parte di chi era stato generato e aveva generato schiavi. Era bello sebbene si fosse liberi solo giù in pianura, fra le mura della città. Era bello pensarsi liberi prima del giudizio finale, perché liberi si era stati pensati in principio dall'ultimo giudice. Ma purtroppo rimaneva una differenza enorme fra l'essere uguali e il poter vivere da uguali, perché se si decide dall'oggi al domani di non volere più servi allora bisogna dare al servo un nome diverso con cui chiamarsi, sia esso muratore, beccaio o salarolo: Mastino, invece, non aveva avuto nessuna alternativa al rimanere di fatto un masnadiere del conte da Panico. Però ad almeno uno dei suoi figli lui forse poteva offrire quell'opportunità, usando quanto diversi anni prima aveva inavvertitamente udito discutere alla tavola del padrone con grande nervosismo, e poi quanto più di recente aveva potuto riascoltare, disputato con molto meno affanno. Così avrebbe tradito la fiducia del conte Maghinardo: ma non avevano forse detto, anzi, ancora di più, scritto, che era un uomo libero? Drago avrebbe allora rimesso la sua libertà nelle mani del conte in cambio di qualche parola con chi probabilmente era stato suo nemico, ma del quale i toni più distesi testimoniavano l'ormai scarsa pericolosità.

Davvero un prezzo basso anche per la soggezione di un uomo la cui libertà era costata quattro soldi meno di un bue e sarebbe stato ancora più basso se chi lo stava per pagare non l'avesse mai saputo.

L'enigma rivelato

Se organizzare l'incontro fu difficile come convincere l'interlocutore dell'importanza del colloquio, ottenere garanzie sulla ricompensa richiesta fu invece molto semplice. L'unico vero impegno possibile infatti era la parola dell'altro: Drago della Caina doveva fidarsi e lo fece con una tranquillità sempre maggiore, perché, mentre raccontava la sua storia, vedeva la perplessità e il sospetto abbandonare Gerardo dei Lambertazzi. La certezza di ottenere quanto desiderava si accompagnò poi a uno stupore compiaciuto quando al dubbio vide sostituirsi non rabbia ma delusione e capì quindi che non sarebbe stato coinvolto in faide sanguinose poiché, comprese, non ci sarebbero state vendette.

Drago si era presentato riferendo come la sua famiglia a memoria d'uomo fosse sempre stata al servizio dei conti da Panico...

(chi ne ha voluto seguire la genealogia ben al di là della tradizione e dei ricordi degli uomini sa del tempo in cui il nome Kaikna era il primo nella terra; però servirebbe a poco svelare al conte Maghinardo una nobiltà ancora più antica dei titoli nobiliari, mentre la falsa premessa di Drago avvicinava invece a una verità importante come la confidenza fra il padrone e il servo)

...e così, come suo padre prima di lui, fosse stato addestrato all'uso delle armi diventando una specie di guardia del corpo per la quale erano sempre aperte le sale padronali. Quando il conte riceveva personaggi con cui non era in grande intimità, Mastino, armato di ascia e coltellacci, si mostrava appena all'ospite per poi confondersi con le ombre della stanza, facendo forse dimenticare la sua presenza, ma lasciando ben viva l'eco della sua minaccia. Come un pregiato capoletto aveva quindi assistito all'incontro fra Maghinardo e un banchiere di Bologna, Giacomo Pepoli, e per quanto i colloqui per un certo tempo fossero stati molto frequenti si era sempre trovato a far d'arazzo alle pareti che li ospitavano. Il conte infatti non solo diffidava del visitatore, definendolo una serpe capace di ingannare chiunque, ma lo disprezzava anche per aver tradito la sua parte al primo rovescio. Drago ricordava bene quel periodo, quando i bolognesi, in lega con altre città di Lombardia, combattevano contro l'imperatore Federico II e, ne era certo, Giacomo Pepoli si era presentato al castello di Panico subito dopo la disfatta di Cortenuova e, naturalmente, le sue visite si erano diradate dopo le vittorie di Parma e della Fossalta. Maghinardo da Panico, pur non schierandosi apertamente con l'imperatore, come i suoi avi ai tempi della lotta fra Enrico IV e Matilde di Canossa, simpatizzava però certamente per Federico e Giacomo Pepoli, membro dei consigli cittadini, si era dichiarato pronto a rivelare informazioni utili per la guerra. In cambio non voleva molto, almeno per il sentire del conte, chiedeva soltanto affari per la sua banca. Finalmente, raggiunto un accordo, ai funzionari dell'imperatore o del suo legato Enzo arrivavano, per il tramite del conte da Panico, rapporti sulla composizione e gli obiettivi dell'esercito bolognese, sui carteggi scambiati con le città collegate, mentre tutta l'influenza del partito imperiale si adoperava per rimpinguare i forzieri dei Pepoli e il danno maggiore lo aveva proprio l'attività dei Clarissimi. Amadorre, grazie alle confidenze di un cliente, ammonito o costretto, ma riluttante ad abbandonarlo, scoprì qualcosa. Non riuscì però a denunciare il crimine: in uno sfortunato intreccio, infatti, Giacomo capì che sapeva e alla battaglia della Fossalta lo fece uccidere da suo figlio Zoanne. Seguì un periodo di forte apprensione per i Pepoli (di cui Maghinardo godette appieno) quando comparve Saraceno Settespade, un opportunista appartenente a una famiglia ormai in rovina. Sapeva molte cose, ma, in modo bizzarro, imputava l'omicidio al furto di una piccola pietra trafugata effettivamente da Zoanne insieme ad altri oggetti preziosi appartenuti ad Amadorre subito dopo la battaglia, quando ne aveva spostato il cadavere.

L'enorme distanza dalla verità dell'opinione di Saraceno in merito al movente del delitto e all'identità dell'assassino incuriosì molto il conte: un pezzo di quella pietra a cui veniva attribuita tanta importanza era infatti in suo possesso, ceduta secoli prima alla sua famiglia quando la sua ava Beatrice aveva sposato il progenitore della casata dei Caccianemici dall'Orso. Maghinardo la mostrò a Giacomo Pepoli, montata su un piccolo crocifisso, e Giacomo esibì la sua parte ancora incastonata nell'anello di Amadorre dei Clarissimi: chi veniva accusato dell'omicidio dal Settespade probabilmente non aveva mai nemmeno sentito parlare di quella pietra. Se le accuse e le minacce di Saraceno furono affrontate e risolte dal banchiere senza nessuna esitazione, l'ingresso in scena di Gerardo dei Lambertazzi lo terrorizzò. Era giovane, d'accordo, ma faceva parte di una delle principali casate della città. Giacomo arrivò persino a pianificare la fuga da Bologna,

(a chiunque si chieda se Drago stesse esagerando le paure dell'assassino per compiacere il suo interlocutore, non si può che rispondere di darsi da solo una soluzione, magari basandosi sulla stima dei personaggi coinvolti, per quanto appena tratteggiati nel carattere. Altro non si può dire, perché non è certo chi racconta a sapere la verità o comunque non è la verità di chi racconta quella importante)

poi, il passare del tempo, ma soprattutto la morte dell'imperatore, lo restituirono alla piena fedeltà al suo antico partito. I convegni con il conte da Panico cessarono e se l'uno, almeno quando si trovava lontano dai suoi forzieri, desiderava non fossero mai avvenuti, l'altro aveva cose più importanti di cui rammaricarsi e non trovava certo vantaggi nel denunciarlo. Drago concluse ammettendo di aver saputo del rinnovato interesse di Gerardo per l'omicidio dei suoi vecchi compagni, ma solo l'affrancamento dei servi, facendogli scoprire di desiderare qualcosa in cambio, l'aveva convinto a riferire quanto sapeva.

Il racconto convinse pienamente Gerardo e la materialità del vero movente della catena di omicidi, se anche cancellò la preoccupazione di poter essere preda di uno spietato assassino, lo deluse profondamente e la pietra, colpita da quell'eclisse di importanza, apparve ai suoi occhi molto meno luminosa. Decise quindi di poter far ben poco ormai per vendicare i suoi amici e riuscì persino a nascondere a se stesso come l'impossibilità fosse solo l'alibi dell'indifferenza.

Intanto però, grazie ai suoi buoni uffici, Bencivenne di Drago della Caina, si aggirava nel Mercato di Mezzo, cercando quel negozio di lana bisella che l'avrebbe assunto come apprendista.

Come Gerardo alla vigilia della Fossalta, era emozionato, eccitato e impaurito perché avrebbe vissuto in città come uomo libero.

Conclusione

La lunga reclusione di Enzo lo aveva lentamente trasformato da nemico, *hostis*, a un ospite, *hospes*, libero di ricevere visite, donazioni e di girare per le strade di Bologna, sia pure accompagnato. Per Gerardo fu quindi facile ottenere il permesso di incontrare il prigioniero e anche il dono che intendeva portargli sorprese più per la sua povertà che per la natura dell'oggetto. Nonostante fossero passati più di vent'anni nel corso dei quali non si erano mai visti, Enzo lo riconobbe subito e subito identificò anche la spada: ricordava quella lama sbriciolare la sua e sentiva ancora il petto percosso dal terribile colpo, l'aria espulsa improvvisamente dal corpo, l'annebbiarsi della vista e il brusco cedere delle gambe. Confessò di non avere mai creduto possibile che braccio umano rivelasse tanta forza e neppure che ingegno umano arrivasse alla fabbrica di un'arma così potente. Gerardo si schermì dietro le parole di Enzo e, attribuendo ogni merito alla spada, raccontò come fosse stata usata alla liberazione del Santo Sepolcro e ne mostrò l'elsa decorata da una pietra antica e dallo straordinario valore. Imputò alla spada e solo a essa la sua vittoria nel duello e, se alla Fossalta aveva privato il re della sua arma, oggi, finalmente, era venuto a riparare scongiurando l'avversario di un tempo di accettare in dono lo strumento del suo trionfo.

Enzo strinse l'impugnatura, e, forse meravigliato nel sentirla calda alla sua presa, guardò l'elsa e venne catturato da quella strana pietra che sembrava fatta solo di luce. Allora cedette all'incanto e, pur non credendo nei suoi poteri magici, riconobbe che, quella spada, o forse quella pietra, aveva avuto il potere di cambiargli la vita.

Quando Enzo si ammalò nessuno dei medici chiamati al suo capezzale, nemmeno il famoso Taddeo d'Alderotto, poté nulla e il re venne sepolto il 14 marzo 1272 nella Chiesa di San Domenico. Il funerale, meraviglioso e solenne, venne interamente pagato dal Comune, perché, dopo tanti anni, era morto un cittadino bolognese.

La morte nera

Bologna, seconda metà del XIV secolo

Modesto: «Ricordate... anche allora le campane suonavano a morto...».

Branca: «...Diceva avrebbero smesso soltanto alla scomparsa dell'ultimo sagrestano».

Bencivenne: «Invece cessarono di colpo, ricordate?».

Deodato: «Quando ci furono più carcasse che campane dei morti».

Fiamma: «Il silenzio improvviso sgomentò tutti, eravamo talmente abituati a quei rintocchi dannati, che vibravano persino nella carne, da credere ormai fosse lo svolgersi normale delle cose. Non si pensò potesse essere una buona notizia e ci guardavamo smarriti».

Ermo: «E con ragione. Quanto diceva era vero, anche se nel suo significato più amaro... Nello sterminio nessuno volle continuare a picchiare notte e giorno per annunciare un altro cadavere a ombre la cui unica domanda era se la morte non le avesse colte distratte e quei lugubri colpi fossero l'invito a gettarsi nella fossa...».

Deodato: «...Più carogne che bare...».

Ermo: «...Sì. Davvero i sagrestani erano morti».

Fiamma: «Come il padre per il figlio, il fratello per il fratello. Se la madre appena la sua creatura barcollava, inorridita, la cacciava di casa... non c'erano più nemici solo perché non c'erano più amici: il veleno era avvizzito nella mancanza di amore...».

Si erano riuniti in casa di Branca e, se anche non si conoscevano, quel giorno si erano riconosciuti davanti alla sua bottega, chiusa per la prima volta in un giorno di feria. Gli sguardi avevano indugiato alle finestre della sua abitazione, proprio sopra alla farmacia, si erano spostati sulla rovina provocata all'edificio dalla nevicata di qualche anno prima (oltre quattro braccia!), poi, lentamente, si erano abbassati e, incrociandosi, avevano confessato uno stesso destino.

Lui era morto.

Branca, cavaliere, apparteneva a una famiglia antica dal tumultuoso nome di Settespade. Naturalmente vantava un avo alla presa di Gerusalemme, ma ormai la sola cosa che componeva il suo presente era l'opaco splendore di imprese dimenticate e di ricchezze da tempo dilapidate: nella stanza dove si trovavano, le mura possenti e i vuoti nell'arredo ne erano una cruda conferma. Alla sua destra sedeva frate Modesto dell'Ordine di San Francesco. Al tempo della sciagura insegnava le leggi nello Studio di Bologna, forse lo ricorderete, Arrigo Lambertazzi, il suo nome e la sua dottrina erano stati celebri. Poi, occupando solo il bordo dello scranno, c'era Bencivenne della Caina. Oggi aveva un suo banco al Mercato Vecchio e, col riprendere dei commerci, probabilmente se la passava molto meglio del suo ospite, ma, in uno strano equilibrio con quest'ultimo, anche se vestito della migliore guarnacca rivelava le origini umili. Fiamma da Panico era vedova e ormai senza figli. Un pezzo di terra verso la Toscana, debole memoria di una più vasta ricchezza, le permetteva di vivere modestamente. La catastrofe che aveva svuotato il mondo non si era comportata diversamente con le sue proprietà e, con pochi contadini rimasti nei campi e con i salari che quei pochi chiedevano per rimanervi, le sue rendite svanivano piano piano. Deodato dei Caccianemici aveva invece trascorso la giovinezza studiando Medicina alla famosa Scuola di Salerno, ma il suo viso era devastato dalla corruzione della malattia in un perenne sorriso alla sterilità della sua scienza. Infine, Ermo Clarissimi, con gli occhi chiusi dai pesanti veli della vecchiaia ancora pieni delle immagini raccolte in una vita. Era stato notaio del Comune fino a pochi anni prima e sembrava ricordare ogni oncia di inchiostro versata nel suo ufficio.

Modesto: «I segni della collera divina erano evidenti, ma la morte improvvisa del nostro grato signore, Taddeo dei Pepoli, la carestia e sua sorella, la fame, non furono un indizio sufficiente a tramutare il peccato in preghiera... Nemmeno gli ammonimenti che seguirono, per quanto prodigiosi, esortarono al pentimento... Ricordate come pochi mesi prima della sciagura la terra avesse preso a tremare e per cinque giorni, dalla terza ora fino alla sesta, puntuale, il terremoto ci fu compare?».

Ermo: «È vero, diverse case e altrettante torri rovinarono e persino le mura della città rimasero ferite...».

Fiamma: «...Poi il sole scomparve e nelle tenebre che riempirono la sua eclissi apparve una stella cometa».

Bencivenne: «Mi dissero che nella città di Modena...».

Deodato: «Leale alla nostra solo nella nefandezza...».

Bencivenne: «...in quell'oscurità portentosa piovvero vermi grossi come un pugno, puzzolenti e osceni, e s'avvinghiavano come sanguisughe e mordevano scavando le carni fino all'osso».

Fiamma: «Dalla terra si alzarono dei vapori e ogni cosa ne fu ricoperta e in quella nebbia tetra, nascosti dal sole, morirono gli alberi e le viti. Quando finalmente piovve, l'acqua, al contatto coi fumi, divenne nera e fetida uccidendo gli animali e le poche piante nate...».

Branca: «Non so nulla dei tuoi bruchi, né della bruma velenosa, ma con i miei occhi vidi, a una balestrata da Porta Castiglione, due cavalieri affrontarsi sulla vetta d'una collina. L'uno rivestito di una armatura scarlatta, l'altro con armi completamente nere... E si davano gran colpi di spada e di mazza, ma, mentre mi avvicinavo per pacificare la contesa, il cavaliere nero perse l'equilibrio e il rosso, rapido, con un solo colpo gli staccò netta la testa. Mi fermai inorridito, ma quando dalla ferita micidiale zampillò un liquame viscoso e putrido, corteggiato da un sibilare di anime dannate, non mi vergogno a dire che riparai in città di gran corsa».

Modesto: «E infine ecco l'ultimo castigo: la malattia arrivò nel mese di Nostra Signora e presto si meritò il nome di peste, perché nulla di peggio ci aveva mai colpito...».

Deodato: «E invece era già successo, al tempo di Giustiniano... fu lui a raccontarlo...».

La cronaca di Modesto

Modesto: «Comunque sia, gonfio della mia superbia, pensai di essere immune da quel male. La povera gente fu colpita per prima e moriva in un subito, spesso senza avere il tempo di pentirsi dei propri peccati o di chiamare il prete o un monaco perché la confessasse e la ungesse, unendo così al male spaventoso l'incubo ancora più terribile della dannazione eterna. Ma ancora m'immaginavo sacro e inviolabile, come se la sapienza delle leggi avesse potuto proteggermi da quel nascosto disegno divino. Ben presto tuttavia la mia arroganza rovinò, scossa da fortissimi brividi e soffocata nel suo stesso vomito. Improvvisamente, s'era d'agosto, il mio corpo prese a bruciare, mentre la testa pulsava come fosse morsicata da una fiera, rendendo crudele qualsiasi pensiero l'attraversasse. Faticavo a camminare, se non con il passo incerto e barcollante del bambino o dell'ubriaco. Ero turbato e in preda all'ansia, ma ancora non volli credere, fino a che, guidate dal dolore, le mie mani non scoprirono il marchio: lo trovarono, non più grande di una nocciola, celato fra le gambe. Allora cominciò la paura e la superbia divenne astio per chi credevo libero dalla maledizione e, devo confessarlo, mi assalì un rancore blasfemo per la cieca neutralità del castigo divino. E, mentre il bubbone fioriva succhiando come una pianta novella la mia linfa, i pochi momenti di lucidità li ricordo solo come odio, veleno e bestemmia. Fu uno studente, lo scoprii più tardi, a portarmi da lui: aveva saputo del medico guarito dal morbo e lo scongiurò di aiutarmi. Forse conosceva il mio nome, ma non so davvero perché lo ritenne degno delle sue attenzioni... Una notte comunque venne a prendermi... Era, credo, il terzo giorno della malattia».

Deodato (piano): «Nessuno passava il quarto...».

Modesto: «Mi portò in casa sua, sdraiandomi in una stanza senza finestre; non ho molti ricordi di quei giorni, sono solo frammenti di immagini ed emozioni: lenzuola pulite, una stoffa fresca che mi accarezza la fronte, il peso di un crocifisso sul petto... una continua sensazione di bianco e di luce. Insomma guarii, anzi, ancora di più, fu come risorgere, perché lui restituì al mondo un'altra persona: l'orgoglio tramutato in modestia, la vanagloria domata dall'umiltà: scambiai le misere leggi dell'uomo con quelle inviolabili ed eterne...

È restata solo una piccola spina, nient'altro che un'ombra, lo spettro di quello studente che mi portò da lui... Probabilmente non aveva denaro a sufficienza per lasciare la città o non sapeva dove andare mentre l'intero mondo universo era in balìa dello sterminio... comunque si ammalò, ma nessuna implorazione riuscì a ottenergli il suo favore. Morì proprio nel giorno di San Petronio».

La cronaca di Fiamma

Fiamma: «Forse posso aiutarti ad allontanare quell'ombra, ma lasciatemi raccontare le cose con ordine.

Al tempo della pestilenza già ero vedova, il conte mio marito, qualcuno forse lo ricorderà, era morto straziato sulla forca... [proprio per cura di quell'ignobile Taddeo Pepoli di cui si è appena glorificato lo spregevole nome... ma non voglio evocare maschere dell'inferno... Ero vedova dunque, spogliata dei beni del mio sposo e con un solo figlio, ancora bambino, su cui adagiare tutta la mia vita e le mie speranze. Naturalmente non vivevamo in città, ma sulle terre della mia dote che nessuna legge rapace poteva strapparmi, ma anche lì il morbo non tardò ad arrivare. No, io non m'ammalai, ma capii presto che nostro Signore non aveva voluto risparmiarmi: Pagano, mio figlio, fu contagiato e niente e nessuno avrebbe potuto inventare un castigo peggiore per i miei peccati. Guardando il suo volto rosso come il sangue, gli occhi lucidi spalancati dal terrore non potei resistere, lo caricai su un carro e lo portai a Bologna, da sola, spronando i cavalli come un'indemoniata, perché nessuno dei miei villani volle accompagnarmi nella città dove si diceva tutti fossero condannati. Il viaggio, per poca fosse la strada, fu una vera tortura, Paganino urlava a ogni più piccola scossa e quando finalmente arrivai alle mura trovai le porte sbarrate. Cercarono di impedirmi di entrare con il mio bimbo malato, come se sputare nel fiume potesse provocare l'alluvione, ma, si sa, le chiavi d'argento aprono qualsiasi soglia. Andai direttamente da lui. Lo conoscevo un tempo, quando con il conte passavamo l'inverno nel palazzo di strada Saragozza. Ascoltò le mie suppliche in silenzio e senza una parola prese Pagano fra le braccia portandolo in una piccola stanza fresca e asciutta sotto la bottega. Qui lo spogliò e lo adagiò su un letto dalle lenzuola candide e profumate, poi, senza nessun timore, prese a toccarlo gentilmente, come volesse accarezzarlo. Pagano si lamentava a quel contatto, diceva che quelle mani lievi bruciavano come tizzoni, ma lui continuò l'esame e mi mostrò il tumore, grande quanto un uovo, sotto l'ascella di mio figlio e disse che ce n'erano altri, invisibili, dentro il suo corpo. Poi si alzò e uscì, ritornando poco dopo con uno strano crocifisso, pesante e rozzo, fabbricato in un qualche metallo vile...».

Branca (sussurrando): «...l'elsa della spada!».

Fiamma: «Mi disse che era appartenuto a un santo, e lo posò sul petto del mio bambino. Rimanemmo in quella stanza diversi giorni, io non dormivo e non mangiavo, guardavo Pagano che anche nel delirio cercava di opporsi al dolore di quella gobba oscena, tenendo il braccio il più possibile lontano dal corpo. Lo guardavo, gli rinfrescavo la fronte con una pezzuola imbevuta di acqua rosata, toccavo la sua pelle pregando di sentirla un po' meno rovente della volta prima, attenta sempre a non sfiorare nemmeno con lo sguardo la reliquia del santo perché i miei torti non indebolissero il suo potere miracoloso...».

Modesto: «Figlia, non bestemmiare».

Fiamma (commossa): «Pregavo, pregavo tanto, congiungendo le mani fino a farle sanguinare, e con le mie preghiere misuravo lo scorrere del tempo, fermandomi solo quando lui scendeva nella stanza, tre volte al giorno, portando carne ben cotta e vino bianco appena allungato da un sesto d'acqua. Un giorno tardò ad arrivare e cominciai a preoccuparmi, finché la paura non mi donò il coraggio di abbandonare mio figlio, per la prima volta da chissà quanto, e di salire la ripida scala che portava alla bottega. Non entrai, ma nascosta dalla porta sentii una voce d'uomo rotta dal pianto e dalla disperazione mendicare e minacciare, offrire fortune meravigliose ma ottenere soltanto il suo rifiuto. Quando finalmente quell'infelice se ne fu andato maledicendolo, entrai nella farmacia e lo trovai con le lacrime agli occhi. Mi guardò e mi chiese, scambiandomi forse per un angelo del Signore, con quale autorità poteva scegliere a chi donare la vita e a chi negarla, mi domandò se il poter salvare una sola persona fosse un dono di Dio o il suo anatema...

Ecco, frate Modesto, la risposta che cercavi: poteva curarne solo uno per volta e quando il tuo studente si recò da lui implorante c'era già qualcuno nel sotterraneo, più meritevole o forse più infame... forse proprio qualcuno di noi. Comunque sia mio figlio guarì e non mi fu chiesta nessuna ricompensa... pochi anni dopo fu la peste della politica a portarmelo via, mutilato come il conte dall'ascia del carnefice, e nemmeno lui poté nulla».

Bencivenne: «Anche la mia storia farebbe credere la stessa cosa, solo uno per volta... Lo conoscevo bene prima della peste, anche se non credevo lui conoscesse me. Lavoravo nella bottega di un grasso mercante dove veniva spesso ad acquistare le cose più diverse e qualche volta mi guardava e mi parlava, ma sul serio non credevo mi conoscesse. Il padrone, per quanto ricco e prepotente, s'ammalò prima dei suoi servi e certo, se davvero la malattia fu un castigo divino, colse proprio chi più ne era degno. Lui non venne mai al suo capezzale, ma pare v'andassero diversi dottorini, impaludati e mascherati anche se s'era nel mese di Augusto, e nemmeno lo toccavano, brutto com'era, e se ne stavano sulla soglia della stanza stringendo gli occhi per scorgerlo. Comunque, il padrone se ne partì per l'inferno diritto e filato al quarto giorno di malattia e nessuno di noi si strappò i capelli. Però io e alcuni altri dormivamo a bottega come cani da guardia e la padrona, terrorizzata, decise di vendere tutto e scappare dalla città. E aveva ben ragione a tremare perché chi serviva l'ammalato moriva dello stesso malanno e, senza far del bene a lui, faceva il proprio male... Così ci cacciò, e mi ritrovai per strada. L'aria era tutta un puzzo di corpi morti e di malattia e di medicine e a ogni angolo guaritori e guaritrici si dicevano maestri di meravigliosi segreti, toccasana per ogni guaio... Ma pareva proprio non valessero né medici né medicamenti per quella peste, forse che non fosse ancora ben conosciuta o che i dottori non l'avessero ancora ben studiata. Per qualche giorno dormii per strada, rincantucciato e nascosto alle guardie, entravo in quelle case dove avevano murato le porte e le finestre basse e, dopo aver pregato per le anime dei defunti proprietari, prendevo quanto mi serviva...».

Ermo: «La legge vietava di vendere cose appartenute agli appestati!».

Bencivenne: «Non quella dello stomaco... Comunque prima

o dopo, senza meraviglia e senza darmi troppo tormento, m'ammalai. Me l'aspettavo, non era cosa che in tutto quel crepare un qualche santo si prendesse a cuore d'una pulce o d'un pidocchio come me. Rassegnato mi lasciai cadere, consolandomi d'essere sopravvissuto per un poco anche alla padrona, Satana l'abbracci, senza accorgermi d'aver scelto per trapassare proprio la piazza dove lui fabbricava e vendeva le sue spezie, o così, poi, disse. Mi trovò, mi riconobbe, mi portò in casa, mi lavò, mi imboccò, mi pose sul petto qualcosa di pesante (poteva ben essere quel crocifisso) e mi guarì... Ecco tutto».

La cronaca di Deodato

Ermo: «Bel modo di campare, disprezzando i decreti...».

Deodato: «E bel modo di sputar sentenze sulla scienza medica come fossi chissà quale maestro. Tutti studiammo con ardore la malattia e Gentile da Foligno, sezionando cadaveri con licenza del santo papa, scoprì perfino la sua origine: una pustola rigonfia di veleno situata vicino al cuore. Ma soprattutto nessuno di noi fuggì dai suoi doveri come fecero invece molti altri, anche vescovi e preti, e mai rifiutammo di soccorrere i bisognosi...».

Branca (allegro): «Che rettitudine! Prim'ancora di varcare la soglia dell'appestato chiedevate denaro sufficiente ad armare un vessillo di cavalieri. Chi tirerebbe il collo all'oca...».

Deodato (ignorandolo): «Io stesso rimasi sempre in città, assistendo e consigliando i sani, confortando e curando gli ammalati. Esortavo i primi ad alzarsi con il levar del sole e di bere poco di mattina, ché il troppo bere, come la malinconia e 'l corruccio, è mortale. Ordinavo di cenare alla ventitreesima ora, evitando i cibi umidi e freddi e soprattutto di non cuocere con l'acqua piovana. Si stia al caldo, dicevo, e ci si guardi dalla pioggia, ma chi è grasso non stia al sole, e ammonivo di non passeggiare la notte perché la rugiada è mortale fino alla terza ora.

Raccomandavo di non fare bagni, ché l'acqua apre i fori della pelle dando strada al miasma, mentre poteva essere di vantaggio il lavarsi con aceto. Andare con femmine è pessimo e mortale e non solo usarle carnalmente ma anche tenerle con sé nel proprio letto. Meglio anzi evitare ogni frequentazione, ché non si può sapere chi fosse contagiato, ma se proprio si deve, avvertivo, parlate solo con persone dal respiro dolce. Li rimproveravo se entravano nelle stanze degli ammalati perché il loro alito era velenoso e l'aria della camera, quindi, putrida e infetta. Confezionavo poi medicamenti di zucchero bianchissimo e acqua di indivia e pillole di brettonica e propinella mescolate a un'oncia di comedios tritato finemente e unite a due once di mirra eletta, aloe patico, croci, boli armetrici polverizzati in acqua di vite e bugliolo, disponendo le prendessero prima di coricarsi. E mai, mai mi sono rifiutato di visitare un infermo... Prima di entrare nella stanza facevo spalancare gli usci e le finestre per rinnovare l'aria, poi mi lavavo le mani e il viso, vicino al naso e agl'angoli della bocca, con acqua rosata. Entravo tenendo in bocca due granelli di garofano e in mano, odorandola spesso, una spugna imbevuta di aceto e siero di capra. Quando interrogavo l'ammalato lo facevo parlare ad alta voce, per non dovermi accostare alle sue labbra, ma, quando dovevo, non evitai mai di toccarlo. Applicavo sui terribili bubboni, a seconda della loro posizione e dimensione, impiastri di mostarda e bulbi di giglio o di fichi e cipolle bollite, pestate e mescolate con burro. Naturalmente praticavo il salasso. Poi, quando il tumore era maturo, lo cauterizzavo con un ferro incandescente o con l'oro, sordo alle urla e alle implorazioni... A volte seguii la ricetta perfezionata dal fiorentino Dino del Garbo, macinando in polvere minuta lo smeraldo... Ma non voglio gloriarmi dei sani che non ammalarono grazie ai miei consigli o vantarmi degli ammalati che guarirono per le mie cure...».

Bencivenne (a mezza voce): «Se ce ne sono stati».

Deodato: «Voglio solo ricordare che feci ciò che dovevo, e quando m'ammalai anch'io mi arresi docilmente: in un certo modo anche la malattia entrava nei miei doveri... Stranamente, l'ulcera mi germogliò vicino alla mandibola e il resto potete immaginarlo, visto che fu lui a guarirmi».

La cronaca di Branca

Branca: «Mi piacerebbe sapere perché sei ricorso a lui invece di cospargerti dei tuoi meravigliosi unguenti...».

Modesto: «Fratelli! Siamo qui per ricordarlo non per mortificarci l'uno con l'altro».

Branca: «Così sia, frate, così sia, nemmeno io avrei la forza di sopravvivere a un altro dotto sproloquio... tanto più, finalmente, sembra tocchi a me riferire la mia storia. Allora vi dirò come, quando si scatenò la peste, a differenza di tanti altri del mio stato e condizione, scelsi di restare in città. E se i più dicevano che per evitare il contagio bisognasse vivere con moderazione, guardandosi da ogni eccesso per meglio resistere alla malattia, io invece stimavo essere certissima medicina il bere molto e il godere e l'andare cantando intorno, sollazzandosi e soddisfacendo ogni appetito, ridendosi e beffandosi di tutto. Così un bel giorno sorpresi un'escrescenza, turgida e sudata, azzannarmi proprio alla radice della coscia. A differenza dei nobili signori da cui sono stato preceduto nel racconto, la scoperta mi lasciò sgomento e tutt'altro che rassegnato, anche se, lo devo ammettere, non sapevo proprio cosa fare. Inutile rivolgersi ai medici che ti avvicinavano tenendo sotto il naso un flacone di erbe odorose per non dover annusare il tuo fetore per poi prescrivere le stesse cure dettate quando in battaglia una mazzata ti aveva colto sull'elmo...».

Deodato: «Poi l'hai ricordato tu stesso come quei lupi rapaci in cambio dei loro vani sforzi bramassero, gli ingordi, tanti e tanti soldi. Non s'accontentavano, avida tribù, di un grazie anche da parte di chi, dietro un nome tronfio e altisonante, nascondesse la sicura mancanza di dodici soldi per fare una lira…».

Modesto: «Fratelli!».

Branca (folgorando Deodato e arrossendo appena): «Comunque mentre mi arrovellavo sul come fare a scamparla, non ci crederete, lui venne da me dicendosi capace di guarirmi. Mi supplicò di seguirlo perché, disse, bisognava isolare i malati, nascondendoli al ribrezzo e alla salvezza dei sani… difficile in un paese dove perfino un conte dorme nella stessa stanza e spesso nello stesso letto con la moglie, i figli e la governante… Un'altra cosa, ne sono certo, non crederete: mi ripeté più volte come quanto faceva mi fosse dovuto e non pensiate fosse il delirio della malattia a inventare le sue parole, perché lo confermò anche quando, guarito, mi congedai da lui offrendogli riconoscenza eterna e la mia spada. D'altra parte non chiedetemi perché lo disse, giacché, prima d'allora io non l'avevo mai visto o, se anche l'avevo incrociato per strada, certo non gli avevo mai parlato. Ma, per chiudere onestamente la mia cronaca, vi dirò quello che fece per me. Mi lavò più volte al giorno come fossi un infante, lambendomi appena, leggero e attento, soprattutto quando mi toccava la coscia offesa da quell'oscenità che il dolore mi faceva tenere piegata sul bacino. Mi nutrì, imboccandomi come un fanciullo, di carne e di pesce fresco e mi pose sul petto un oggetto, certo pesante e certo di metallo, ma sicuramente non un crocifisso. Era infatti l'elsa di una spada. Per dire il tutto in una sola parola, mi ammalai all'inizio di giugno e per la festa dei santissimi Pietro e Paolo ero già vispo e vivace a burlarmi di Madonna Morte e della sua peste cacciatrice… Fui certo fra i primi a essere acchiappato, ma forse anche il primo da lui aiutato a fuggire».

La cronaca di Ermo

Ermo: «Ricordo bene quei primi giorni, quando si cominciò

a dubitare del vigore e della violenza del contagio. Si avevano notizie cupe e quasi incredibili dalle altre città, voci di paesi remoti e pagani completamente sterminati dalla pestilenza.

I magistrati provarono a combattere il morbo con tutti i loro mezzi: ordinarono di portare i cadaveri fuori dalle case sigillati nelle bare e di seppellirli ad almeno due braccia di profondità. Alcuni ufficiali furono incaricati di ispezionare ogni abitazione per controllare che fossero denunciati tutti i decessi. Per circoscrivere l'infezione proibirono le processioni e permisero solo ai parenti più stretti di accompagnare i funerali oltre la Chiesa. Non solo, cercarono anche di limitare il panico e il terrore derivanti dalla precisa conoscenza dell'epidemia permettendo il lutto solo alle vedove, vietando l'annuncio pubblico delle esequie e l'abbandonarsi a manifestazioni di dolore in luoghi pubblici e, come già avete ricordato, il suonare le campane dei morti. Spesso purtroppo la buona volontà degli uomini si scontra però contro qualcosa che va ben al di là del suo potere, e alla fine si contarono due morti ogni cinque bolognesi. Tuttavia, anche nei racconti appena ascoltati, si intravede la considerazione in cui erano tenuti gli atti dei magistrati: malati trasportati nascostamente in città corrompendo un qualche sciocco, roba infetta trafugata dalle case dei morti... Tant'è, lui lo diceva, ogni cosa è in fondo ben meritata...

Io ero notaio, quindi, come i medici e i monaci, dovevo frequentare le case degli appestati per registrare le loro ultime volontà e lo feci fino a quando la gente continuò a vivere cercando di imitare il correre normale delle cose. Si sa come le abitudini aiutino a tessere un velo sottile di sicurezza. Così, quando mi chiamavano, andavo... certo non con piacere, ma andavo, quindi non so dire a quale testamento debbo l'eredità della peste. Ricorsi a lui perché lo conoscevo, era un dottore di fama, votato alla singolare indagine del corpo umano, e si diceva avesse miracolosamente guarito diverse persone. Già prima di ammalare ogni tanto passavo da lui, trascorrendo un po' di tempo quietamente, per quanto era possibile, a chiacchierare e a ricordare. Quando però il discorrere ruzzolava sulla pestilenza, e, credetemi, capitava sempre più spesso, si appassionava e, quasi dimentico della mia presenza, tramutava la conversazione in monologo. Certo il morbo è il giusto castigo per la nostra abiezione, spiegava, non ultimo il grave peccato di farsi servi del castigo stesso. Non vedi, mi diceva, come gli uomini dividano le loro case con porci e asini e cani, pecore, polli e capre? Si permette di macellare i montoni, i maiali e i manzi per strada, lasciando scorrere il sangue per la via, mentre le budella, putrefacendosi al sole, infestano l'aria. E per i loro bisogni i poveri e gli artigiani usano quelle stesse strade tanto che il fetore distrae persino la preghiera dei fedeli nelle chiese e il prete, voltandosi verso di loro, dal portale spalancato gode l'edificante visione di uomini, donne e bambini impegnati a cagare. E i ricchi dalle loro stanzette poste al lato, su belle travi sporgenti, depongono sì in casa, ma scaricando i frutti sul vicolo sottostante, oppure, cortesemente, svuotano i pitali dalle finestre, benedicendo il connubio dei loro escrementi con i rifiuti delle tintorie, dei pelacani, delle fabbriche di pergamena. Davvero, concludeva, ogni cosa è ben guadagnata. Comunque, probabilmente anche grazie alla sporcizia delle strade, mi ammalai e lui mi curò, proprio come fece con voi e quindi non ripeterò le vostre parole, perché le vostre medicine furono le mie. Una sola cosa voglio dirvi e riguarda proprio quell'oggetto su cui, strano e solitario particolare, le nostre memorie non si accordano. Anche a me venne posto sul petto e lui fu attento a che lì rimanesse, proprio sopra al cuore. Bene, fosse crocifisso o elsa di spada, con un sorriso mi confidò, in quanto ero notaio, di come si trattasse di un segreto lascito di un re figlio di imperatori».

Conclusione

Bologna, 1506

Nella serena monotonia degli anni che seguirono il torneo di Fortuna e Sapienza potei occuparmi di quanto cominciavo a capire essere stato il palio più importante fra quelli assegnati dalla giostra e attribuito (ironia del caso o della sua vittoria) proprio a chi non vi aveva preso parte in modo alcuno. Quando mi era stata affidata, la pietra era incastonata in una piccola cavità ricavata al centro di un oggetto cruciforme, talmente antico da rendere indecifrabile il materiale di cui era fatto e talmente rovinato da credere avesse ormai la stessa consistenza delle mani che l'avevano lavorato. Provvidi subito a liberarla dalla sua prigione accorgendomi di disporre solo di un pezzo della gemma originale.

Sprigionava una strana luce, che ricordava effusioni e riflessi tipici del diacodos, il sasso raro e portentoso utile nell'evocazione degli spiriti. Mi incuriosì e mi applicai quindi a essa con un'attrazione (parola terribile e profonda nella dottrina delle arti) via via crescente e (lo ripeterò più volte, anche non raccontando quanto non feci) disprezzando sempre di più il tempo in cui la mia attenzione veniva distolta.

Anche oggi mi è però proibito divulgare le nascoste formule e le occulte sperimentazioni che utilizzai per comprendere la pietra e i suoi poteri: metodi, rituali e conoscenze tali da stupire persino chi fra voi si ritiene educato alle dottrine originariamente svelate da Toth o iniziato ai magisteri di Zoroastro. E solo perché possiate verificare in parte il mio racconto, senza per questo trasformarlo in un elogio imponderabile della mia scienza, vi svelerò come usai il principio del fascino del simile e del disgusto fra il difforme. Con i principi insegnati all'uomo antidiluviano dagli angeli maledetti, quell'alchimia battezzata dall'antica parola egizia *chem*, a esprimere il nero della terra del Nilo, e con i procedimenti tramandati da Zosimo di Panopoli, scoprii come la pietra fosse in simpatia con l'oro, la betonica e il rubino e in contrasto invece col piombo e la verbena. Usando il metodo del doppio bollitore, insegnato dalla sorella di Mosè e dalla quale prende il nome di "bagnomaria", osservai la condotta della pietra riscaldata ai vapori della pozione realizzata con aceto, calce spenta e mezza oncia di acqua vivente. Applicando la dottrina magica del "come in basso così in alto" ne analizzai la luce trovandola fulgida nell'esaltazione del Sole sul diciannovesimo grado dell'Ariete e appena più opaca nell'ascendente di Saturno, il Sole Nero sigillo di grande sventura.

Anche per un analfabeta nelle arti sarà ovvio come le mie parole siano solo una massima semplificazione, la labile traccia del sentiero compiuto verso la comprensione, e come quanto avrebbe potuto riempire un'intera vita di pratica e di studio anche a me costò diversi anni. Certo, non potevo occuparmene a tempo pieno, me lo impedivano (contrastando sempre di più la mia volontà nella negazione di quanto desideravo) i doveri dell'ufficio svolto presso il Bentivoglio. Così, devo confessarlo, solo al tramontare del secolo, meravigliato, riuscii ad afferrare il segreto della pietra e posso descrivere quanto scoprii solo con le parole incise nella Tavola di Smeraldo, stretta nelle mani rattrappite della mummia di Ermete: "Qui è il potere che vincerà tutte le cose sottili e penetrerà ogni cosa solida".

Il valore di quella pietra, lo ammetto, mi confuse e, ancora incredulo del favore ricevuto, ebbi un solo, unico obiettivo: restituire l'integrità a quel nume dall'impossibile potenza.

Però, prima che la narrazione possa giungere al suo apogeo per poi trasformarsi, mescolandosi con il presente, vanno ancora messe a posto le ultime pedine e allora rievocherò quanto di quegli anni è necessario sapere.

Rasserenatavi, non è certo molto: una battaglia, un'elezione, un matrimonio.

La battaglia è quella di Fornovo, dove il re di Francia, l'ottavo a titolarsi Carlo, ritornando in patria dopo aver occupato il Regno di Napoli, trovò ad attenderlo un esercito al soldo di Venezia e di Milano. Del perché quel giovane re si trovasse lì con i suoi soldati non è cosa parlare, si accrescerebbe il già lungo discorrere col solo scopo di mostrare una facile erudizione. Un particolare però è degno di essere riferito: passando per la Toscana all'inizio della sua avventura, Carlo provocò la caduta della famiglia dei Medici, signori di quelle terre. Piero, l'insopportabile figlio di Lorenzo (la cui antipatia è solo in piccola parte scusata dall'ovvia difficoltà d'aver servito da rampollo a un padre detto il Magnifico) fuggì a Bologna senza combattere e Giovanni Bentivoglio, ospitandolo, lo redarguì insegnandoli che: "Un principe deve scendere dal trono solo spento, se giammai udrete di Giovanni Bentivoglio cacciato da Bologna non vogliate crederlo, ma credetelo piuttosto tagliato in pezzi minuti facendo resistenza ai suoi nemici". Ricordare queste parole, apparentemente superflue nello svolgersi attuale del racconto, potrebbe più tardi regalarvi un sorriso.

Comunque a Fornovo il mio signore comandava 200 lance, combatté da valoroso e alla sua parte arrise la vittoria.

Questa estrema sintesi di un combattimento che lasciò sul terreno qualche migliaio di morti, ha consentito di guadagnare tempo a sufficienza per una curiosa riflessione. Ovvero, se per buona sorte avessi offerto i miei servigi al re francese, cambiato un Giovanni in Carlo e un signore in sire, quadruplicato il numero degli avi, avrei comunque potuto commentare il combattimento con le medesime parole. Infatti l'eroismo è attributo inseparabile della cronaca complice di ogni battaglia a cui il proprio benefattore è in qualche modo collegato (indipendentemente dalla fragorosa distanza frapposta fra le sue orecchie e il fastidioso cozzare delle spade) e, a Fornovo, entrambe le parti si dissero vincitrici. L'una perché si ritrovò alla fine padrona del campo, l'altra perché aveva il solo obiettivo di andarsene da quel campo e ritornarsene a casa. Se l'esito dello scontro vi incuriosisce, potrete quindi averne una lettura in bolognese (secondo Dante la più bella fra le lingue parlate in Italia) e, in lingua franca, il suo esatto opposto. Invece, da parte mia questa battaglia non mi incomoderà più, essendo servita al suo scopo: inserire nella storia il re di Francia e il suo desiderio di aggiungere un pezzo d'Italia alla sua corona.

Il secondo evento da riferire è l'elezione di un papa, sebbene il termine non sia propriamente corretto. Intendiamoci, il papa fu creato davvero, ma non si trattò di una vera e propria scelta, infatti lo spagnolo Rodrigo Borgia comprò i voti dei suoi colleghi cardinali offrendo castelli, abbazie, vescovadi, chiese, città e persino il suo palazzo, con tutti i mobili e la fornitissima cantina, venne ceduto ad Ascanio Sforza, l'altro papabile con uguali meriti ma differenti mezzi.

Il nuovo pontefice assunse il nome di Alessandro VI e, in obbedienza al libro della Genesi che recita "crescete, moltiplicatevi e abbiate dominio sul creato", riconobbe pubblicamente i suoi numerosi figli e cominciò subito a darsi da fare per avverare la seconda parte del comandamento. E mentre i semplici celebravano compiaciuti l'incoronazione di un papa ricco, intelligente e innamorato della vita gioconda, la misura del loro errore venne rivelata dal terzo episodio: un matrimonio basato sull'ottimo auspicio di un funerale. Infatti alla morte di Carlo, il vinto vincitore di Fornovo, chi gli successe sul trono, il dodicesimo Luigi, spasimava per la vedova del suo predecessore, Anna di Borgogna, di cui sopra ogni cosa adorava la dote. Purtroppo però Luigi era già sposato e quindi, per poter legittimamente sostituire la nuova regina rinnovando la vecchia, aveva bisogno del papa. Così papa Alessandro, cupido, mandò in Francia suo figlio Cesare con la bolla di divorzio e il re lo nominò immediatamente duca del Valentinois promettendogli tutto l'aiuto necessario perché potesse fondare un suo principato. Anche Luigi infatti, imparentato con i Visconti, famiglia ben rappresentata dalla vipera che ne forma lo stemma, si interessava all'Italia aggiungendo alle pretese su Napoli quelle ben più pericolose sullo stato di Milano e, soddisfatti i suoi capricci, fu pronto a prodigarsi per quelli del figlio del papa.

Dato l'argomento della narrazione non è certo difficile indovinare quale città desiderasse il Valentino come capitale del suo futuro stato.

Così, mentre svelavo a un incredulo me stesso le prodigiose facoltà della pietra, dinanzi al mio signore si presentava proprio chi, protetto da titoli fieri e prestigiosi accordati dal papa e dal re di Francia, desiderava prenderne il posto di principe: il duca Valentino veniva infatti nelle vesti di comandante di un esercito multiforme incaricato di riconquistare al governo di Roma, Imola e Forlì, città non solo molto vicine a Bologna ma appartenenti come lei al patrimonio di San Pietro. E Cesare Borgia, onorando il banchetto a tale scopo ipocritamente organizzato, si divertiva allo spettacolo offerto dal Bentivoglio, fingendo di nascondere dietro un boccone di pernice il sorriso provocato dal furore represso di Giovanni, costretto a convenire sulla necessità di ricondurre le Romagne alla guida del pontefice.

Annoiato da questa brutta commedia e ancora affezionato al mio signore abbastanza per irritarmi allo spasso evidente dell'ospite impegnato a indovinarne gli scoppi di bile, ora nel colorarsi del viso, ora nello stonare della voce, suggerii, anzi, ingiunsi al Bentivoglio di invitare il duca a trattenersi per la notte a palazzo. Forse sottovalutai il figlio del papa, ma voi non offendetemi credendo avessi in mente qualcosa di così clamoroso e volgare come un omicidio sorretto e perpetrato nel buio disarmato della notte: mi confondereste con Lucrezia, la sorella del nostro visitatore, o con quanto si dice di lei.

Io volevo solo un capello.

Ed eccomi nuovamente costretto a fermarmi per cicalare dell'elementare, ritornando all'abc delle arti oscure. Unghie e capelli, sebbene non abbiano alcuna sensibilità e siano apparentemente morti, crescono molto più del resto del corpo, conducendo una vita propria e partecipe di una maggiore vigoria. Sono quindi strumenti straordinari per combinare due dei principi fondamentali della pratica magica: la legge dell'affinità per cui il simile produce il simile, ovvero l'effetto rassomiglia alla causa, e quella del contagio, per cui le cose che hanno avuto contatto tra loro continuano ad agire reciprocamente a distanza. Mi sarebbe bastato quindi un solo capello per impadronirmi della testa su cui era cresciuto.

Ma, ripeto, probabilmente disprezzai l'avversario, perché Cesare Borgia, declinò fermamente l'invito, preferendo al più bel palazzo d'Italia l'ospitalità mercenaria dell'osteria del Quaquarello, subito al di là del ponte sul Reno, e se le parole che espressero il rifiuto furono rivolte al mio signore, lo sguardo che ne rivelava il motivo era fisso nei miei occhi.

Questa fu l'unica occasione in cui vidi il Valentino, il quale presto, grazie a quella generosità normalmente raccomandata al genitore, divenne anche duca delle Romagne. Ma per fortuna mi impressi nella mente i lineamenti del suo volto e della sua figura, il suono della voce e il mutarne del timbro, il modo di camminare e di stare perché, negli anni successivi, il suo nome e la sua esistenza riuscirono a colmare la mia pazienza ben oltre i suoi limiti più generosi, costringendomi alla fine a intervenire per cancellarlo dalle vicende della storia.

Trascorso meno di un anno dalla sua visita, dopo aver riunito le bande di cavalieri spagnoli e i soldati dello stato pontificio alle 300 lance francesi e ai 4000 fanti, fra svizzeri e guasconi, condotti dal celebre capitano Alegre, Cesare Borgia aveva preso non solo Imola e Forlì ma anche Rimini e Pesaro, i cui principi fuggirono a Bologna senza nemmeno accorgersi di avere una spada legata al fianco. Il Bentivoglio li beneficiò di quel coraggioso sermone elaborato quando aveva dato rifugio all'esule

Piero dei Medici, sottraendosi però dal mandare aiuto ai faentini, impegnati nella coraggiosa difesa della loro città e del loro giovane signore, quell'Astorre Manfredi di cui dicemmo come fosse stato reso orfano dalla sua stessa madre, Francesca Bentivoglio. Giovanni ignorò il nipote e le richieste di soccorso giunte in suo nome, ma se sperava così di evitare sgradevoli attenzioni si dovette presto ricredere.

I segni, d'altra parte, erano chiari. Al Tedo, mentre una terribile grandinata con chicchi pesanti fino a sette libbre uccideva gli animali, una saetta percosse la colombaia dei Bentivoglio abbattendone dalla sommità il bel piccione di gesso. Poi, improvvisamente, morì Nicolò Rangone, il cavaliere di Sapienza, privando le milizie bolognesi di un capitano abile e temuto proprio quando il duca Valentino, come per saggiare il coraggio e la combattività del mio signore, chiedeva formalmente gli fosse ceduta la fortezza di Castel Bolognese lungo la via per Imola. Si era alle prime schermaglie e Giovanni mandò subito Mino dei Rossi, ritenuto il suo più abile ambasciatore, da Luigi a impetrare, armato di una borsa di 40.000 ducati, la protezione del re di Francia. In quegli anni, forse lo ricordate, un ducato veniva cambiato per tre lire e otto soldi, il decoro e la stima, come spesso accade e più spesso ancora viene vanamente ripetuto, valeva molto meno. Io naturalmente fidavo più nelle private capacità che nel comperare a caro prezzo l'altrui affetto, ma il mio signore all'azzurro dello zaffiro aveva preferito i colori della vergogna, accusandomi con il suo silenzio del fallito piano per eliminare il Valentino in occasione del banchetto e attribuendo quindi le sue colpe all'unica persona che, prevedendo il futuro, aveva provato comunque ad architettare qualcosa.

L'atteggiamento del Bentivoglio non mi scompose, fin troppo presto, lo sapevo, sarei inevitabilmente tornato a essere il suo principale interlocutore, gravato del peso dei suoi problemi e primo bersaglio della malizia dei suoi nemici. Nel frattempo mi impegnai per attuare un nuovo passaggio di mano della pietra, da quelle, di chiunque fossero, che attualmente la stringevano a un paio capaci di apprezzarla e soprattutto di servirsene. La qualità stessa di quel talismano eccezionale guidava la mia ricerca: chi la possedeva infatti doveva forzatamente occupare una posizione di rilievo, come chi l'aveva posseduta doveva aver avuto autorità e potere. Così, qualunque cosa facessi, parte della mia mente continuava ad arrovellarsi sulle casate più nobili e illustri, sui nomi più influenti se non dominanti, mischiando nella ricerca prossimo e remoto e diventai indiscutibilmente il maggior esperto di storia bolognese, pur muovendomi, al contrario di essa, dal presente verso il passato.

Il primo passo dell'indagine era stato, come è ovvio, il più semplice. Per scoprire come quella pietra incastonata nel crocifisso fosse arrivata al mio signore mi era bastato interrogarlo con l'accortezza di ribaltare l'oggetto in una domanda insaporita dalla più perfetta noncuranza e lasciata cadere nelle fessure di ben altra conversazione. In questo modo mi fu rivelato che l'antico crocifisso, sì, quello decorato da un sassolino levigato, era stato donato diversi anni prima a Sante Bentivoglio da Giacomo e Guido Pepoli e solo con difficoltà, lo ammetto, riuscii a trattenere l'esultanza nel vedere pienamente confermato quanto già sospettavo a proposito della pietra.

I Pepoli, infatti, sono ancora una delle famiglie più importanti della città, ma (come se qualcuno davvero potesse ignorarlo) un tempo erano la principale. Furono banchieri arricchitisi al punto che Romeo venne considerato l'uomo più ricco d'Italia e suo figlio Taddeo poté comprarsi dal papa la signoria su Bologna, nascosta sotto il titolo di "vicario della Chiesa" e oggi io farei da consigliere alla sesta o settima generazione di Pepoli se i figli di quel Taddeo non avessero venduto la città a un Visconti. Nonostante tutto i bolognesi, stimando forse le capacità del mercante sopra quelle del principe, cacciato lo straniero, si divisero in Scacchesi e Maltraversi e ripresero a scannarsi fra loro per restituire o meno il governo ai Pepoli. Ma nel momento in cui la discussione, con le spade sempre ben strette in pugno, si mosse invece sulla scelta di concedere il primato alla famiglia Canetoli oppure ai Bentivoglio (perché nel mutare delle aspirazioni, dei disegni e dei comportamenti degli uomini la litigiosità dei bolognesi è una rassicurante costante) i Pepoli divennero partigiani di questi ultimi. La contesa trovò una conclusione quando Annibale Bentivoglio, padre del mio signore, venne ucciso per strada da Baldassare Canetoli. I bolognesi reagirono massacrando congiunti e partigiani dell'omicida, inchiodando il cuore del patriarca, Battista Canetoli, alla porta della casa di Annibale e offrendo la città a Sante Bentivoglio (che l'avrebbe retta nel nome del treenne Giovanni), a cui i Pepoli donarono la pietra appesantita da quella inutile cornice, rispettivamente l'origine del loro potere e il motivo della loro caduta.

Purtroppo dovetti ingoiare ogni eccitazione, rimandando l'esaltazione provocata dalla scoperta, perché la mia attenzione veniva, ancora una volta, costretta al Valentino e alle sue mire di assicurarsi un futuro e una dinastia alle spese del presente e dell'ascendenza del mio signore. In troppi infatti vantavano privilegi sulla città, chi ricordando libertà sancite dalla consuetudine e da bolle di papi più o meno remoti, chi basandosi sulle disposizioni e le angosce di padre del più recente di questi, tutti consapevoli però che il buon diritto, da solo, pesava meno di una piuma sulla bilancia dell'arbitro delle cose.

Mino dei Rossi era finalmente ritornato dalla Francia dove era riuscito a spendere più ducati di quanti ne avesse portati con sé ottenendo per Bologna la protezione del re, fatte salve, testualmente, le ragioni del papa (come dire, ti difenderò da tutto e da tutti esclusi i tuoi nemici) e se Giovanni si aggrappò comunque alla prima parte dell'impegno, brandendola minacciosamente, forse per rassicurare se stesso, re Luigi ne manipolò continuamente la seconda, reinterpretandola in funzione dei suoi interessi, con una sottigliezza e un'abilità ammirevole se partorita dall'intricato intelletto di uno dei tanti legulei che da cinquecento anni a questa parte affollano la città di Bologna, ma orribile e stonata nella bocca di chi si definisce sovrano.

Intanto l'esercito del duca si era impadronito di Faenza e mentre Astorre Manfredi veniva portato a Roma in catene, suo nonno Giovanni reagiva inviando due ambasciatori a congratularsi con il vincitore: furono benedetti con le sbarre di una prigione mentre il Valentino si dava al saccheggio del castello bolognese intitolato a San Pietro.

Una vera dichiarazione di guerra.

Il mio signore smise allora di piegarsi nell'inseguire la pace e chiamò il popolo alle armi. Vennero arruolati forestieri e mercenari, altri uomini scesero dalle montagne e furono persino aperte le carceri. Ed ecco il timore infettare il campo avverso e Paolo Orsini, uno dei capitani nemici, arrivò a Bologna per parlamentare. Avvicinandosi alla città trovò i soldati schierati lungo la via, dal ponte sul Savena fin dentro le mura e alla piazza, dov'erano disposti i cavalieri in armatura. E, si disse, questo truce, meraviglioso spiegamento di forze lo impressionò al punto da convincerlo della bontà della pace. La verità, come spesso accade, è un'altra, ben nascosta dalle manifestazioni più appariscenti. Fui io infatti a condire il suo pasto con polvere di ametista (quella pietra originaria dell'India nota per ricomporre i dissidi), ma se nemmeno allora mi venne riconosciuto alcun merito poco mi importa lo sia oggi che disdegno ogni gloria. Furono quindi altri a raccogliere il plauso di quella pace con il Valentino, a cui (nessuno può negare come venga detto per inciso) venne poi ceduta quella fortezza di Castel Bolognese che aveva scatenato la contesa, e Zeffirano invece ottenne solo infamia e denigrazione, quando l'invidia e la malizia sussurrarono all'orecchio del Bentivoglio che se si fosse mostrata subito la forza subito si sarebbe offuscata la minaccia. È vero, non ho difficoltà ad ammetterlo, ero stato io a consigliare le felicitazioni per il trionfo su Faenza (e se Astorre Manfredi fosse cresciuto assomigliando indifferentemente al padre o alla madre o, anatema!, a una mescolanza dei due, c'era davvero da rallegrarsi per lo scampato pericolo), ma, voi lo sapete, ambivo solamente ad avere il tempo di occuparmi di quanto mi premeva, e non mi preoccupavo certo del modo in cui lo ottenevo o, come ho già detto, d'aver riconosciuto il merito d'averlo procacciato.

Si scrissero dunque le capitolazioni di pace e vennero rogate in un atto notarile "affinché fra l'Illustrissimo e Reverendissimo Signore Cesare Borgia duca del Valentino in Francia e il Magnifico Reggimento della città di Bologna e il signore Giovanni Bentivoglio in amore e amicizia e in perfetta benevolenza vi sia buono e ottimo vicinato": l'anno successivo, ad avvalorare l'utilità dell'antica arte notarile e l'acume dei consiglieri di Giovanni, si era nuovamente in guerra.

Quell'amore breve e improvviso col duca Valentino, sbocciato in primavera all'ombra dei cimieri e delle lance dei cavalieri, mi consentì però di progredire nella mia ricerca. Non trovai nulla, sia chiaro, però riuscii abilmente a scartare alcune possibilità, eliminando al contempo possibili ostacoli.

Mi servii di parole persuasive il cui effetto è accresciuto dall'ambra grigia e dallo smeraldo o, se preferite, della calunnia. Semplice per i più potenti (facili, nel loro credersi sempre al centro delle aspirazioni e delle attenzioni altrui, a immaginarsi oggetto di complotti), più potente per i semplici. Per liberarmi della presenza ingombrante del vescovo di Bologna, Giuliano della Rovere, bastò insinuare come gli accordi fra il Bentivoglio e il duca prevedessero un suo immediato e ben scortato viaggio a Roma atteso dal papa in persona, a cui, se c'è bisogno di dirlo, non lo legava una particolare amicizia: l'alto prelato riparò prima nella rocca di Cento poi, valutati i pregi della distanza, pensò bene di andarsene a Savona. Appena più complesso e definitivo fu invece il piano con cui affrontai quella famiglia Marescotti che mi ero convinto dovesse possedere una parte della pietra. Galeazzo, il loro ormai decrepito patriarca, era ritenuto infatti il simbolo stesso dell'assoluta fedeltà e della dedizione alla casata del mio signore da quando ne aveva liberato il padre Annibale, assaltando praticamente in solitudine il ben munito castello in cui era tenuto prigioniero e avviando così la riconquista della signoria dei Bentivoglio sulla città. Un'impresa davvero straordinaria. Talmente eroica da farmi sentire il dovere nei confronti della Verità, di ricondurla all'ambito a essa sicuramente più consono della leggenda, eliminando qualche testimone fra quelli con maggiore interesse a rievocarla. Per farlo avevo bisogno di un'anima feroce, di qualcuno pronto a frantumare gli ostacoli perché incapace di aggirarli: Ermete Bentivoglio, figlio del mio signore. Perciò consegnai a sua madre Ginevra Sforza delle lettere, prova, tanto inoppugnabile quanto falsa, di una nuova, terribile cospirazione tramata ai danni di suo marito Giovanni. Senza dire nulla, Ginevra scatenò il suo piccolo mostro e le teste dei Marescotti cominciarono a cadere.

Purtroppo, come scoprii, nessuno di loro aveva nemmeno una briciola della pietra, ma in fondo per Galeazzo (scampato all'eccidio grazie ai magri avanzi del suo credito) che aveva ucciso e perseguitato gli avversari dei Bentivoglio trovarsi improvvisamente sulla lista dei propri nemici fu certo un'utile pratica per quando, di lì a due anni, sarebbe sprofondato all'inferno.

Giovanni invece non apprezzò il contrappasso e anzi commentò la vicenda dicendo, o meglio sentenziando: «Questa sarà la mia rovina». Chissà se si riferiva all'aver scovato dei traditori fra chi reputava appartenere alla più stretta cerchia dei suoi fautori oppure se davvero cominciasse a cogliere lo sgretolarsi della più robusta fortezza del principe: non essere odiato dal suo popolo. Sinceramente io propendo per l'egoismo più puro della prima ipotesi, ma non vogliate leggere nella mia preferenza solo il giusto livore che nutro per il Bentivoglio, ma piuttosto il fatto di avere coinvolto nella congiura Benedetto Modenese, il suo cameriere personale, certo abile nel mestiere, ma, a mio parere, dotato di una lingua troppo mordace.

Così Giovanni, rivelatesi un infido ricettacolo di omicidi

anche le ombre più prossime alla sua stanza da letto, si affidò di bel nuovo al suo consigliere più antico (e forse avrei ancora potuto aggiungere "fidato").

Ricevuti segnali se non proprio di tempesta, di un annuvolarsi nelle relazioni con il duca Valentino, venni subito incaricato di rinnovare la richiesta di protezione a re Luigi di Francia per il tramite di un giovane ambasciatore inviato dalla città di Firenze in missione presso la sua corte. Con l'assoluta certezza della completa inutilità della manovra mi rassegnai al volere di Giovanni e spiegai al legato come gli uomini guardino al fine delle cose poco curandosi dei mezzi, dicendogli di riferire quindi al sovrano che i bolognesi con qualsiasi mezzo avrebbero impedito il fine di ritrovarsi per tiranno Cesare Borgia.

Niccolò Machiavelli, questo era il suo nome, seppure avvinto dalle mie parole, ovviamente non ottenne nulla per Bologna.

Però, il mio signore, caparbiamente, voleva percorrere la strada della protezione francese e allora, docilmente, mi risolsi a soddisfare la sua fissazione. Suggerii una nuova ambasceria, capeggiata però da un Bentivoglio e ben provvista di doni preziosi. Chiarii come entrambe le connotazioni erano comprensibilmente volte ad accrescere l'importanza della delegazione, mentre i dettagli davvero importanti erano soltanto due: la presenza di un ben ammaestrato Alessandro e un particolare anello da consegnare personalmente al re. Ancorché d'estremo interesse sarebbe altrettanto lungo raccontare dei vincoli e degli incanti contenuti in quel cerchietto di metalli e pietre preziose, accontentatevi quindi del resoconto dei suoi effetti, ché quando lo vide Luigi elesse subito il dito da privilegiare e appena lo infilò stabilì e promise che né papa né duca avrebbero avuto il suo aiuto qualora fossero giunti alla guerra contro Bologna.

Così quando il Valentino intimò di scacciare i Bentivoglio in ubbidienza al desiderio del papa di liberare la città dalla tirannia (l'articolo indeterminativo sarebbe probabilmente più corretto) i bolognesi conclusero e risposero come Giovanni e i suoi figli fossero in verità i veri custodi della quiete e della libertà: vietarono loro di varcare le mura e i conservatori della quiete cedettero a tanta violenza e tale costrizione con somma compostezza e buona grazia.

Era di nuovo guerra. E a questa seguì una nuova pace, sottile coperta del malanimo del papa contro la città e sicuro prologo di un'altra guerra a introdurre una quiete precaria nell'attesa di un qualche evento efficace al punto da trasformare guerra e pace in vittoria e sconfitta. Comunque, a chi ancora gradisse la monotonia di fragili tregue a interrompere il disporsi alla battaglia, e a chi al loro susseguirsi fosse in qualche modo interessato, consiglio di ricercare qualche altra fonte a cui dissetarsi, perché io sono stanco di ridirne. Quindi chi (come me) è annoiato dall'insistere sullo stesso avvenimento può sospirare il proprio sollievo chiedendosi, se lo desidera, come dovessi sentirmi io che, sprovvisto di una rapida e ben raccontata sintesi, ne vivevo giorno per giorno ogni sfumatura, sopportando ora per ora i mutamenti di umore provocati nel mio signore.

Per questo, finalmente, decisi di agire. Per questo e per quanto mi appresto a raccontare, perché, prima di ricordare la mia impresa (se non la più grande certo fra le più famose), devo descrivere un altro evento, utile non solo come espediente narrativo per esasperare l'attesa, ma anche per la conclusione ormai prossima della storia. Naturalmente riguarda la pietra e di come mi convinsi che dovesse essere sepolta nella Chiesa di San Domenico insieme a quello sfortunato re figlio di imperatori di cui il Bentivoglio, scelto o scoperto di averlo per capostipite, aveva fatto spostare il corpo erigendogli un nuovo monumento funebre. È vero, re Enzo visse a Bologna, in senso letterale e figurato, la parte più lunga della sua vita. Era prigioniero, però si trattava comunque dell'ultimo superstite della potentissima casata imperiale di Svevia e a lui non mi portò soltanto la filosofia e la sapienza delle arti (affinità e simpatia, ne ho già parlato), ma anche un'accurata descrizione del suo funerale: il corpo abbigliato con vesti regali, come un sire pagano era stato circondato di oggetti preziosi, speroni, scettro, una corona d'argento e oro e, soprattutto, una spada dall'elsa luminosa. Fu questa a incuriosirmi e per arrivarvi non dovevo nemmeno violare tombe e profanare cadaveri. Ovviamente l'avrei fatto, ma non ce ne fu bisogno, perché dopo la traslazione le cose con cui era stato sepolto il re erano state tolte, chissà se per un rigurgito di fede o perché si ritenevano ormai inutili allo spettro di Enzo dopo oltre duecento anni trascorsi nell'Ade. Mi fu quindi facile raggiungerle e ancora oggi sento l'impazienza e l'intensa emozione provata quando, liberandole dall'involto che le proteggeva, avvertii al tocco la forma di una lama. L'euforia di quando gli occhi confermarono alle dita tremanti l'esattezza di quella forma.

La delusione fu enorme.

Tutti i progetti e le speranze e le fantasie faticosamente accantonate, anno dopo anno, in quel ripostiglio della mente accessibile solo con l'irragionevole chiave del sogno, erano straripati in quei pochi istanti in cui svolgevo il fagotto per poi avvampare e consumarsi fulminee alla vista di una spada priva dell'elsa (se queste parole davvero descrivono qualcosa). Solo ai pochi fra voi a cui, per innocenza o distrazione o semplice indifferenza, sfuggisse ancora il motivo per cui con foga sempre maggiore cercavo la pietra, riuscirà incomprensibile il pieno, cupo sconforto di quel momento in cui il mio futuro si ridusse nuovamente a un principe dal trono traballante, circondato da nemici sinceri e dagli amici più falsi.

Ero talmente convinto di essere finalmente prossimo al restituire l'integrità alla pietra e la dovuta posizione a Zeffirano che, quel giorno, eccezionalmente, non riuscii a contenere la mia frustrazione.

Vagai senza un perché, senza un dove e senza vedere nulla finché la rabbia proruppe impetuosa. Incidentalmente a farne le spese non furono uomini o animali, ma delle statue, opera recente e di maniera di un artista forestiero a rappresentazione del compianto sul Cristo morto. L'energia furiosa che scaturì trasformò il dolore quieto delle Marie in quell'ossessione, nelle urla e nella disperazione forsennata, nell'orrore degli sguardi di quegli attori di terracotta che oggi attirano pellegrini e artisti ammirati da ogni dove.

E, come dicevo, anche questo fallimento mi convinse ad agire contro gli avversari di Giovanni Bentivoglio nel rispetto dell'equazione che trasformava tutto il tempo offerto alla sua signoria in tempo disponibile per la mia ricerca.

Avevo già comandato a larve e lemuri, succubi e incubi di sorvegliare i nemici del mio signore, controllarne le mosse, comprenderne i piani, ma fu Empusa, il folletto cambiaforma, a riferirmi finalmente come il papa e il suo buon figliolo avessero deciso di avvelenare, durante un banchetto, alcuni cardinali ricchi e sgradevoli (o forse soltanto ricchi, non ricordo). Aspettai allora il momento giusto e, in una notte in cui la luna emanava tre vivide lame di fuoco, mi chiusi in una stanza munita di quattro specchi e tracciai sul pavimento la Grande Chiave di Salomone. A ogni segno, attento alla più piccola inflessione, recitai le precise formule del rito: «Aglon Tetagram Vaycheon...» (ché la parola deve rimanere inalterata per conservare il proprio potere, come ben sa chi fra voi ora sorride altezzoso ma poi, senza conoscere una parola di latino, reciterà le proprie orazioni concentrato nel riprodurre suoni e non significati). Nel fumo e nel profumo dell'incenso estratto dal legno di sandalo rosso, con gli strumenti forgiati nel giorno e nell'ora di Giove in un periodo di luna calante, invocai la virtù dei cieli e delle stelle che li muovono, mi segnai con la croce equilatera, simbolo dei quattro elementi e dei quattro punti cardinali, muovendo la mano sinistra da nord verso est nel senso contrario alla direzione del sole perché perseguivo un'impresa malefica. Poi accesi il braciere al centro della Grande Chiave bruciando il succo di foglie d'alloro mischiato a canfora, sale, resina bianca e zolfo e solo allora dissi il nome che Aronne pronunciò per divenire saggio, "Anexhexeton", convocando chi è indifferente al bene e al male.

Le date in realtà non servono a molto, basta farcire la cronaca di "prima" e di "dopo" (è solo quando si mutano in "adesso" che l'edificio crolla), ma una, una sola, per giusta presunzione, devo riportarla: 21 agosto 1503 quando a Bologna giunse la notizia della morte di papa Alessandro. Era stato avvelenato insieme al duca Valentino durante un banchetto in Belvedere, ma mentre il figlio, più velenoso di qualsiasi veleno, sopravvisse, il padre, nel diciottesimo giorno del mese di Augusto, dopo undici, spietati, anni di pontificato, spirò, preda degli atroci tormenti orditi per i suoi magnifici cardinali: il difficile e pericoloso incantesimo di Zeffirano era riuscito, gli scalchi del papa, ottenebrati dalla magia, avevano confuso i fiaschi del vino e avevano servito al loro padrone quello inquinato.

Quel giorno, Giovanni Bentivoglio, solito ormai a vestire di morello, indossò un abito rosato.

Una spada senz'elsa è probabilmente una bella descrizione di un re senza regno, ma per me rimaneva una delusione bruciante anche se in fondo dimostrava come fossi sulla strada giusta. Qualcuno però l'aveva percorsa prima di me e (solo pervertendo e violentando la mia natura alla fine riuscii a capirlo) si era nascosto alla mia ricerca travisando il potere della pietra e usandola per scopi diversi da quello suo proprio.

Il filo del Destino e il filo della Fortuna continuavano intanto a intrecciarsi e il loro ordito incessante portò alla creazione di un nuovo papa che, lungimirante, scelse un nome breve, umile e di buon augurio. Bologna fu pronta a onorarlo con banchetti e balli e fuochi e musiche e scoppi di artiglierie rivelatisi ben più lunghi dello stesso pontefice: Pio Terzo durò infatti soltanto ventisei giorni.

Le celebrazioni, risolute, ripresero non appena si seppe come a sostituirlo fosse stato chiamato Giuliano della Rovere, già vescovo della città (forse lo ricorderete citato in precedenza in relazione a intrighi e complotti e all'impossibilità di persuadere i potenti che, a volte, l'universo mondo possa avere intenti diversi dal tramare ai loro danni). Giuliano, come volesse elaborare il significato simbolico dell'assumere un diverso nome all'atto dell'elevazione a capo della Chiesa, indicando nella sua nuova vita una sintesi della vecchia, decise di chiamarsi Giulio (e spaventate o convinte da tanto ardire, persino le monete d'argento a Roma ne seguirono l'esempio mutandosi da carlini in giulii). Tale battesimo era già un indizio sufficiente, ma i bolognesi, incoscienti, attesero fino al ritorno degli ambasciatori per cominciare a preoccuparsi: il resoconto di Antongaleazzo, andato a Roma per congratularsi con un papa e felicitatosi con un altro, troncò infatti ogni allegria descrivendo la scarsa inclinazione di Giulio Secondo verso Bologna e la sua estrema malevolenza nei confronti del Bentivoglio, accusato di aver intrigato e cospirato anni prima per consegnarlo al suo nemico, Alessandro Sesto (ecco il papa condannare l'ubbidienza ai comandamenti di un papa).

La notizia della fuga in Spagna del duca Valentino sollevò un poco l'animo del mio signore. Avvolto in arguti commenti su come questa provasse la fugacità della sua minaccia (chiose irripetibilmente mediocri, ma soprattutto indifferenti e ingrate a chi e a cosa aveva reso di paglia quel fuoco che, per poco, non aveva ridotto tutto in cenere) cominciò a rasserenarsi, preferendo l'infondata ostilità del nuovo pontefice alla guerra dichiarata del vecchio.

Un giorno però, all'improvviso, l'aria si fece fosca e, in qualche modo, alterata. Si riempì dell'odore fetido del giusquiamo e dello zibetto, le sinistre sostanze care a Saturno, e, mentre si alzavano venti strepitosi, si moltiplicarono tuoni orribili, fragorosi al punto da sovrastare perfino le urla del proprio vicino, ma talmente repentini da vietare ogni ragionamento, quasi si nutrissero di qualsiasi pensiero non fosse lo sgomento. Finalmente una luce accecante lacerò il nero. La folgore si abbatté sulla torre dei Bentivoglio, fracassò sette volte di pietra aprendo un largo squarcio dalla cima fino alla base e, insinuandosi fin dentro lo studio di Giovanni, distrusse un enorme specchio. Poi, per diversi giorni, la terra tremò, imparziale, puntuale e inesorabile. Le campane delle chiese presero a suonare da sole e ripetevano sempre e soltanto, monotone ma straordinarie, l'ossessiva chiamata a morto. La gente, spaventata, disertava le pareti della propria casa e creava per le strade un confuso villaggio di padiglioni e capanne d'arazzi e lenzuola.

La torre superba dei Bentivoglio si piegò a sfidare la *domus magna*.

Il segno era chiaro. A chiunque, anche a Giovanni. Anche non avesse vincolato con incanti indissolubili la sua fortuna a quella cima pericolante. Anche non avesse eretto quel palazzo ora in pericolo a dar forma alla propria autorità.

A quel monito diretto e fin troppo esplicito si aggiunsero poi nascite mostruose e portentosi avvistamenti e una terribile carestia portò il prezzo del grano a dieci lire alla corba, addirittura sedici ducati il rubbio a Roma.

Il mio signore, turbato, chiese oroscopi a chiunque fosse o si fingesse capace di dissertare del futuro: tutti gli indovini della città, fossero professori o lettori di Astronomia e Medicina all'università (come il sempre prono Giacomo Pietramellara o il deforme e deformabile Ludovico Vitale) o ciarlatani dal nome già dimenticato, se mai ne avessero avuto uno, o si trattasse di Zeffirano, il cui inascoltato avviso, come sapete, era arrivato ben prima di questi malaugurati fenomeni. Ne avessi il tempo, e vi sapessi anche solo un poco addentro alle molteplici tecniche della manzia, anche oggi riuscirei a ridere con voi raccontando quanto ascoltai in quei giorni sulla congiunzione di Giove, Saturno e Marte nel primo grado del Capricorno, sull'opposizione dei luminari e sull'eclissi di Sole in Bilancia di oltre dieci anni prima. Anzi, ancora sorrido ricordando dei fasti divinati nel modo di becchettare il miglio di un gallo argentato o gettando terriccio su una tavola o eliminando punti disegnati sulla carta, o nel leggere con lo Zohar il futuro tracciato a chiare lettere dalle stelle della notte nell'antico alfabeto ebraico.

Comunque, qualunque fosse il metodo, gli astrologi assicurarono che gli eventi, pur procedendo dal cielo e dagli aspetti celesti e dalle loro disposizioni "eran cose solite, alle volte, a intravenire, tuttavia niente, interamente, presagivano".

Io, invece, non predissi nulla.

Dissi.

Il santo Colombano nella sua regola insegna come sia opportuno tacere se non per le cose utili e necessarie. Ma, chiedo, utili a chi? Capitò infatti mi fosse utile tacere e necessario vedere la reazione del mio signore a quanto avrei taciuto. Terribile dilemma con una semplicissima soluzione: tacere parlando per bocca altrui e così, mentre tutti magnificavano il futuro di Giovanni e della casa Bentivoglio, Luca Gaurico, ben ammaestrato e felice in cuor suo di esibirsi con le profezie di Zeffirano, dipinse l'avvenire con i colori della tragedia.

Come finì?

Con quattro tratti di corda e le segrete dell'Inquisizione a cui il mio signore lo consegnò come evocatore di demoni, eretico e traditore di Cristo (a pensarci, la meritata fine di chi vuole predire le cose altrui senza sapere le proprie) e anch'io blaterai allora di un'infinita teoria di Bentivoglio impegnata nell'armonioso sempiterno avvicendarsi nel signoreggiare la città di Bologna.

Giovanni fece demolire la torre (quando mentii con convinzione su come il togliere gli stemmi preziosi dei suoi parenti dalla vetta merlata fosse un esorcismo adeguato e sufficiente) e ritornammo alle feste, ai giochi e ai piaceri.

Però, prima di restituire la memoria a tali distrazioni e alle loro drammatiche e definitive conseguenze, devo riferire un fatto stupefacente.

Quando l'edificio fatiscente minacciava ancora casa e casata, l'una materialmente, l'altra per simpatia occulta, della famiglia Bentivoglio solo Giovanni ed Ermete erano rimasti ad abitare nel palazzo. Naturalmente anch'io, sapendo di non aver nulla da temere, continuai a vivere nella *domus magna*, assaporando la libertà di vagare ed esplorare stanze e appartamenti in cui mai in tutti quegli anni avevo messo piede.

Così, dopo aver appreso la storia della città nei più minuti dettagli, dopo aver letto ogni cronaca, statuto, provvigione o documento, fossero dichiarazioni di guerra, estimi o atti di vendita di una zolla di terra, dopo aver studiato ogni lapide e iscrizione, interpretando anche l'antica e ormai perduta lingua dei toschi, dopo aver rivissuto migliaia di vite e centinaia di generazioni, dopo aver svelato i segreti e celato il palese, trovai un anello.

Non era nemmeno nascosto, solo appoggiato, abbandonato, dimenticato in uno stipo della camera di Ginevra Sforza. Allora dovetti anch'io sostenermi, trascurarmi, scordarmi per un attimo prima di riuscire a capire cosa mi avessero donato curiosità e indiscrezione o forse la noia e l'incapacità di pensare a un diverso passatempo o, se preferite, il Destino, la Sorte, la Fortuna. Tremando e fremendo nel fragile ancorché sciocco timore di un'illusione, raccolsi la pietra montata in quel cerchietto sicuramente antico e dal valore inestimabile ma che gettai non appena fu separato dal vero tesoro di cui si faceva maschera.

Per quanto vi possa sembrare strano o contraddittorio sapevo di aver trovato solo un altro pezzo della pietra, certo non quello che aveva ornato l'elsa della spada di re Enzo. La gemma, ne ero convinto, doveva essere stata divisa in tre parti perché tre è il primo totale, il numero perfetto con un inizio, un centro e una fine, il numero che comprende tutto il tempo, presente, passato e futuro, e tutto lo spazio, lunghezza, larghezza e profondità. Quindi, quando i frammenti, posti l'uno accanto all'altro, negarono con la loro stessa forma la restituita integrità, non mi rammaricai, anzi, sbalordii, incantato ed estasiato nel constatare come la pietra confermasse ancora una volta i suoi poteri. Le due parti infatti si studiarono, si riconobbero, si attrassero e si unirono fra loro, comportandosi proprio come fossero argento vivo, la sostanza, liquido e metallo a un tempo, che realizza la comunione degli opposti. Tutto infatti si svolge in perenne oscillazione fra contrari: il giorno cede alla notte, l'estate all'inverno, la quiete è rotta dalla tempesta, quanto nasce morirà, il forte diventerà debole, il debole forte. E se i filosofi più remoti chiamavano "giustizia" l'equilibrio degli opposti, io dico potere la sintesi che li trascende.

Per una volta l'intima gioia della scoperta poté contemplarsi e rinnovarsi in quella lasciata impazzare in città da Giovanni Bentivoglio. Il mio signore infatti, protetto dai migliori vaticini, certo di aver punito insieme al garrulo Gaurico anche le stelle avverse, passava i suoi giorni in canti e allegria, ridendo persino di una cometa con la lunga coda rivolta a Ponente mostratasi per quattro giorni consecutivi precisamente alla quarta ora della notte.

Il suo vi sembrerà forse un atteggiamento volubile, legato alle più strette esigenze del momento (o forse al loro rifiuto), ma non dimenticate che Giovanni era bolognese: un popolo affannatosi, nel timore di quella guerra conclusasi proprio con la cattura di Enzo, a tracciare una cerchia di mura utile alla fine non tanto a difendere la città da battaglie rimaste sempre lontane, ma piuttosto a delimitare il campo in cui potersi massacrare fra concittadini. Per centocinquant'anni i bolognesi lavorarono con l'urgenza intermittente dettata dalla necessità per trasformare il tracciato in fortificazione e quando conclusero l'opera l'ingegno umano aveva già architettato gli strumenti per superarla e lo dimostrò alla distratta comunità con una pioggia di palle di cannone.

Ad aprire gli occhi di Giovanni Bentivoglio si prodigarono invece le crepitanti deliberazioni di un concistoro a cui il papa fece stabilire la necessità di liberare Bologna dalla sua tirannia. Lo stesso Giulio Secondo venne incaricato o si incaricò di condurre la spedizione militare e il buon pastore lasciò Roma alla testa di un gregge di guerrieri. La notizia colpì duramente il mio signore e, complice l'età avanzata, fu costretto a ricorrere alle cure dei medici.

Fu quindi nuovamente il caso a insistere per la mia ricerca.

Infatti, chiamato ad assistere il Bentivoglio attorniato dalle nere cappe degli stregoni autentici e trovandoli impegnati a interrogare e indagare, con il tatto e con la voce, ogni capriccio che veniva dettato dalla loro modesta erudizione, quella parte della mia mente sempre occupata a rimuginare della pietra e dei dove e dei perché della parte mancante, venne scossa dalla comprensione. Vidi, come fossi stato presente nella stanza, re Enzo attendere serenamente una morte confermata dalle parole (camuffamenti sapienti dell'ignoranza) dei dottori, ricordando una vita vissuta tanti anni prima. Sentivo l'indifferenza e l'impazienza dei medici presenti solo per poter dire a futuri moribondi di aver assistito all'estinguersi di una stirpe imperiale e percepii l'attenzione di uno degli spettatori (ché dell'attore aveva solo il costume) divampare quando la memoria scivolò su una pietra o su una spada arrivata in qualche modo fino a quel capezzale.

Capii come chi aveva la terza, l'ultima parte della pietra avesse ambito a un potere esteriormente molto diverso da quello che io volevo, ma contraddistinto dallo stesso fondamentale egoismo. Solo un'altra forma di autorità e di supremazia, quella di essere ritenuti indispensabili, unici, migliori.

Purtroppo non avevo più molto tempo perché, dopo aver eliminato il duca Valentino, Giulio Secondo se n'era fatto scimmia e ne proseguiva la politica, copiandone persino le massime, con una sola grave differenza: tralasciare le Romagne per puntare direttamente su Bologna, e a questa dichiarazione di guerra aderì chiunque avesse un soldato da mettere in campo in tempo per partecipare alla divisione del bottino. Anche la mia indagine però sembrava volgere finalmente al termine, ma non voglio certo concludere la mia cronaca esponendo biografie di cerusici e chirurghi, abili soprattutto nel lasciare denaro e mestiere ai loro figli, e allora, rapidamente, racconterò di come, quando il papa nominò il marchese di Mantova suo capitano generale, avessi già scavato nelle vite dei sei medici di re Enzo e già avevo studiato ogni ora dell'insignificante esistenza dei loro discendenti. Credo quindi sia inutile argomentare del mio stato d'animo e del perché non vidi, o se li vidi non mi accorsi, dei messi venuti a confabulare con Giovanni Bentivoglio per conto del comandante dell'esercito pontificio, uomo d'arme e amante della guerra, ma a cui poco piaceva quella combattuta vicino al suo palazzo e contro i suoi parenti.

Quando però un'altra assemblea di cardinali dichiarò Giovanni Bentivoglio e i suoi seguaci ribelli alla Santa Chiesa, dando "le loro cose e facoltà in preda ad qualunque" e concedendo "gli uomini prigioni a chi li prendesse e l'indulgenza plenaria a chi fa loro contro e a chi li ammazza", io scoprii come Bartolo di Rainerio, già medico di Enzo, si fosse associato con un altro scienziato e insieme avessero aperto una farmacia. E se il chiarissimo valore del primo l'aveva già rimosso da qualsivoglia memoria, la famiglia del secondo godeva ancora di una certa notorietà e la spezieria vende ancora oggi i suoi veleni.

Bologna era ormai circondata da nemici e assolutamente libera dall'angoscia di avere amici di cui preoccuparsi. Persino il re di Francia aveva ribadito alla città assediata dalle truppe pontificie la sua protezione da tutti e da tutto fuorché (disdetta!) dal papa e, per coerenza, avuta da quest'ultimo la libertà di saccheggiare la città e di disporre dei suoi abitanti col ferro, col fuoco e con le forche, mandò 800 lance e qualche migliaio di fanti, di cui 2000 svizzeri, ad arricchire il paesaggio disponibile affacciandosi dalle mura.

Giovanni passò in rassegna le sue truppe, in tutto poco più di 5000 uomini ma risoluti, e il grido «Sega! Sega! Guerra! Guerra!» lanciato alla vista dell'ambasciatore del pontefice venuto a trattare la resa fu così intenso e fragoroso da rendere superfluo l'inviato: dovunque fosse, Giulio Secondo l'avrebbe udito con le sue orecchie.

Quella stessa notte violai la tomba dell'antico socio del medico del re. Per rendere omaggio alle proprie spoglie e, pensavo, a quanto aveva depredato da quella maestosa di Enzo, aveva fatto fabbricare un bel sepolcro dove trovavano posto la sua carcassa e quelle dei suoi discendenti. Penetrai così nella Chiesa di San Vitale in Arena, rimossi la pietra sepolcrale soffermandomi appena a leggere in scadenti terzine come fosse stato il Destino, beffato dall'abilità del medico nel ridare la vita, a toglierlo di mezzo e non trovai assolutamente nulla.

Forse il personaggio era in leggera contraddizione con l'immagine ricostruita dalla mia ricerca. Aveva sì usato la pietra per eccellere sull'universo intero, ma, a differenza di quanto credevo, non l'aveva poi nascosta per evitare desse ad altri una fama tale da offuscare la sua. Un paio di giorni dopo ero nuovamente pronto ad agire. Nottetempo, nel clamore e nell'eccitazione dell'assedio e dell'imminente assalto, mi introdussi nella farmacia e, ancora, non scoprii nulla.

Indugiai.

La perplessità, nutrita dalla certezza di essere vicino al mio obiettivo, superava la delusione dell'apparente fallimento. Lasciai quindi fosse la sorte a guidarmi e, casualmente, lasciai vagare lo sguardo finché un angolo riposto di una riposta parete riflesse e moltiplicò la fioca luce della lampada. Mi avvicinai: un altro crocifisso... uno strano crocifisso... Guardando meglio vidi l'elsa di una spada. Un'elsa antica, semplice, un poco sciupata, divisa dalla sua lama ma capace ugualmente di completarsi trasformandosi in quel simbolo che negava il suo scopo originario. Però, una piccola pietra luminosa provava come un tempo vi fosse stato stretto il pugno di un re: ora su di essa si chiudeva invece la mano di Zeffirano l'Oltregrandissimo.

In quello stesso momento Giovanni Bentivoglio, dimentico della lezione di coraggio impartita nel passato più o meno recente a sventurati principi e signori in disgrazia, fuggiva da Porta San Mamolo e nemmeno la tenebra del cuore più nero della notte poteva nascondere la sua vergogna e quella dei suoi figli legittimi o naturali, che insieme a lui, come appestati, disertavano la città (e persino il prete Antongaleazzo contribuiva all'elenco con i suoi bastardi Panfilo e Sforzino).

Quando, trafelato e agitato, arrivai alla *domus magna* non m'accorsi (come potevo?) di cosa vi mancava. Ancora non sapevo e nemmeno immaginavo che quelle mura non avrebbero mai più ammesso chi le aveva fatte innalzare. Di corsa raggiunsi le mie stanze pronto ad assistere di nuovo all'amplesso prodigioso della pietra. Ma quando si ripropose, l'emozione fu lo stesso molto intensa e profonda: davanti a me si ricomponeva lo straordinario amuleto che offriva e consentiva il potere e il domino sulla città di Bologna.

Chiusi gli occhi incredulo. Li riaprii, li richiusi sfregando con energia quegli strumenti per forza stanchi e imperfetti che si divertivano a ingannarmi. Li spalancai ed eccoli ribadire l'incompletezza della pietra.

Dunque anche Iside immortale la si immaginava con due occhi luminosi.

Scoperto il tradimento dei Bentivoglio i bolognesi sostituirono l'urlo "Sega! Sega!" con l'altrettanto bellicoso "Popolo! Popolo!", scambiarono qualche colpo di cannone coi francesi poi passarono a berciare "Chiesa! Chiesa!" e aprirono le porte al papa (e se tutto il gridare fu un'evoluzione di poche ore la Chiesa, così poderosamente invitata, è invece ben decisa a fermarsi a lungo).

A differenza del mio signore io non me ne andai e nemmeno cercai di nascondermi. Rimasi semplicemente ad aspettare stringendo in pugno la pietra e contemplando quell'imperfezione, quella minuscola scheggia mancante che mi aveva impedito di modificare il corso della storia.

Quel piccolo, terribile vuoto che ora mi riempiva, sommergendomi con il suo essere, rubandomi la voce e privandomi degli ultimi se e ma.

Aspettavo, aspetto paziente, una nuova occasione. Un'altra ispirazione.

Il guardiano sorrise al compagno: «Parla ancora!».

«Da quando l'hanno portato non ha taciuto un solo istante e gesticola come avesse l'attenzione di una piazza».

«Ma di cosa parla?».

«Di una pietra, soprattutto di una pietra».

«Preziosa?». La noia sembrò allontanarsi per un attimo.

«Probabilmente... ma quando venne preso mentre correva come un indemoniato in qualche modo gli scivolò di mano o così sembra e cadde in un canale... quello che i bolognesi chiamano Aposa».

Note alla lettura

Introduzione

Il primo dei Bentivoglio a dirsi signore di Bologna fu Giovanni di Antoniolo (riconosciuto "Gonfaloniere Perpetuo e Conservatore di Pace e Giustizia" nel marzo del 1401 e ucciso nel giugno dell'anno successivo), poi suo figlio Antongaleazzo (1420) e il nipote Annibale (1442), padre di Giovanni II. Dopo l'omicidio di Annibale venne chiamato a Bologna Sante, figlio naturale di Ercole, fratello di Antongaleazzo (il futuro Giovanni II aveva appena tre anni), che dominò la scena politica fino alla morte (1463). Nel maggio del 1454 Sante aveva sposato Ginevra Sforza, figlia dodicenne del signore di Pesaro e nipote del duca di Milano. Sebbene si sospettasse che Ginevra Sforza e Giovanni II fossero amanti, Sante Bentivoglio morì di morte naturale.

I capitoli di papa Nicolò V (1447) avevano instaurato un regime di controllo reciproco tra il legato pontificio e le magistrature locali e, nel 1466, papa Paolo II sancì il governo congiunto del legato e del Senato formato da ventun cittadini con carica vitalizia ed ereditaria (primogeniti con almeno trent'anni di età) che si sarebbero alternati in due turni di dieci per semestre, mentre Giovanni II Bentivoglio sarebbe stato sempre presente con i suoi due voti.

Il palazzo Bentivoglio, la *domus magna*, iniziata da Sante e distrutta nel 1507, occupava l'area compresa fra le attuali vie Zamboni, del Guasto, Belle Arti, de' Castagnoli. Aveva 240 stanze, con affreschi di Lorenzo Costa e Francesco Francia, tre cortili con loggiati e giardini con fontane. Leandro Alberti (1479-1552) lo descrisse con le parole: "Credo che nol fosse il paro in tutto il mondo". La torre venne invece costruita fra il 1490 e il 1495 (all'angolo fra le attuali via Zamboni e de' Castagnoli) e si innalzò fino a divenire seconda in altezza solo alla Asinelli.

La discendenza dei Bentivoglio da re Enzo (1220-1272), figlio naturale dell'imperatore Federico II (1194-1250) e Lucia di Viadagola, viene riportata nella cronaca quattrocentesca *Memorie di Bologna dall'origine della città al 1445* e probabilmente venne divulgata da Jacopo dal Poggio segretario di Giovanni II nell'intento di nobilitarne la casata. Enzo fu catturato dai bolognesi nella battaglia di Fossalta il 26 maggio 1249 e rimase loro prigioniero fino alla morte. In prime nozze aveva sposato Adelasia di Torres, vedova ed erede di Ubaldo Visconti giudice di Gallura, e, pur fregiandosi del titolo di re di Sardegna, era di fatto solo *Rex Turrum et Gallurae*, ovvero di due dei quattro potentati in cui era suddivisa la Sardegna (Cagliari, Torres, Arborea, Gallura). Sua figlia Elena sposò Guelfo Donoratico della Gherardesca (due dei loro figli, Ugolino ed Enrico, sono ricordati nel testamento di re Enzo), figlio del conte Ugolino, il nobile pisano imprigionato in una torre e lasciato morire di fame (febbraio 1289) insieme a due figli e due nipoti. Assecondando forse la leggenda relativa all'origine della sua famiglia, nel 1490 Giovanni II Bentivoglio fece porre una lapide marmorea a segnare il sepolcro di Enzo (murato nella parete opposta a quella in cui si trova oggi) con una nicchia in cui fu collocata la statuetta raffigurante il re giovane con corona e scettro che costituiva l'unico ornamento della sepoltura duecentesca (la lapide attuale, in marmo nero con iscrizioni in oro è del 1731).

La pietra

Felsina viene ricordata da Plinio (*Naturalis Historia*, III, 115-116) come la principale fra le città dell'Etruria padana. Il nome etrusco era Velzna (forse in dedica al dio Voltumna o Vel o Veltha o Veltune che insegnava a distinguere il bene dal male, venerato anche come nume guerriero e protettore della vegetazione) mentre *rasenni* era il nome con cui gli etruschi chiamavano se stessi secondo la testimonianza di Dionigi di Alicarnasso, retore e storico greco vissuto fra il 60 a.C. e la fine del I secolo a.C., autore, fra l'altro, dell'opera *Antichità romane*, che partendo dalle fasi più antiche della preistoria e della storia romana arrivava fino all'inizio della prima guerra punica (264 a.C.).

I galli boi, secondo la testimonianza di Catone (*Origines*) riportata da Plinio (*Naturalis Historia*, III, 115) divisi in centododici tribù, occuparono il territorio compreso fra l'attuale provincia di Parma e il fiume Montone in Romagna, con Felsina che mantenne un ruolo preminente, Livio (*Ab Urbe Condita*, XXXIII, 37, 3-4) si riferisce a essa come *oppidum*, cioè una città fortificata, ma circondata da *castella*, ovvero borghi minori.

L'alleanza

Dopo la sconfitta dei romani ad Arezzo (secondo Polibio persero 13.000 uomini fra cui il console Lucio Cecilio Metello) e la successiva spedizione punitiva che portò all'annientamento dei senoni, i boi, alleati con le città etrusche di Vulci e Volsinii, marciarono verso Roma. Gli eserciti si incontrarono nei pressi del lago Vadimone (circa 80 chilometri da Roma) dove galli ed etruschi furono battuti. L'anno successivo una nuova incursione ebbe un'analoga conclusione (battaglia di Populonia) e la pace fra boi e romani si protrasse poi per oltre quarant'anni.

Da un punto di vista militare, a ognuna delle originarie tre tribù in cui erano divisi i romani (*Ramnes*, *Tities* e *Luceres*) corrispondevano unità tattiche di 1000 fanti e 100 cavalieri e quindi un esercito di 3000 fanti e 300 cavalieri arruolato solo in caso di guerra. Con la riforma attribuita a Servio Tullio (578-534 a.C.) i proprietari vennero suddivisi in cinque classi censuarie la cui dignità era commisurata all'equipaggiamento militare che potevano offrire: la prima classe era formata da chi possedeva almeno 20 iugeri di terra (1 iugero = 0,25 ettari), l'ultima riuniva i proprietari di 2/2,5 iugeri e chi non aveva proprietà sufficienti per accedervi veniva registrato per testa ("capitecensi" o proletari). Ogni classe era divisa in centurie per un totale di 193 (80 per la prima, 20 per la seconda, terza e quarta, 30 per la quinta = 170, a cui si sommavano 18 centurie di cavalleria e 6 di capitecensi). La metà di ogni centuria era formate da *iuniores* (uomini in età militare: da diciassette a quarantasei anni), l'altra metà da *seniores* (da quarantasette a sessanta anni). Inizialmente la legione corrispondeva agli *iuniores* delle prime tre classi (le centurie divennero la base anche del sistema politico e il voto dei più ricchi, prima classe censuaria e cavalieri, era sufficiente a raggiungere la maggioranza: 80 + 18 = 98). Con la creazione delle centurie si modificò anche l'armamento e la tattica di combattimento. Fu abbandonata la falange (dove i soldati erano schierati fianco a fianco in una massa rigida e compatta) per un ordinamento in manipoli (*manipulus*: insegna formata da una manciata di paglia portata da ogni unità). Di fronte al nemico la legione si disponeva in tre linee (*hastati*, dalla lancia che caratterizzava il loro armamento prima di essere sostituita da due giavellotti, *principes*, in quanto costituivano originariamente la prima linea, e *triarii*) con i manipoli delle linee retrostanti a coprire gli spazi che separavano quelli delle linee antistanti. Lo schieramento a scacchiera consentiva alle linee posteriori di spingersi facilmente avanti qualora l'andamento della battaglia lo rendesse necessario.

Bona Omnia

Nel 189 a.C., il Senato di Roma votò la fondazione di Bononia (il nome riprendeva la parola celtica *bona*, città, che, intesa nel plurale del termine latino *bonum*, bene e quindi beni, ricchezza, assumeva un significato benaugurante) come colonia di diritto latino, in pratica una repubblica autonoma all'interno del sistema politico romano. Ad abitarla furono chiamate 3000 famiglie (Livio, *Ab Urbe Condita*, XXXVII, 57, 7), circa 10-15.000 persone, suddivise in due classi di censo a ciascuna delle quali vennero assegnati da 50 a 70 iugeri di terra. La città, protetta da palizzate, fossati e terrapieni e posta appena più a nord dell'etrusca Felsina, si estendeva, con gli attuali riferimenti, all'incirca fra la linea via Marconi-piazza Malpighi, le vie Farini-Carbonesi (dove un secolo dopo verrà eretto il teatro in muratura) Barberia, le vie dell'Orso-Bertiera e piazza Ravegnana, sul corso del torrente Aposa. Le venne assegnato l'agro compreso fra le montagne, a sud, e il corso di tre fiumi: il Po a nord, l'Idice a est e il Samoggia a ovest. Nel 187 a.C. venne tracciata la via Emilia che, sostituendo l'antica pista a collegamento degli sbocchi delle valli appenniniche, congiungeva Rimini con Piacenza attraversando Bononia con un asse appena sfalsato rispetto al suo decumano maggiore (le attuali vie Ugo Bassi e Rizzoli). La città venne poi collegata alla Toscana attraverso la via Flaminia Minore e al Veneto con la via Emilia Altinate.

In attesa di indire le prime elezioni delle magistrature civiche, la comunità di Bononia, venne guidata per un anno da tre senatori romani (Lucio Valerio Flacco, Marco Attilio Serano e Lucio Valerio Tappo) trascorso il quale si suppose un'organizzazione simile a quella della madrepatria, con al governo un collegio di quattro uomini, costituito da due sommi magistrati e due minori.

Bononia ottenne la cittadinanza romana nell'88 a.C. e i suoi cittadini furono ascritti alla tribù Lemonia.

La selva

Nella divisione augustea dell'Italia la Regione VIII delimitata dall'Adriatico (inclusa Rimini), dal Po e dagli Appennini corrispondeva più o meno all'attuale Emilia-Romagna. La denominazione *Aemilia* si affermerà invece alla fine del primo secolo d.C., mentre dal 215 circa si ha la prima distinzione fra Emilia (la zona occidentale della Regione VIII da Bologna a Piacenza) e la Romagna (la zona orientale della Regione VIII, più Pesaro e Senigallia, denominata Flaminia).

Le messi nate sugli alberi vengono ricordate per l'anno 135 a.C. da Giulio Ossequente (*Liber Prodigiorum*, 26) e da Orosio (*Historiarum Adversos Paganos Libri Septem*, V, 6, 2) ed entrambi attingono le informazioni da Livio, mentre l'indicazione delle canne raccolte presso il fiume Reno come le migliori per la fabbricazione delle frecce si deve a Plinio (*Naturalis Historia*, XVI, 65, 165): hanno "moltissimo midollo, un peso che lascia volare e, nello stesso tempo, un fermo equilibrio ai venti".

Marco Celio, centurione della XVIII legione caduto a cinquantatrè anni di età a Teutoburgo, è uno dei più famosi bolognesi dell'antichità, la sua stele funebre è conservata a Bonn e lo raffigura in tenuta militare con il capo cinto della corona civica e la corazza ricoperta da decorazioni.

Nell'epoca di Augusto la legione contava 5000 fanti organizzati in 10 coorti di 3 manipoli o 6 centurie tranne la prima coorte che aveva solo 5 centurie ma con il doppio degli effettivi. In ogni coorte, dalla II alla IX, c'erano quindi 6 centurioni di cui il più in alto in grado era quello della prima centuria il *pilus prior*, mentre nella prima coorte il centurione della prima centuria era detto *primus pilus* ed era il centurione più importante dell'intera legione e partecipava alle riunioni di stato maggiore. I sottufficiali (*principales*), a seconda del loro stato, ricevevano due volte (*duplicarii*) o una volta e mezza (*sesquiplicarii*) la paga normale. Fra di essi l'*optio* era l'aiutante del centurione, mentre il *signifer*, schierato sempre in prima fila, portava l'insegna dell'unità (usata come punto di raccolta per le truppe ma anche per trasmettere ordini semplici durante la battaglia). Sia l'*optio* che il *signifero* erano *duplicarii*. I soldati classificati come *immunes* erano esentati dalle corvée grazie ad obblighi particolari che dovevano svolgere (musicisti, polizia militare, istruttori ecc.) e per i quali non ricevano paga extra, però, dato che il soldato soggetto alle corvée, *munifex*, spesso pagava il centurione per essere esentato dai compiti più gravosi, gli *immunes* godevano in pratica di un vantaggio economico. Le decorazioni riconosciute ai militari di truppa consistevano normalmente in collari, bracciali e falere (placche simili alle attuali medaglie) solo in via eccezionale potevano ottenere onorificenze riservate ai graduati come la corona (*murale* o *vallaria* per chi aveva raggiunto per primo la fortificazione nemica, "civica" per chi aveva salvato la vita a un cittadino romano, "ossidionale" per chi aveva salvato truppe assediate, "d'oro" per imprese diverse). Era invece riservata ai centurioni primipili l'*hasta pura*, un giavellotto bianco privo della punta di metallo.

I gladiatori

L'anfiteatro di Bologna venne costruito nel 69 d.C. dai soldati della XIII legione per ordine del legato Quinto Fabio Valente che organizzò uno spettacolo di gladiatori in onore dell'imperatore Vitellio. La denominazione "in Arena" del monastero intitolato a Vitale e Agricola ha fatto supporre fosse ubicato nell'attuale via San Vitale, quindi lungo una via importante (la Salaria) circa 400 metri fuori dal centro abitato. Il santuario di Iside venne invece eretto nel II secolo d.C. nel luogo dove poi sorse il complesso di Santo Stefano.

Viene ricordato l'episodio accaduto durante la campagna di Marco Aurelio contro quadi e marcomanni, quando la XII legione, completamente circondata dal nemico, fu quasi costretta alla resa dalla mancanza d'acqua e venne salvata dallo scatenarsi di un furioso temporale che risollevò le sorti della battaglia. Le fonti pagane accreditano la pioggia agli incantesimi di un mago egiziano, mentre lo scrittore cristiano Tertulliano (*Apologeticum*, composto nel 197) imputa il miracolo alle preghiere dei legionari cristiani e lega all'evento anche il nome della legione (Fulminata).

I Saturnali, originariamente della durata di un solo giorno e successivamente estesi a una settimana, celebravano l'uguaglianza che sarebbe regnata nella famosa età dell'oro, l'epoca felice in cui gli uomini non conoscevano ancora servitù e miseria, fiorita quando Saturno, dopo essere stato detronizzato dal figlio Giove, riparò nel Lazio. Durante queste feste, era sospesa l'autorità e il potere dei padroni sugli schiavi.

I *munera* erano i combattimenti fra gladiatori (da *munus*, "dono", costituivano infatti in origine una sorta di tributo verso gli antenati defunti: si fa risalire il primo combattimento al 264 a.C. quando Decimo Giunio Bruto, per onorare il padre defunto, presentò tre coppie di gladiatori nel Foro Boario), mentre le *venationes* (caccia) erano le lotte con gli animali. I gladiatori, reclutati fra prigionieri di guerra e condannati per reati comuni e addestrati in apposite scuole, erano suddivisi in categorie differenziate in base al tipo di armamento: *traci*, *murmillones*, *retiarii*, ecc.

Le quattro croci

Le quattro croci vennero poste ai margini della zona ancora abitata (con i riferimenti attuali, all'incrocio fra via Castiglione e Farini la croce delle Vergini, in via Barberia angolo Val d'Aposa la croce dei Santi, via Montegrappa angolo Porta di Castello la croce dei Martiri, piazza di Porta Ravegnana la croce degli Apostoli e Evangelisti) a segnare il confine con la non-città che era suburbio rurale a sud e a est ma era *civitas antiqua rupta* (città antica in rovina) a nord e a ovest. Sostituite più volte, le croci rimasero al loro posto per quasi millecinquecento anni, furono infatti portate nella Chiesa di San Petronio, dove sono tuttora, nel 1798.

San Petronio era di famiglia consolare e suo padre viene identificato con il Petronio vicario della Spagna fino al 397, *magister scrinii* a corte e prefetto pretorio in Gallia, il cui fratello minore, Patruino, venne ucciso a Pavia nel 408 da soldati in rivolta. Una tradizione medievale attribuisce a San Petronio la ristrutturazione dell'intero complesso di Santo Stefano a imitazione dei luoghi della passione di Cristo. La sua epoca (fu vescovo di Bologna dal 431-432 al 450) coincise con la diffusione del culto del protomartire Stefano, i cui resti furono trovati nel 415 a Gerusalemme e a lui si deve probabilmente la dedica a santo Stefano della basilica edificata a imitazione dell'Anastasis (la Chiesa a pianta rotonda costruita in età costantiniana per custodire il Santo Sepolcro). La sua ascesa a principale patrono della città inizia con una deliberazione comunale del 1284 che lo inserisce fra i protettori di Bologna (la prima Chiesa dedicata a San Petronio è proprio del XIII secolo, ubicata in una zona allora periferica della città come via San Petronio Vecchio).

A peste a fame a bello libera nos domine

La cerchia di selenite ("pietra di luna") racchiudeva in un quadrilatero imperfetto l'area abitata della città ridottasi a circa 20 ettari rispetto ai 50 della massima estensione di Bononia romana.

Lo storico Procopio di Cesarea descrisse le fasi della guerra greco-gotica (535-553) testimoniando le efferatezze a cui si abbandonarono entrambi gli eserciti, insieme alla fame e alle pestilenze che l'accompagnarono. Il conflitto infuriò in maniera particolarmente crudele in Emilia-Romagna, prostrando profondamente la popolazione. Scrive Procopio: "Le persone, se capitavano per caso dove ci fosse dell'erba si gettavano su di essa con avidità chinandosi per strapparla da terra, ma siccome non riuscivano perché le forze li avevano completamente abbandonati, cadevano con le mani tese e lì morivano. E nessuno le seppelliva, ma a loro non s'accostava nemmeno uno di quei numerosi uccelli che hanno l'abitudine di divorare i cadaveri perché essi non offrivano nulla di cui cibarsi avendo la fame già consumato tutte le carni". Procopio di Cesarea riporta anche l'episodio di cannibalismo come avvenuto nel 539 "in un villaggio oltre Rimini": le due donne avrebbero divorato 17 persone.

I dignitari scelti fra i goti da Teodorico in quanto membri della sua cerchia (*comitatus*), vennero detti *comites* ("compagni"), da cui "conti", e vennero loro attribuiti vari compiti militari e giurisdizionali. A condottieri designati con il titolo di *comites et duces* venne affidato il comando degli eserciti, ai *comites provinciae* spettò invece l'amministrazione civile delle province in cui era suddiviso il regno, mentre conti di rango inferiore avevano giurisdizione sui singoli distretti cittadini e vennero detti *comites civitatis*.

Il *Corpus iuris civilis* compilato dal giurista Triboniano comprende la raccolta degli editti imperiali, *Codex Iustinianus*, la raccolta degli scritti dei giuristi classici romani, *Digesto* (dal latino *digerire*, "classificare") o *Pandette* (dal greco *pandéktai*, "che comprendono tutto"), le leggi promulgate dopo la pubblicazione del *Codex*, *Novellae*, e il manuale per lo studio del diritto, con estratti del *Codex* e del *Digesto*, *Institutiones*.

I longobardi ("nella loro lingua *lang* significa 'lunga' e *bart* 'barba'", Paolo Diacono, *Historia Langobardorum*, I, 9) valicarono le Alpi nel 568, occuparono l'Italia settentrionale per poi separarsi e mentre alcuni raggiunsero la Toscana dirigendosi verso il meridione, altri avanzarono lungo il Po e la via Emilia spingendosi oltre Modena. Nel 643 re Rotari sconfisse i bizantini sullo Scoltenna (oggi Panaro) determinando la divisione dell'*Aemilia* tra regno longobardo ed esarcato bizantino lungo una frontiera instabile che correva appunto tra i fiumi Panaro e Samoggia. Bologna divenne una piazzaforte di confine e nel territorio bolognese, che era l'ultimo baluardo a difesa dei territori adriatici dell'esarcato, venne approntata una fascia fortificata. Ma i rapporti fra le terre dell'esarcato e Costantinopoli non erano buoni. Nel 692, a seguito del concilio detto "quinsesto" (perché doveva colmare le lacune del quinto e del sesto concilio) convocato a Costantinopoli dall'imperatore Giustiniano II, scoppiò una ribellione antibizantina. La sommossa rimase impunita, causa una rivolta militare (695) che depose l'imperatore a cui venne tagliato il naso perché non potesse più ricoprire cariche pubbliche. Dieci anni dopo però il *Rinotmeto* (senza naso) riconquistò il trono ed ebbe la sua vendetta: nel 709 Ravenna venne devastata e saccheggiata, i suoi cittadini più eminenti arrestati, condotti a Costantinopoli, torturati e uccisi mentre il vescovo Felice venne accecato. La crudeltà della punizione portò a una nuova sollevazione (a cui aderì anche Bologna) culminata con il linciaggio dell'esarca. Prima che potesse reagire, Giustiniano II fu privato del trono da un'insurrezione interna (711) e la testa dell'imperatore venne inviata a Ravenna per essere esposta in pubblico. A ciò si aggiunsero poi le dispute legate all'editto con cui Leone III Isaurico (726) vietò il culto delle immagini sacre (iconoclastia). Probabilmente, quindi, la resistenza di Bologna non fu accanita (mentre Paolo Diacono racconta come Liutprando invase Bologna, nel *Liber Pontificalis* si legge che la città si consegnò ai longobardi).

L'attentato

Il volgare *Bollonia* appare in un documento del 980. I due terzi dell'attuale provincia di Bologna erano soggetti alla giurisdizione di Modena, la zona a est della città e a nord della via Emilia (distretto di Budrio) dipendeva invece dall'arcidiocesi di Ravenna, mentre parte della montagna (Aiano, Casio e Castiglione) apparteneva alla *iudiciaria pistoriensis*.

Alla morte del vescovo Giovanni (880) il clero e il popolo bolognese avevano eletto come successore Severo, sostenuto anche dal papa, mentre Ravenna impose Maimberto che donò al vescovo di Parma Wibodo (legato all'imperatore Carlo il Grosso) buona parte del patrimonio ecclesiastico della città fra cui il complesso di Santo Stefano (884).

Il piede bolognese, utilizzato fino all'introduzione, con l'Unità d'Italia, del sistema metrico decimale, aveva una lunghezza di circa 38 centimetri, contro i 29,6 del piede romano antico.

Dio lo vuole

Il 19 settembre 1096, dopo aver proclamato la crociata, papa Urbano II indirizzò una lettera al clero e al popolo di Bologna, benedicendo i bolognesi per avere risposto numerosi al suo appello.

È l'epoca della lotta per le investiture: nel 962 Ottone I (*Privilegium Otonis*) aveva riaffermato la superiorità dell'imperatore al cui assenso e controllo dovevano essere sottoposte rispettivamente la nomina del papa e quella dei vescovi-conti. I programmi di riforma della Chiesa e di moralizzazione della vita religiosa proposti dagli ordini monastici, oltre alla condanna della simonia e del concubinaggio dei religiosi, contestarono nella nomina imperiale dei vescovi conti la consacrazione di persone prive di vera fede e vocazione. Papa Gregorio VII (*Dictatus Papae*) sovvertì i principi del privilegio ottoniano sancendo che solo il pontefice, unica autorità universale, potesse deporre o creare vescovi e, tramite scomunica, togliere legittimità al potere imperiale sciogliendo i vincoli di fedeltà dei suoi sudditi. L'imperatore Enrico IV fece dichiarare da un sinodo dei vescovi tedeschi l'irregolarità dell'elezione del papa, il papa scomunicò l'imperatore che scese in Italia con l'esercito. Gregorio VII si rifugiò nella rocca di Canossa e l'esercito imperiale si accampò nelle vicinanze, ma Enrico IV decise di chiedere perdono al papa, presentandosi al castello scalzo e vestito della sola tunica (gennaio 1077). La scomunica venne revocata e dopo quindici giorni dal suo "pentimento" l'imperatore nominò un antipapa riprendendo la guerra contro Gregorio VII. La lotta si risolse nel 1122 con il concordato di Worms concluso tra Enrico V (figlio di Enrico IV) e papa Callisto II, che stabilì la separazione tra l'investitura spirituale e temporale. Matilde di Canossa ed Enrico V si accordarono invece nel 1111: alla contessa, reintegrata nei suoi domini dell'Italia settentrionale, venne attribuita la funzione di vicario imperiale, in cambio della nomina dell'imperatore a suo erede. In coerenza con i principi poi stabiliti dal concordato di Worms, come rappresentante dell'autorità imperiale Matilde di Canossa assunse le funzioni politiche in parte abbandonate dal vescovo e fu per questo che, quando seppero della sua morte (24 luglio 1115), i bolognesi assalirono e distrussero la rocca, residenza dei funzionari imperiali, edificata nell'area compresa tra le attuali via Manzoni, de' Gessi, Montegrappa e il soppresso vicolo del Seminario, il cui accesso è ricordato oggi da via Porta di Castello.

Le dispute innescate dalla lotta per le investiture e le trasformazioni profonde nel tessuto economico e sociale stimolarono il recupero delle fonti originarie del diritto romano, ovvero dei codici risalenti a Giustiniano, che divennero oggetto di insegnamento sistematico da parte di *doctores legis* che trovarono a Bologna una sede privilegiata grazie alla fama di maestri come Irnerio (morto nel 1125).

La Fossalta

Nell'esercito comunale erano reclutati tutti i cittadini maschi con età compresa fra i diciotto e i settanta anni che, a seconda della loro condizione, venivano iscritti nelle decine di cavalleria (squadre di 10 cavalieri) o nelle venticinquine di fanteria (contingenti di 25 fanti) reclutati per cappelle di residenza (le case, le torri e le stesse cappelle furono i nuclei delle "consorterie", associazioni di mutua difesa e soccorso tra gruppi di famiglie, generalmente nobili, che produssero rivalità, faide e disordini sempre più frequenti e sanguinosi). L'antica differenziazione fra cavalieri, *milites*, e fanti, *pedites*, non era solo militare, ma anche giuridica e politica, però a essa andava sostituendosi quella fra magnati e popolani. Ai primi appartenevano le famiglie nobili, a cui da tempo veniva attribuito per opinione comune lo *status* di cavalieri (comunque fosse poi eventualmente mutata la loro situazione economica), e gli altri esponenti di vertice della società, arricchitisi più di recente che, almeno in un primo periodo, assunsero atteggiamenti e privilegi dei nobili. Il concetto di magnate non si fondava quindi sulla sola milizia a cavallo, ma soprattutto sullo stile di vita e sulla pubblica fama della famiglia. Facevano invece parte del popolo i commercianti, gli artigiani e i piccoli imprenditori, organizzati nelle "Arti" ovvero le associazioni fra i praticanti dei mestieri più diffusi. Le più autorevoli furono inizialmente quella del Cambio (banchieri) e della Mercanzia (i grandi mercanti). I salariati e le maestranze delle attività manifatturiere e artigiane erano inseriti nelle organizzazioni di mestiere, di cui costituivano la parte numericamente più rilevante, ma senza godere dei diritti garantiti agli imprenditori associati.

L'appartenenza alle fazioni dette dei Lambertazzi (ghibellini) e Geremei (guelfi) riguardò inizialmente in via quasi esclusiva i magnati e una delle prime manifestazioni concrete di tale divisione avvenne, a cavallo fra il XII e il XIII secolo, in occasione della lotta fra il ghibellino Salinguerra Torelli e il guelfo Azzo d'Este per il dominio di Ferrara. Anche lo Studio influenzò la formazione dei partiti quando papa Innocenzo III minacciò di interdire la città e trasferire l'università qualora i bolognesi si fossero mantenuti fedeli allo scomunicato imperatore Ottone IV. I Lambertazzi si opposero decisamente, affermando che sottostare al ricatto avrebbe significato non solo la perdita del controllo sullo Studio, ma anche la rinuncia a una politica estera indipendente; i Geremei invece credevano fosse inevitabile un'ingerenza sempre più forte della Chiesa nell'università, se non altro perché gli studenti erano prevalentemente ecclesiastici. Al primo gruppo avrebbero aderito famiglie nobili, i giuristi e, più in generale, molti dei docenti dello Studio, al secondo invece gli aristocratici più coinvolti in attività economiche e finanziarie e quindi più esposti a eventuali ritorsioni pontificie. Nel primi anni del XIV secolo, con l'ascesa della famiglia di banchieri dei Pepoli, alle lotte fra Lambertazzi e Geremei subentrarono quelle fra Scacchesi e Maltraversi. Lo scacchese era lo stemma dei Pepoli (derivava dalla tavola a scacchi bianchi e neri utilizzata per valutare rapidamente i rapporti di cambio fra monete), mentre l'altra fazione si diceva dei Maltraversi poiché si poneva di traverso al male rappresentato dall'offrire la città a un principe. Nel 1337 furono gli Scacchesi a prevalere e Taddeo Pepoli venne nominato dall'autorità comunali "signore generale" e "conservatore della pace e della giustizia", ma il papa riconobbe l'autorità conferitagli dal Comune solo nel 1340 quando gli concesse il titolo di vicario della Chiesa. Taddeo morì nel 1347.

Intanto a Bologna aumentavano le materie di studio che si affiancavano al diritto e con esse il numero degli studenti che cercavano il proprio maestro e ne pattuivano il compenso. L'incremento della popolazione studentesca (per il XIII secolo si stimano 2-3000 studenti) e il suo impatto sulla vita cittadina, aggiunto alla consapevolezza da parte degli studenti stessi dell'importanza economica prodotta dalla loro presenza in città, portarono alla creazione di due associazioni: le *Universitates Scolarium*, ognuna delle quali eleggeva un proprio rettore. L'Università dei Citramontani raggruppava gli studenti provenienti dalle regioni italiane (distinguendo quelli del Nord, lombardi, quelli del Centro, toschi, e quelli del Sud, romani), mentre all'Università degli Ultramontani si associavano, secondo tredici differenti *nationes* di origine, gli scolari provenienti dall'Europa.

La morte nera

Storici e cronisti chiamarono "pesti" (in latino *pestis*, dalla radice di *peius*, la malattia peggiore) o pestilenze tutti i tipi di epidemia, mentre con peste nera si intende una malattia particolare: la "peste di Giustiniano" del VI secolo (542) e la "morte nera" del XIV secolo (1347-1348) che rimase in stato endemico ricomparendo periodicamente per oltre un secolo. A Bologna la malattia si diffuse a partire dal mese di marzo o maggio del 1348. È stato valutato che la peste nera abbia portato a metà del XIV secolo a una popolazione cittadina inferiore alle 25.000 unità, provocando un calo del 35% circa. Alla fine del secolo precedente si stimano infatti circa 50.000 abitanti fra la città e la *guardia civitatis* (fascia dei comuni compresi entro tre miglia dalle mura della città e sottoposti agli organi cittadini). Il primo conteggio della popolazione di Bologna è del 1569 quando in città risultarono 61.731 abitanti.

Conclusione

La terza e ultima cerchia di mura (ricalcata dagli attuali viali di circonvallazione) fu progettata nel secondo quarto del Duecento, quando Bologna faceva parte della seconda Lega Lombarda in lotta contro l'imperatore Federico II, sull'onda del grande sviluppo del secolo precedente (la posa dei picchetti che segnavano il confine col suolo pubblico venne curata dal notaio e ingegnere Benvenuto da Santa Maria in Duno). La successiva recessione economica, le epidemie del XIV secolo e la decadenza del ruolo politico lasciarono la città racchiusa in tale cerchia fino all'inizio del XX secolo (i lavori erano conclusi da poco quando i cannoneggiamenti ordinati dal capitano pontificio Giacomo Caldora nel 1428 rivelarono la vulnerabilità delle mura e si lavorò quindi per creare un grande terrapieno, eliminare la merlatura e mozzare le torri troppo esposte ai colpi delle bombarde).

La nota di Dante Alighieri sulla lingua bolognese è contenuta nel *De Vulgari Eloquentia*, I, IX: "Forse non si sbagliano quelli che pensano che i Bolognesi parlino la lingua più bella visto che [...] prendono dagli Imolesi morbidità e mollezza, dai Ferraresi e dai Modenesi quella certa asprezza che è tipica dei Lombardi [...] dalla mescolanza degli opposti la loro lingua risulta temperata da un'apprezzabile dolcezza".

Fra chi si occupò degli oroscopi a Giovanni II Bentivoglio vengono citati Giacomo Pietramellara (nato a Napoli da famiglia bolognese e laureatosi a Bologna in Medicina e Filosofia nel

1495, dall'anno successivo insegnò Astronomia fino alla morte avvenuta nel 1536), Ludovico Vitale (figlio del nobile Filippo, piccolo, magro e zoppo a causa di un piede deforme, si laureò il 14 giugno del 1505 ma già dall'anno accademico 1504-1505 tenne la cattedra di Astronomia) e Luca Gaurico (dopo averne predetto l'elezione a papa Paolo III lo nominò vescovo di Civitate) che nel suo *Tractatus Astrologicus* ricorda i *quater brachiorum torturas* ottenuti da Giovanni Bentivoglio.

Nel 1270 Albino de' Luzzi e suo figlio Liuzzo sottoscrissero un contratto con il medico Bartolo di Rainerio (nel testamento di Enzo si leggono: "magistros Thadeum, Paulum, Bartolum, Peregrinum, Amadeum et Alexios medicos nostros") in merito alla conduzione di una farmacia: i Liuzzi avrebbero pagato a Bartolo quaranta lire di bolognini l'anno e un quarto dei guadagni derivanti dal commercio di spezie e medicinali. Albino e Liuzzo sono rispettivamente il nonno e lo zio di (Rai) Mondino de' Luzzi (1270-1326) che introdusse nell'Università di Bologna la dissezione dei cadaveri come base per gli studi dell'anatomia umana. La sua opera *Anathomia* (1316) è considerata il primo vero trattato di anatomia e fu testo fondamentale fino alla seconda metà del XVI secolo. Giovanni Garzoni (insegnante di Medicina all'Università di Bologna tra il 1466 e il 1506) nella sua opera sui bolognesi famosi (*De dignitade urbis Bononiae* dedicata ad Antongaleazzo Bentivoglio) citò Mondino de' Luzzi come primo fra i medici.

Della cronaca degli avvenimenti si vogliono ricordare due date: il 19 luglio 1501, che segna la presenza a Bologna di Nicolò Machiavelli (ripartì il giorno successivo) e il 13 aprile 1504 quando il fulmine si abbatté sulla torre dei Bentivoglio. Per sfuggire al pericolo, Ginevra andò ad alloggiare al monastero delle suore del Corpus Domini, Annibale alla Viola (secondo Sabadino degli Arienti, ca. 1443-1510, il suo "casino per li secreti e solitari piaceri", ora sede della facoltà di Agraria in via Filippo Re), Alessandro, con la famiglia, fuori Porta Santo Stefano.

L'ira di Zeffirano colpì invece il *Compianto sul Cristo morto* (oggi nel santuario di Santa Maria della Vita, in via Clavature), commissionato dalla Confraternita dei Battuti Bianchi (fondatori dell'ospedale della Vita) a Nicolò da Bari, poi detto "dell'Arca" per la sua opera nell'arca sepolcrale di San Domenico, scolpita dalla bottega di Nicola Pisano, di cui fece (1473) il coronamento architettonico e quattordici figure.

I Bentivoglio lasciarono la città nella notte fra il 1° e il 2 di novembre del 1506: la sottomissione di Bologna alla Chiesa, con la sola interruzione del periodo napoleonico, si protrasse fino all'Unità d'Italia.

Finito di stampare nel mese di Maggio 2004
dalla Tipografia Lipe (San Giovanni in Persiceto, BO)